Zu diesem Buch

Als Carlotta Carlyle in ihrem Taxi auf Kunden wartet, steigt eine alte Freundin zu ihr ein: Dee Willis, die inzwischen einen kometenhaften Aufstieg als Bluessängerin gemacht hat. Doch Dee hat Sorgen. Sie wird erpreßt, anscheinend von einem seit langem verschollenen Freund, der behauptet, sie hätte eine seiner Kompositionen geklaut.

Dee kann sich auf der Höhe ihres Ruhms keinen Skandal leisten und beauftragt Carlotta, sich der Sache anzunehmen. Carlotta zögert, weil sie spürt, daß Dee ihr wesentliche Dinge verschweigt. Doch als eine Leiche in Dees Bett liegt, weiß Carlotta, daß es um mehr geht als um eine lumpige Erpressungssumme.

«Der Roman ‹Carlotta spielt den Blues› bezieht seinen Reiz aus einer eigenartigen Mischung zwischen einer spannenden Krimihandlung und der außerordentlich intensiven, in allen Farben des Spektrums schillernden Beschreibung der Popmusik-Szene. Ich weiß nicht, ob Linda Barnes wie ihre Heldin Carlotta einschlägig vorbelastet ist oder ob sie nur gut recherchiert und sich in die Szene eingefühlt hat. Ihr Roman jedenfalls zeigt die Welt der Popmusik von innen und bietet sie nicht nur als Kulisse dar, geschweige denn als Vorwand.

Zuweilen hat es sogar den Anschein, als sei die Erinnerung an die unschuldigen Jahre einer Popmusik vor dem großen Kommerz das eigentliche Thema des Romans, der allerdings immer auch ein vorzüglicher Detektivroman bleibt.» Radio Bremen

Von Linda Barnes liegen außerdem vor: Carlotta steigt ein (Nr. 2917), Carlotta fängt Schlangen (Nr. 2959), Blut will Blut (Nr. 3064), Carlotta jagt den Coyoten (Nr. 3099) sowie die Romane mit Michael Spraggue Früchte der Gier (Nr. 3029), Marathon des Todes (Nr. 3040) und Zum Dinner eine Leiche (Nr. 3049).

Linda Barnes

CARLOTTA
spielt den Blues

Deutsch von
Erika Ifang

rororo
Rowohlt

rororo thriller
herausgegeben von Bernd Jost

16.–21. Tausend Juli 1996

Veröffentlicht im Rowohlt Taschenbuch Verlag GmbH,
Reinbek bei Hamburg, Januar 1995

Die Originalausgabe erschien unter dem Titel «Steel Guitar»
bei Delacorte Press, New York

Umschlaggestaltung Walter Hellmann
Illustration Andreas Dierßen
Gesamtherstellung Clausen & Bosse, Leck
Printed in Germany
1290-ISBN 3 499 43160 2

Sänger kommen und gehen: mit dem Musikgeschäft geht es auf und ab. Blues ist in oder out, häufig beides gleichzeitig. Die in diesem Buch dargestellten Bluesmusiker sind von mir frei erfunden. In ihrem Umkreis werden zwar Namen erwähnt, die Blues-Fans vertraut sind – etwa Rory Block, Chris Smither und der kürzlich verstorbene Gary Davis –, aber eine Dee Willis gibt es in Wirklichkeit nicht. Jede Ähnlichkeit zwischen den Figuren meines Romans und lebenden Personen ist rein zufällig.

Linda Barnes

geboren 1949
in Detroit
war Lehrerin für dramatische Künste
lebt in Brookline, Massachusetts
schrieb u. a. Carlotta steigt ein (1987), Carlotta fängt Schlangen (1989), Carlotta jagt den Coyoten (1992), Carlotta spielt den Blues (1993)

«Ich will kein blöder Held sein.» «Ich weiß», sagte ich. «Aber manchmal hat man keine Wahl.»
(Carlotta fängt Schlangen)

Wenn eine Frau dem harten Geschäft der Privatdetektei nachgeht, ist ein entsprechender beruflicher Background offensichtlich unverzichtbar – bei einer Frau anscheinend noch mehr als bei einem Mann; könnte sie sonst Kompetenz beanspruchen? Auch Carlotta Carlyle war demzufolge einmal Cop. Das bringt die notwendigen Verbindungen mit sich und den indirekten Zugang zum Polizeicomputer, hat zu einigen persönlichen und aufrechterhaltenen Freundschaften geführt – und zu vielen unangenehmen Erinnerungen. Vor allem, wenn Carlotta in die Bostoner Nahkampfzone, das Hurenviertel, muß, klumpt sich ihr Magen zusammen. Sie sieht, was ist und was die Cops dagegen machen (nicht viel) und wie sie mitmachen (häufig). Carlotta mit der roten Mähne und ihren eins fünfundachtzig kann ganz schön hart sein, wenn es sein muß, aber sie zwingt sich geradezu, diese Härte zurückzudrängen, weil sie Herzenskälte ist und eine Cop-Haltung, in die man in bestimmten Situationen unwillentlich zurückfällt. Linda Barnes' Thema ist: Carlotta. Die Gelegenheitstaxifahrerin mit dem ererbten Sittich und der adoptierten kleinen Schwester. Die Frau, die sich aus dem Mann-Frau-Geschäft zurückgezogen hat und jedesmal schwach wird, wenn sie einen bestimmten Mann in ihrer Nähe auch nur ahnt. Carlotta, wie sie lebt, liebt und leidet, wie sie ihre Eigenheiten und Marotten ausbildet und versucht, zu einem tatsächlich eigenen Leben zu kommen, wo jede Vorliebe und jede Abneigung persönlichen Bedürfnissen entspringt und nicht gedankenlose Imitation dessen ist, was «man» tut. Eine Frau, ein Mensch auf dem Weg zu sich selbst; irrend, fluchend – und komisch. Linda Barnes weiß schon, wie man solch ein Thema verpacken muß.

Rudi Kost

Wieder einmal gebührt mein Dank dem erlauchten, wenn auch etwas veränderten Leserkomitee: James Morrow, Susan Linn, Richard Barnes und Ann Sievers. Chris Smither hat mir Einblick in die Musikszene verschafft – alle korrekten Informationen stammen von ihm, alle Fehler gehen auf mein Konto. Ich danke auch Linda Kalver, die mich mit dem Mann bekannt gemacht hat, der «Miss Gibson» gespielt hat, und Maxine Aaronson für ihre Rechtsberatung. Und eh ich's vergesse: Roz möchte, daß ich dem immer hellwachen T-Shirt-Trupp danke – John Hummel, Cynthia Mark-Hummel und Michelle Forsythe.

Natürlich wacht meine literarische Agentin Gina Maccoby weiterhin mit zarter Hand über Carlottas Werdegang; Lob verdient auch mein Lektor Brian DeFiore für seinen Humor, seine Geduld und seine Kritik.

*«Remember old friends we've made along the way,
The gifts they've given stay with us every day.»*

«Gedenkt der Freunde, die mit uns gegangen,
was sie uns gegeben, begleitet uns täglich.»

«Old Friends»
Mary McCaslin
1977

In liebevollem Gedenken an

Peter Haber
H. Wesley Brinkley
Dennis Schuetz

«*She could put it all together on a real, on a steel guitar.*»

«Sie konnte alles bringen, auf einer richtigen Steel Guitar.»

«Steel Guitar»
Danny O'Keefe

«O Kastanienbaum, du tiefwurzelnder Blüher,
bist du das Blatt, die Blüte, bist du Stamm?
O Körper, schwingend zur Musik, o Augenglanz,
wie unterscheiden wir den Tänzer von dem Tanz?»

«Unter Schulkindern»
William Butler Yeats
1927

1

Leben und leben lassen», pflegte meine Mutter mir immer zu sagen, als ich noch klein war. Inzwischen bin ich erwachsen und weiß, daß meine Mutter damit meinte: «Misch dich nicht ein.»

Ihre Warnung hat nichts genützt. Ich verdiene nämlich mein Brot damit, mit dem Einmischen.

Oder vielmehr: Damit müßte ich mein Brot verdienen, wenn ich könnte. Aber das Detektivgeschäft ist eine heikle Sache: Manchmal weise ich an einem einzigen Tag drei Klienten ab; manchmal vergehen Wochen, ohne daß es an meiner Tür klingelt. Da ich gern esse – und lieber nein zu einem Klienten sage, der kaufen zu können meint, was nicht käuflich ist –, fahre ich nachts Taxi, um finanziell über die Runden zu kommen.

Ich fahre gern nachts herum. Ich mag die schrille Nachmitternachtswelt. Ihre Klarheit fasziniert mich – das grelle Licht der Scheinwerfer, das Aufflammen der Neonleuchten, die scharfen Kontraste. Aber manchmal bin ich so geblendet von all dem Glanz, daß ich vergesse, auf die Schattenseiten zu achten.

Ich döste am Taxistand vor mich hin und fächelte mir mit dem Reiseteil des *Globe* Kühlung zu. Die Klimaanlage lief auf Hochtouren; ein schwacher lauwarmer Luftstrom drang aus den Ventilatoren, die der Augusthitze nicht gewachsen waren. Ich malte mir meine nächste Fuhre aus, einen gutgebauten Mann, der sich wunderbarerweise auf den Rücksitz fallen lassen und sagen würde: «Nach Cape Cod, bitte. Langsam am Strand entlang, ein bißchen Meeresluft schnuppern.»

Obwohl ich halb schlief, erkannte ich sie gleich.

Sie trug eine Sonnenbrille und ein Cape, das aussah, als wäre es aus schwerem Popeline. Der bloße Gedanke an sein Gewicht ließ mich erschauern. Gäbe es nicht den Codex der Bostoner Taxifahrerinnung, dann hätte ich Shorts, ein Top und Sandalen getragen. So hatte ich meine leichtesten weiten Khakihosen, ein dünnes weißes Baumwollhemd und Turnschuhe an.

Sie blieb zögernd unter dem Hotelbaldachin stehen, suchte in ihrer Schultertasche herum und gab dem Portier einen Schein. Danach zu urteilen, wie er die Hacken zusammenschlug und die Trillerpfeife an die Lippen setzte, war das, was er da gerade in die Hand bekommen hatte, mehr als ein Dollar. Ich ließ automatisch den Motor an. Mein Taxi war als nächstes an der Reihe.

Eine Sekunde lang hatte ich das Gefühl, ich sollte fluchtartig das Feld verlassen und so schnell wie möglich davonsausen, ohne noch einen Blick zurückzuwerfen. Doch da packte der goldbetreßte Portier den Türgriff, und es war zu spät.

Über Jahre habe ich ihn verfolgt, den Weg der guten alten Dee Willis. In kürzester Entfernung vor meinen alten Schwarzweißfernseher gekauert, habe ich mir angeschaut, wie sie damals in *Letterman* auftrat. Sie war so betrunken, daß man sie nur einen Song am Ende singen ließ, und selbst davon konnte sie nur den halben Text. Das muß vor fünf Jahren gewesen sein, und die Fans haben ihr längst vergeben. Seit kurzem erscheint ihr Name jeden zweiten Tag im *Globe*. *Change Up*, das Album, für das sie zweimal Platin bekam oder was immer die höchste Auszeichnung im Musikgeschäft ist für den Verkaufsrekord in zwei Tagen oder zwei Wochen oder sonst was Unglaubliches, hatte ihr nach sechzehn Jahren über Nacht den Erfolg beschert.

Ich wollte eben hallo sagen.

Sie sah mich nicht einmal an. «Fahren Sie mich zur Bibliothek», befahl sie mit dunkler, gepreßter Stimme. «Oder nein. Vergessen Sie's. Fahren Sie einfach ein bißchen um den Copley Square herum, ja? Richtung South End.»

Ich schloß meinen Mund wieder, biß mir auf die Unterlippe und nickte, um ihr zu zeigen, daß ich verstanden hatte. Meine Fahrgäste wollen im allgemeinen auf kürzestem Wege irgendwohin, und gnade Gott dem Fahrer, der einen Umweg um auch nur einen Häuserblock macht.

Zwei Blocks waren schon vorbei. Ich kurbelte das Vorderfenster herunter und genoß den Wind. Sie sagte nichts. Ich sagte nichts. Ich fühlte mich schrecklich. Es ist schwer, sich auf Anhieb einer alten Freundin erkennen zu geben, die groß herausgekommen ist. Besonders wenn man diejenige ist, die die Kutsche fährt.

Ich konzentrierte mich darauf, noch bei Gelb über die Ampel von St. James zu kommen, einem dunkelblauen Mercedes dicht auf den Fersen. Selbst wenn sie geruhte, mir einen Blick zu gönnen, würde sie mich nicht erkennen. Nachts, noch dazu, wenn ich eine Schirmmütze über meinem roten Haar trage, merken meine Fahrgäste meist nicht einmal, daß ich eine Frau bin. Aber meine beste Verkleidung ist gar nicht die Mütze, es ist der Job. Niemand achtet auf Taxifahrer.

Ich schaute verstohlen in den Rückspiegel. Dee hatte die Sonnenbrille abgenommen. Sie schien in die Betrachtung eines lackierten Fingernagels versunken zu sein.

South End war eine knappe Meile von ihrem Hotel entfernt, kaum ein anständiger Fußmarsch, geschweige denn eine Taxistrecke. Ich spielte mit dem Gedanken, «Je später der Abend...» zu sagen, um die Sache mit einem Scherz ins Rollen zu bringen. Je länger ich zögerte, um so schwieriger wurde es, wie wenn man sich auf einer Party mit jemandem unterhält, mit jemandem, den man ziemlich gut kennt, dessen Namen man aber vergessen hat. Wenn man's gleich gesteht, ist es nicht so schlimm. Doch je länger man redet, um so schwieriger wird es, nach dem Namen zu fragen. Man fragt sich unentwegt, mit wem um Gottes willen man eigentlich plaudert, und hofft die ganze Zeit, nicht aufzufliegen.

Wir trafen auf eine rote Ampel, und ich widmete mich wieder dem Rückspiegel. Der Rücksitz lag so ziemlich im Dunkeln, aber eine Straßenlaterne erwies sich als hilfreich. Dee starrte ins Leere, trommelte mit den Fingern auf den Schenkel und umklammerte ihre Schultertasche. Sie sah gut aus, vielleicht ein bißchen streng, aber gut. Sie knöpfte ihr Cape auf, und darunter kam eine rote Bluse mit Goldstickerei zum Vorschein, die im Licht glitzerte. Ich konnte das Muster nicht erkennen. Sie trug eine lange Kette aus Goldperlen und lange, auffällige Ohrringe. Dicke Lidstriche, volles Make-up. Vielleicht hatte sie am Abend einen Auftritt gehabt. Ich hatte keine Ankündigung in der Zeitung gelesen, aber an manchen Tagen blättere ich sie auch nur durch, ehe ich mit dem Papier den Sittichkäfig auslege.

Ihr wildes dunkles Haar lockte sich wie ein Heiligenschein um ihren Kopf. Ich wußte, sie war älter als ich, aber man sah ihr das nicht an.

Wir fuhren schnell an zwei Häuserblocks vorbei, dann standen wir wieder vor einer roten Ampel. Sie atmete tief ein, hielt die Luft an und stieß sie hörbar wieder aus. Dann schloß sie die Augen und atmete noch mal tief. Sie hatte das hintere Fenster nicht heruntergekurbelt. In ihrem Cape schmolz sie wahrscheinlich.

Ich fragte mich, wo sie wohl hinwollte, nach einer Kreuzfahrt in den frühen Morgenstunden quer durch South End, fragte mich auch, ob die Begegnung nicht für uns beide peinlich sein würde.

Ich habe Dee Willis in meinem ersten Universitätsjahr in Boston kennengelernt, wo sie auf einer Party sang und ihre klare Stimme sich über eine Flut von schlechtgestimmten Instrumenten erhob, so daß alles noch einmal so gut klang. Sie war nicht gerade hübsch und ganz sicher nicht mit Bildung gesegnet – aber sie hatte eben diese Stimme, und in meiner Clique entschuldigte ihr Gesang alles.

Ich bog in die Pembroke Street ein. «Soll ich um diesen Häuserblock fahren?» fragte ich mit einer Stimme, die kaum laut genug war, um durch die Öffnung in der von Gesetzes wegen für Bostoner Taxen vorgeschriebenen Trennwand zu dringen.

«Nur weiter geradeaus. Ich sage Ihnen, wo Sie halten sollen.» Sie preßte die Nase gegen die linke hintere Fensterscheibe. Vielleicht sah sie überhaupt keine Leute mehr an, nicht nur keine Taxifahrer. Ich habe gehört, daß Prominente so werden – sie tun so, als trügen sie Scheuklappen, damit sie nicht immerfort dumme Fragen beantworten müssen oder beim Essen von Autogrammjägern gestört werden.

Ich versuchte es erneut mit dem Rückspiegel, diesmal jedoch schob ich mich etwas nach rechts, bis mir mein eigenes Spiegelbild entgegenblickte. Dee sah so aus, als wenn es ihr recht gutging. Und mir? Auch nicht schlecht, danke. Wenn ich pro Jahr vielleicht noch zwei Aufträge mehr bekomme, dann kann ich vielleicht die Taxifahrerei aufgeben.

Meine Warnantennen gaben Signal, als wir die Tremont überquerten und in eines der weniger angenehmen Viertel der Stadt hineinfuhren.

Dee klopfte an die Trennwand. «Links rum», sagte sie. Ich

gehorchte. Sie schien den Weg aus der Erinnerung anzugeben.

«Halten Sie hier!» Sie schob Geld durch das kleine Schiebefenster. Ein Schein flatterte auf den Sitz, und ich beugte mich zur Seite, um ihn einzusammeln. Als ich mich wieder aufgerichtet hatte, schlug sie gerade die Tür zu.

Wohin ging sie bloß? Es waren keine Restaurants in der Nähe, die so spät noch aufhatten. Sie hastete über die Fahrbahn in einen kleinen Stadtpark.

Der Park, manchmal Blackstone Square genannt, manchmal auch mit weniger schönen Namen bedacht, ist tagsüber ziemlich sicher, wenn man nichts gegen Penner hat, die einen Dollar schnorren. Nachts machen Bostoner einen großen Bogen darum, weil sie Angst haben vor den Obdachlosen mit ihren ausgemergelten Gesichtern.

Ich fuhr los, bremste jedoch bald wieder ab. Wenn Dee allein losgezogen war, um Koks zu organisieren, dann war der Stoff in der Musikszene doch knapper, als ich gedacht hatte.

Sie im Auge zu behalten, war nicht besonders schwer. Sie rannte über einen leeren Basketballplatz. Die Äste der wenigen dürren Bäume hingen durch die Hitze schlaff herab. Ein dreistöckiges Apartmenthaus versperrte mir kurz die Sicht, als ich um die Ecke bog.

Dee ging anscheinend hastig kreuz und quer über die zentrale Rasenfläche des Parks und sprach mit den Obdachlosen auf den Bänken. Ich hielt in der Parklücke vor einem Hydranten und beobachtete sie; die Sache war mir ein Rätsel.

Ich hatte sechs Jahre lang Polizeidienst gemacht. Ich wußte, wie ein Drogendeal aussieht.

Dee hielt eine Hand flach über den Kopf, als beschriebe sie etwas Großes. Mondlicht erhellte eine Seite ihres Gesichts. Sie nickte und zog dann einen zusammengeknüllten Schein aus ihrer Tasche, den sie der Gestalt auf der Parkbank gab, und ging weiter.

Das kam mir bekannt vor, ein Geldtransfer, aber Dee bekam offenbar nicht das, was sie als Gegenwert erwartet hatte.

Ich nahm die Mütze ab, lüftete die Lockenpracht in meinem Nacken und wünschte, ich hätte ein Gummiband und ein paar Haarnadeln mitgenommen.

Dee wiederholte die Aktion an einer anderen Parkbank. Ein schmieriger Typ mit einem Wochenbart im Gesicht heftete sich an ihre Fersen. Sie drehte sich um und sprach mit ihm. Ich schaltete die nutzlos rauschende Klimaanlage ab, aber alles, was ich hören konnte, war babylonisches Stimmengewirr. Die Stimme des Mannes reichte weiter, doch ich konnte trotzdem nichts verstehen.

Jetzt kam noch ein Typ herangeschlendert, und der sah nach Ärger aus. Ob betrunken oder stoned, jedenfalls kam er groß und schwankend auf seinen stämmigen Beinen an und schien seine gesamte Garderobe auf dem Leib zu tragen, Hemd über Hemd, Hose über Hose.

Schon Hitze allein kann die Atmosphäre vergiften. Kommen noch Alkohol oder Drogen hinzu, weiß man, aus welchem Grund Polizisten heiße Augustnächte hassen.

Ich hörte einen ärgerlichen Aufschrei, stellte die Zündung ab und steckte die Autoschlüssel in die Tasche. Es folgte noch ein schriller Schrei. Im Nu war ich aus dem Taxi heraus und rannte zum Park.

Automatisch hatte ich das fußlange Bleirohr ergriffen, das immer unter meinem Sitz liegt. Es war allerdings nicht so beruhigend wie mein Dienstrevolver früher.

«Teufel auch, du kannst dir das doch leisten, Lady», gellte die Stimme eines Mannes, als ich näher kam.

Dees Hand lag fest auf dem Riemen ihrer Schultertasche. Sie funkelte einen Typen an, der einen Kopf größer war als sie, und sie wirkte nicht halb so verängstigt, wie sie eigentlich hätte sein müssen. Vielleicht sah sie die Leute nicht, die sich auf dem asphaltierten Sportplatz sammelten.

«Hau ab», hörte ich sie sagen, so arrogant wie eh und je. «Du wirst nicht gebraucht.»

«Schmeiß die Tasche schon her, du Flittchen», schrie der zu warm angezogene Betrunkene. Er lehnte an einem Papierkorb, zu besoffen, um sich bewegen zu können, und dafür war ich dankbar. Er stachelte als selbsternannter Führer die anderen an.

Vom Sportplatz her kam ein unablässiger Strom hungriger, wackeliger, betrunkener Seelen auf Dee zu, wie Haifische, die einen blutenden Fisch einkreisen. Ihr Cape ging auf, und ihre Bluse glitzerte im Scheinwerferlicht eines vorüberfahrenden Autos.

Ich rief ihren Namen. Ein weiterer Typ, Mitte Fünfzig, mit weißem Haarschopf, grapschte nach ihrer Tasche und bekam sie zu fassen. Eine Weile spielten sie Tauziehen, dann riß der Schulterriemen. Dee konnte noch eine Ecke packen und zog mit einem Ruck daran, doch dabei kehrte sich die Tasche um, und der Inhalt regnete heraus. Der Mann ging mit einem Grunzen zu Boden, um Münzen, Scheine und versetzbaren Schmuck an sich zu raffen.

Ich stieß zwei Frauen beiseite, die am Rand der Meute ihre Kommentare machten, und schob mich nahe genug heran, daß ich Dee an der Schulter fassen konnte.

«Lassen Sie mich los», sagte sie und sperrte sich gegen mich, während sie die Tasche festhielt. Dann schaute sie zum ersten Mal zu mir auf. An dem Schock in ihren Augen sah ich, daß sie mich wiedererkannt hatte.

«Los, weg hier», sagte ich mit Nachdruck.

«Erst kriegt jeder von uns zehn Dollar», brüllte ein Mann.

«Scheiße», murmelte ich leise. Mit Geld um sich zu werfen,

beschwört auch in der feudalsten Gegend von Boston garantiert eine unangenehme Situation herauf. Den Nikolaus zu spielen, wenn zehn Dollar eine Menge Wein oder eine Unze Stoff bringen, ist einfach die reine Idiotie. Die Aussicht, Geld geschenkt zu bekommen, verwandelte vor meinen Augen eine Handvoll Unglücklicher in einen Mob.

Während ich Dee in Richtung Taxi zu zerren begann, spürte ich, wie mir der Schweiß den Rücken hinunterrann. Hinter mir hörte ich eine Flasche zersplittern.

«Schnell jetzt», drängte ich. Sie sträubte sich und spähte über die Schulter zurück. Jemand fingerte nach ihren Perlen.

«Ich kenn ihn», schrie eine tiefe Stimme aus dem Dunkeln. «Her mit den zehn.»

«Ich auch.»

«Wo ist das Geld, Lady?»

«Ich seh den Kerl dauernd.»

«Ich hab ihn getroffen, Lady.»

Mindestens zehn von ihnen kreisten uns ein, und vier von ihnen schnitten uns den Weg zum Taxi ab. Wieder zersplitterte eine Flasche, und diesmal war es nicht aus Versehen. Der zackige Hals einer Bierflasche verfing sich im Ärmel von Dees Bluse. Sie stöhnte auf. Ich schlug mit meinem Rohr zu und hörte als Antwort ein überraschtes Schmerzgeheul.

«Schleuder deine Tasche über ihre Köpfe», befahl ich Dee, «und renn zum Taxi. Ich halte sie auf.»

Sie griff nach ihrem Arm, und ich fragte mich, ob sie wohl böse verletzt war. Die Tasche fiel ihr vor die Füße, und der abgerissene Riemen schlängelte sich auf die Meute zu. Wieder wurde an ihrer Perlenkette gezerrt, sie riß, und die Perlen kullerten auf das spärliche Gras. Ich hielt Dee davon ab, sich danach zu bücken. Und ich kniete mich auch nicht hin, um die Tasche wiederzuholen, aus Angst, das Pack würde sich auf mich stürzen.

Ich schwang das Bleirohr im Kreis, um uns Platz zu verschaffen. Eine Flasche prallte von meiner Schulter ab, ich wirbelte herum und sah mich einem nichtexistenten Angreifer gegenüber. Ich schnappte nach Luft. Mühsam beruhigte ich meinen Atem wieder.

«Gut», sagte ich laut, mit Polizeistimme. «Gebt einen Weg frei. Ich und die Lady gehen. Was ihr auf der Erde findet, könnt ihr behalten. Fairer Deal, okay?» Ich hielt Dee am Handgelenk fest. Sie wehrte sich schwach. Ich hatte ganz vergessen, wie klein sie war. Mit der rechten Hand umklammerte ich das Stück Bleirohr. Es hatte sich kühl angefühlt, als ich es ergriffen hatte; jetzt war es genauso feucht und klebrig wie meine Handflächen.

«Was ist mit meinen zehn Dollar?» sagte der am Papierkorb lehnende Trunkenbold laut.

«Auf der Erde», erwiderte ich. «Die Party ist vorbei.»

«Laßt sie nicht abhauen, bevor wir Geld gesehen haben», ließ sich jemand mit Pennerweisheit vernehmen. «Haben sie Schmuck? Diamanten?»

«Du siehst zuviel fern», sagte ich und hielt auf mein Auto zu, das Rohr schwingend. «Im Fernsehen ist jeder reich. Ich fahre das Taxi dort.»

«Yeah, aber was ist mit dem reichen Flittchen da?»

«Sie hat ihren Schmuck fallen lassen. Du trittst gerade drauf.»

Ein paar abgedröhnte Typen gingen auf alle viere nieder, aber die anderen ließen sich nicht reinlegen. Ich fuhr mir mit der Zunge über die trockene Oberlippe. Ich war mir nicht sicher, ob ich sie mit meinem Gerede einwickeln konnte, ohne jemanden fest mit dem Rohr treffen zu müssen – und ich wußte auch nicht, wer ein Messer hatte oder eine billige Kanone. Ich behielt die Meute im Auge, immer auf blitzendes Metall gefaßt, als der Streifenwagen um die Ecke kam.

Es gibt Zeiten, da verläßt man sich am besten auf sich selbst, und Zeiten, da ruft man um Hilfe.

Ich schrie mir die Lungen aus dem Leib, und das Aufheulen der Sirene, das mir antwortete, hatte noch nie so schön geklungen.

2

Angst vor der Meute hatte Dee nicht gehabt, aber die Cops entsetzten sie. Jetzt packte sie *meinen* Arm und versuchte, mich zum Taxi zu zerren. Das Pack zerstreute sich in Richtung Basketballplatz. Das Rohr fühlte sich auf einmal bleischwer an, deshalb ließ ich meinen Arm sinken und konzentrierte mich auf meinen Atem. Mein T-Shirt war auf dem Rücken schweißnaß. Dee zog mich wieder am Ärmel, aber ich schüttelte sie ab.

Ein Cop, so jung, daß er noch grün hinter den Ohren war, sprang aus dem Streifenwagen und packte einen Betrunkenen am Kragen – mit Sicherheit keinen der Anführer, die alle in der dunstigen Hitze weggeschmolzen zu sein schienen. Der Beamte nahm seinen Gefangenen in den Würgegriff und führte ihn so nah heran, daß ich seinen Fuselatem riechen konnte.

«Hat dieser Typ euch beraubt, Mädels?» schrie er mit einer durch Adrenalin um hundert Dezibel erhöhten Stimme.

Mich, die ich ein ordentliches Stück Bleirohr in der Hand hatte, «Mädel» zu nennen, war eine Dummheit. Die zweite Dummheit war, so zu tun, als durchschaue er die Lage. *Nie* etwas vermuten, hatte ich auf der Polizeiakademie gelernt. Keine Annahmen, zuerst immer die Frage: *Was geht hier vor?*

«Schnell weg», sagte Dee. Sie hatte flüstern wollen, aber die Worte knallten wie ein Peitschenschlag.

«Warum so eilig?» sagte der Cop, entschieden weniger mitfühlend. «Haben Sie Ihre Ausweise dabei?»

«Ist das Ihre Tasche?» Die Beifahrerin des Grünschnabels, eine Schwarze mit hochgetürmtem, leicht angegrautem Haar, zog Dees zerbeulte Schultertasche unter einem Busch hervor.

«Ja... äh... nein», sagte Dee, wobei sie schluckte und klang, als ob sie ihr Leben lang geübt hätte, die Verdächtige zu spielen.

«Vielleicht sollten wir zum Revier fahren und sehen, ob wir Klarheit in diese Sache bringen können», sagte der junge Beamte und lockerte den Griff, mit dem er den spuckenden und keuchenden Betrunkenen hielt.

«Nein», sagte Dee schnell, zu schnell. «Nein. Ich... äh... ich habe ein Taxi genommen, und äh... wir haben uns verfahren. Haben angehalten, um nach dem Weg zu fragen. Keine Schwierigkeiten. Keine Probleme.»

Der Betrunkene, eine vierschrötige kaffeebraune Gestalt, die jedes Alter von zwanzig bis fünfzig haben konnte, nutzte die Gunst des Augenblicks, taumelte auf Dee zu, deutete mit zitterndem Finger auf sie und stieß hervor: «Sie Geld stehlen, dieses Flittchen. Zehn Dollar sie mir stehlen. Ich mache Anzeige.»

«Carlotta», flüsterte Dee eindringlich und bewies damit zweifelsfrei, daß sie sich an meinen Namen erinnerte, «tu doch irgendwas, um Gottes willen! Bitte!»

Nun ist es eigentlich nicht meine Art, die vor Dankbarkeit über ihre Rettung hinschmelzende Dame zu spielen, aber der Anblick dieser Cops hatte mich aufrichtig erfreut. Anfangs hatte ich noch ein Gefühl von Kameradschaft gehabt, den Wunsch, ihnen die Hand zu schütteln und sie für ihre gute Arbeit zu loben. Doch meine Begeisterung schwand dahin, als klarwurde, daß sie uns für ein paar Vororthausfrauen hielten, die einen schmutzigen kleinen Drogeneinkauf hatten tätigen wollen. Ich konnte förmlich die Sprechblasen über ihren Köpfen sehen, während sie plötzlich jedes Interesse an den Pennern verloren und sich auf uns konzentrierten.

Was mich erstaunte, war, daß keiner von ihnen Dee erkannte. Dabei war sie auf dem Titelblatt von *People* erschienen.

Der Betrunkene schrie weiter, Dee hätte ihn beraubt, und er wollte «Anklage machen». Englisch war offenbar nicht seine Muttersprache, und «Anklage machen» war alles, was die Cops aus ihm herausbekamen. Ich bot mich nicht als Dolmetscher an. Je mehr Dee ihre Unschuld beteuerte, um so verdächtiger klang sie.

In der Schultertasche war kein Ausweis. Kein Portemonnaie. Kein Geld. Nur ein Kamm und ein paar Haarnadeln. Sauber ausgeräumt. Doch wenn Dee nicht zwei verschiedene Namen angegeben hätte – erst Jane Adams, als sie gefragt wurde, und dann Joan –, hätten wir wahrscheinlich keine Freifahrt in einem Streifenwagen bekommen.

Ich bestätigte ihre Story und hielt den Mund über ihren Namen, aber ich wünschte doch, sie hätte eine bessere Lüge erfunden. Ihre Geschichte, die Zieladresse vergessen, sich verirrt und ihre Tasche verloren zu haben, klang absolut faul. Ich als Bürgerin und Taxifahrerin dieser Stadt, was ich durch meinen Führerschein, die Fotokopie meiner Detektivlizenz und andere Papiere beweisen konnte, hätte gehen können. Aber ich blieb; ich wollte sehen, wie Dee sich da herauswand. Ich war auch neugierig, warum sie in die Sache hineingeschlittert war. Und sie hielt meinen Arm so fest umklammert, daß ich wahrscheinlich gar nicht fliehen konnte.

Ich habe nicht mehr oft die Gelegenheit, auf dem Rücksitz einer Funkstreife zu fahren. Ich hatte ganz vergessen, daß solche Annehmlichkeiten wie Türgriffe innen fehlten. Mit dreien auf der Rückbank war es ziemlich eng. Ich hoffte nur, daß Dees betrunkener Ankläger sich nicht übergab.

«So, wie geht's, wie steht's?» fragte ich, sobald wir hinter der Gittertrennwand saßen, während Dee, in ihrem Bestreben, möglichst weit von dem Betrunkenen abzurücken, praktisch auf meinem Schoß saß. Der Streifenwagen hätte eine Riesensprühdose Airfresh gebrauchen können. Der Betrunkene verbesserte die Luft auch nicht gerade.

«He, ich dachte, Sie hätten sie gerade erst mit dem Taxi aufgelesen», sagte die Polizeibeamtin vorwurfsvoll, wobei sie den Kopf zu mir umdrehte und mich argwöhnisch über die Schulter ansah.

«Habe ich ja auch», schoß ich zurück, «ich mache nur Konversation.»

«Carlotta», murmelte Dee flehend, «kannst du mir hier heraushelfen? Ich kann das jetzt wirklich nicht gebrauchen, weißt du? Kannst du nicht irgendwas machen?»

«Du machst das doch glänzend. Nur weiter so, und du wirst die Nacht in einer Zelle verbringen...» Ihr warnender Blick hielt mich davon ab, ihren richtigen Namen zu nennen.

«Gibt es nicht eine Möglichkeit? Warst du nicht eine –»

«Kein Geflüster da hinten», mahnte der Polizist.

«Kein Geflüster?» wiederholte ich. «Sind Sie sicher, daß das ungesetzlich ist?» Der Betrunkene betete in Schnellfeuerspanisch zur Jungfrau Maria.

«Kesse Sprüche helfen uns nicht», zischte Dee.

Da hatte sie nicht ganz unrecht. «Bringen Sie uns zu Revier D?» fragte ich die Cops.

«Warum?»

«Ich habe mich nur gefragt, ob Sie einen kleinen Umweg in Kauf nehmen würden. Das würde Ihnen eine Menge Papierkram ersparen, vielleicht sogar eine Dienstaufsichtsbeschwerde. Solche Beschwerden machen sich nicht unbedingt gut bei der Prüfung zum Inspektor.»

Jetzt waren sie ganz Ohr. Der Grünschnabel fuhr langsamer. Die Frau sah mich aus zusammengekniffenen Augen an. Ich fing an, Namen herunterzurasseln. Die beiden blieben unbeeindruckt, bis ich Mooney erwähnte.

Als ich noch Polizistin war, habe ich für Mooney gearbeitet. Er war damals Sergeant. Inzwischen ist er Lieutenant, und höher wird er im Rang kaum kommen. Er ist ein zu guter Polizist – und ein zu schlechter Arschkriecher.

Ich hatte bei Mooney ein paar Punkte gut, aber ich nehme das ungern in Anspruch, weil ich nicht so oft die Chance habe, bei meinem ehemaligen Chef Pluspunkte zu sammeln. Andererseits kannten Dee und ich uns schon sehr lange, und jetzt, wo sie endlich dabei war, eine glänzende Karriere zu machen, war eine Verhaftung kein guter Publicity-Gag.

Die Polizistin kannte Mooney. Allmählich dämmerte ihr, daß sie eine etwas ungewöhnliche Fracht hatte. Sie starrte Dee an, als sei sie kurz davor, sich an etwas Wichtiges zu erinnern.

Ich war mir nicht sicher, ob Mooney nachts Dienst tat, obwohl er dafür bekannt ist, üble Schichten zu übernehmen. Er lebt mit seiner Mutter zusammen. Ich habe sie kennengelernt, und sie rechtfertigt es meines Erachtens vollkommen, 24 Stunden am Tag im Dienst zu bleiben.

Wenn Mooney im Büro ist, dann in der alten Wache D, denn dort haben sie die Mordkommission untergebracht.

Ich versuchte, die Cops zur Fahrt nach Southie zu überreden, aber der Mann weigerte sich, und ich konnte es ihm im Grunde nicht verübeln.

Ich lächelte Dee aufmunternd zu, trotz des Gestanks und der drückenden Enge. Es bestand noch Hoffnung, wenn auch nur schwach. Mooney arbeitete oft an der Hauptwache in der

Berkley Street. Das war kaum ein Umweg, und ich konnte die Frau dazu überreden, hinzufahren.

Wir kamen gleichzeitig mit einer Wagenladung Nutten auf der Wache an. Eine von ihnen winkte mir zu, aber ich erkannte sie nicht mit ihrer strähnigen blonden Perücke.

Den diensttuenden Beamten am Eingang kannte ich auch nicht. Er beachtete uns kaum, ganz angetan vom Charme der Straßenladies. Die Polizistin nahm ihn schließlich in die Zange und redete im Flüsterton auf ihn ein, während Dee nervös herumzappelte und der Betrunkene 37 Ave-Marias herunterleierte.

«Ist er nun da oder nicht?» fragte ich, als der Betrunkene mit Nr. 38 begann.

«Nach oben», befahl die Polizistin.

Wir zuckelten hinter den Prostituierten her. Wie schaffen Frauen es bloß, auf fünfzehn Zentimeter hohen Stöckelschuhen zu gehen? wunderte ich mich. Vielleicht sind sie das Neueste auf dem Markt für Selbstverteidigungswaffen.

Ich sah Mooney schon, noch ehe ich ihn hörte. Er stand einfach da, die Arme verschränkt – das saubere gestreifte Hemd ordentlich in weiten Hosen –, und schaute sich die Parade an. Jemand mußte ihn angerufen und vorgewarnt haben.

«Neuer Job?» fragte er ironisch. Ich war so froh, ihn zu sehen, daß ich ihn beinahe höchst unprofessionell umarmt hätte. Er roch nach Zigaretten, da er nach fast einem Jahr das Rauchen wieder angefangen hatte. Ich selbst habe es vor Jahren aufgegeben, aber der Rauch aus zweiter Hand roch verdammt gut, besonders nach dem Gestank im Streifenwagen.

Dee hatte ihre Sonnenbrille aufgesetzt und war dadurch nicht gerade unauffälliger geworden. Man braucht nur nachts eine Sonnenbrille aufzusetzen, wenn man wie ein Junkie aussehen will. Trotz der drückenden Hitze knöpfte sie ihr Cape zu und versuchte, sich unsichtbar zu machen.

Wenn ich ihr helfen wollte, mußte ich sie freikriegen, bevor ein Fan sie erkannte – oder noch schlimmer, ein Polizeireporter. Ich zog Mooney in eine Ecke und verbrauchte eine Menge meiner Pluspunkte mit dem Versprechen, alles später zu erklären.

Hätten Mooney und ich uns anders kennengelernt, bin ich sicher, daß wir uns irgendwann im Bett wiedergefunden hätten. Aber jahrelang mußte ich mir den Gedanken aus dem Kopf schlagen, ihn als möglichen Bettgenossen zu betrachten, und jetzt, wo nichts mehr zwischen uns stand, war mir nicht mehr danach.

So, als ob man mit seinem Bruder schläft, sage ich ihm jedesmal, wenn er mich einlädt.

Außer meinem Gefühl, daß Intimitäten der reine Inzest wären, habe ich nichts gegen Mooney. Er sieht gut aus, wenn man große, starke Iren mag. Er hat trügerisch milde braune Augen, die einen mit einem Blick zum Erstarren bringen können. Er ist um die Vierzig, aber das sieht man nur an den feinen Fältchen in den Augenwinkeln. Bauch hat er keinen.

Mooney erklärt unsere Beziehungsprobleme anders. Er sagt, ich hätte eben mehr für Gangster übrig als für Cops – einschlägiges Beispiel dafür sei mein derzeitiger Liebhaber Sam Gianelli, Sohn eines Bostoner Unterweltbosses.

Mooney sprach kurz mit den Beamten, die uns hergebracht hatten, und sie bekundeten lauthals ihr Bedauern. Dees Ankläger mußte einen Vortrag über Alkoholmißbrauch in der Öffentlichkeit über sich ergehen lassen, der ihm allerdings gar nicht in sein benebeltes Hirn drang. Die Streifenpolizisten erboten sich, ihn zum Park zurückzufahren, was ich sehr anständig fand.

Mooney sagte, er wäre überglücklich, wenn er mich und meine Freundin fahren dürfe. Ich hätte lieber den stinkenden Streifenwagen genommen, um schleunigst seinen prüfenden

Fragen zu entgehen, aber ehe ich sein Angebot höflich ablehnen konnte, hatte Dee schon überschwenglich gedankt. Mooney schob uns zur Hintertür hinaus und steuerte auf einen neuen Dienstwagen mit funktionierender Klimaanlage zu. Sein alter Buick ist ein Wrack.

Dee hielt ihr Gesicht aus dem Licht heraus, packte den hinteren Türgriff und verschwand schnell im Auto. Ich setzte mich nach vorn und ließ mir den gutgekühlten Wind ins Gesicht blasen.

Wir fuhren zum Ort des nicht stattgefundenen Verbrechens zurück.

Dee murmelte Mooney ein Dankeschön zu, als sie aus dem Wagen stieg, den Kopf gesenkt, das Cape zugeknöpft, die Sonnenbrille auf der Nase.

«Ich mag Ihre neuen Songs, Dee», sagte Mooney mit einem freundlichen Lächeln. Die Reifen quietschten, als er abfuhr. Jungs bleiben Jungs.

«Scheiße», sagte Dee mit erfreutem Grinsen, als sie sich in meinem Wagen auf den Vordersitz fallen ließ. «Wie hat er mich erkannt?»

Ich antwortete nicht darauf, weil ich mich gerade zu sehr auf den roten Strafzettel an der Windschutzscheibe der Taxe konzentrierte. Das Parken vor einem Hydranten wird in Boston mit einem Bußgeld von hundert Dollar geahndet, und das würde die Taxigesellschaft mit Sicherheit nicht bezahlen.

Wie meine Mutter immer zu sagen pflegte: «Misch dich nicht ein.»

3

Ich ließ den Motor an. Dee schob den zerrissenen Ärmel ihrer Bluse zurück, und ein dünnes rotes Rinnsal lief an ihrem Arm herab. «Hast du ein Kleenex oder so was?» fragte sie.

«Sieh im Handschuhfach nach.» Meine Freundin Gloria, Chefin über den Taxifunk und Miteignerin der *Green & White*-Taxigesellschaft, stattet die Taxen mit Erste-Hilfe-Sets aus, aber manche von den Kerlen, die für sie fahren, stehlen alles, selbst das Heftpflaster.

Dee wühlte schweigend ein Weilchen herum und sagte dann: «Hier ist was von dem Zeug, womit man sich die Hände abwischt, wenn man Kentucky Fried Chicken gegessen hat.»

«Wenn's noch in der Verpackung ist, nimm es», sagte ich.

Als wir vor einer Ampel am Public Garden halten mußten, beobachtete ich, wie Dee sich den Arm abwischte und das Beifahrerfenster herunterkurbelte, wohl um das benutzte Papiertuch hinauszuwerfen. Doch statt dessen hielt sie es fest umklammert, lehnte sich zurück und kicherte. Die Trennwand warf das Geräusch zurück.

«Was ist so komisch?» fragte ich.

«Mir fiel nur gerade ein, daß ich womöglich eine Anzeige wegen Straßenverunreinigung bekäme», sagte sie. «Himmel», keuchte sie, immer wieder von Lachen geschüttelt, «von allen Taxen aller Städte der ganzen Welt... Heißt es nicht so? Du kennst doch den Satz aus *Casablanca*, wo Humphrey Bogart sagt: ‹Von allen Gin-Lokalen aller Städte der ganzen...›»

«‹...mußtest du gerade meins aufsuchen›», zitierte ich gefühlvoll. «Beruhige dich.» Manche Leute reagieren mit Lachsalven, wenn ihnen bewußt wird, daß sie die Nacht nicht im

Gefängnis zu verbringen brauchen. Erleichterung äußert sich auf seltsame Weise.

«Scheiße, tut mir leid, Carlotta. Daß ich dich nicht gleich erkannt habe, meine ich. Ich hatte nicht erwartet ... also ...», ihr Lachen bekam einen bitteren, sarkastischen Unterton, «... also da schleiche ich mich aus dem Hotel, inkognito und anonym, und was mache ich? Ich nehme ein Taxi, und du sitzt am Steuer. Also wirklich, was ich mache, mache ich richtig!»

Ihre Stimme hatte zu zittern angefangen.

«Hast du viel Geld verloren?»

Sie zögerte. Ich sah sie mit hochgezogenen Augenbrauen an, und da kapierte sie offenbar, daß jemand, der ihr zweimal in einer einzigen Nacht den Arsch gerettet hatte, ein gewisses Recht darauf hatte, eine oder zwei Fragen zu stellen.

«Etwa hundert Dollar», murmelte sie. «Vielleicht auch zweihundert.»

Meine Augenbrauen bewegten sich noch ein Stückchen höher. Ich weiß auf den Cent genau, was in meiner Börse ist.

«Zum Hotel zurück?» fragte ich sie.

«Hm, ich glaube schon.»

«Wohnst du da? Ganz schön», sagte ich.

«Erinnerst du dich noch an mein Apartment auf der Mass. Ave.? War das ein Saustall!»

«Aber die Feste waren gut», sagte ich. Wenn genügend Leute in einem kleinen Loch von einem Zimmer versammelt sind, achtet keiner mehr auf das Ambiente.

Wir fuhren drei Blocks weiter. Die Stille wurde lastend und so drückend wie die Hitze.

«Carlotta», sagte Dee langsam, «die Lizenz, die du den Cops gezeigt hast – bist du so was wie ein Detektiv, jemand, der Leute wiederfindet?»

«Ich bin Privatdetektivin. Ich übernehme auch die Suche nach Vermißten.»

«Kannst du das Taxi loswerden?»

«Ich glaube schon», sagte ich zögernd.

Sie war auf einmal wie aufgedreht. «Komm mit rauf. Du kannst mir aus der Klemme helfen. Also was ich sagen will: Du bist genau die Richtige. Du bist ein Geschenk des Himmels. Ich bezahle dir deine Zeit. Ich zahle auch den Verdienstausfall vom Taxi heute nacht. Und ich zahle dir deinen verdammten Strafzettel. Das bezahle ich auf jeden Fall, auch wenn du es nicht machst.»

Ich fuhr vor dem *Four Winds* vor. Der Portier eilte über den Bürgersteig zu uns, aber Dee winkte ab.

Meine Hand am Zündschlüssel, setzte ich mich gerade und wendete mich zu ihr. Ich konnte spüren, wie ich die Zähne zusammenbiß. «Ist Cal bei dir?» fragte ich schließlich nach langem Schweigen.

Sie schaute mir fragend ins Gesicht. Ich konzentrierte mich auf eine Ampel in der Nähe.

«Er ist weg», sagte sie, «schon lange.»

«Ihn soll ich doch nicht suchen, oder?»

«Um Gottes willen, nein!»

4

Das erste, was mir im Foyer auffiel, war die Klimaanlage; der Raum hätte glatt als Kühlschrank durchgehen können. Ich sog die eiskalte Luft dankbar ein und fühlte, wie mein dünnes Hemd steif und kühl wurde.

Wir gingen am Rande sorgfältig zusammengestellter Sitzgruppen vorbei, die Orientteppiche säumten. Ich fragte mich, ob sich überhaupt jemand trauen würde, auf den antiken Sesseln Platz zu nehmen. Obwohl wir die einzigen im Fahrstuhl waren, schwiegen wir. Dee drückte den Knopf für das oberste Stockwerk.

Kennen Sie das, daß die Zungenspitze immer wieder zu der entzündeten Stelle im Mund geht? Meine macht das.

Und hier gleich noch ein Charakterfehler: Da war dieser große Stein im Hinterhof, den ich als Kind, wenn es geregnet hatte, unbedingt umdrehen mußte. Mir schauderte immer ein bißchen davor, denn ich fand unweigerlich irgend etwas Wabbeliges, Krabbeliges darunter – aber ich wäre nie auf die Idee gekommen, nicht nachzuschauen.

Ich beobachtete die Lichtsignale bei jedem vorbeisausenden Stockwerk und dachte daran, daß Cal nach all den Jahren tatsächlich immer noch wie eine entzündete Stelle in meinem Mund war, wie ein großer, noch unverrückter Stein in meinem Hof. Calvin Therieux, mein Exmann. Der Typ, der seinerzeit mit Dee Willis zusammen die Stadt verließ.

Ganz richtig. Spazierte davon mit meiner besten Freundin Dee, der Frau, mit der ich fünftausend Songs gesungen und mehr gemeinsam hatte als ein paar Männer. Ich hatte ihr widerspenstiges Haar geordnet und sie gelehrt, einen Fön zu benutzen. Sie hatte meine Locken gebügelt, bis sie glatt waren, wie es die Mode befahl. Dee und Cee wurden wir genannt. Dee und Carlotta, damals unzertrennlich. Ein tolles Duo.

Sie hatte die Titten, die Grübchen, den Charme der Südstaaten. Ich hatte einen jungenhaften Arsch, die langen Beine, das feurig rote Haar. Wir pflegten uns im Spaß gegenseitig zu versichern, daß wir beide zusammen einen großartigen Körper hatten.

Und dann kam das mit Cal.

Warum hatte ich sie eigentlich nicht in ihrem Park allein gelassen?

Was, zum Teufel, machte ich in diesem Aufzug?

Ich erinnere mich noch, daß ich Dees Prüfungsarbeit in Biologie für sie gemacht habe, kurz bevor sie das Collegestudium abbrach. Meine Hände zitterten, als ich ihren Namen in das blaue Buch fälschte. Ich weiß bloß nicht mehr, warum ich mich damals dazu bereit erklärt habe.

Und Cal? Nun, Cal hat mich eigentlich nicht wegen Dee verlassen, das war es nicht, wenigstens nicht ganz. Er hat mich für Koks fallenlassen, schlicht und einfach. Dee stellte genau zum richtigen Zeitpunkt eine Band zusammen und ging für sechs Monate auf Tournee. Cal hatte die Wahl: Er konnte bei mir bleiben, clean werden, einen Job anfangen; oder er ging mit Dee, machte Musik, blieb vollgedröhnt und feierte Parties.

Tja, was für eine Wahl.

Die Aufzugtür glitt auf.

Der Gang war mit weinrotem Velours ausgelegt. Die Tapeten an den Wänden waren kastanienbraun und weiß gestreift; goldgerahmte Drucke hingen unter Messingleuchten. Musik drang aus offenen Doppeltüren zur Rechten, und danach zu urteilen, wie sie abbrach und wieder anfing, war sie live. Stimmen mischten sich mit der Musik. Im weiten, stillen Foyer unten war es zwei Uhr früh. Auf dem achten Stock war Partyzeit.

«Scheiße», sagte Dee leise, «die sind immer noch zugange. MGA/America – mein neues Label – hat eine ganze Flugzeugladung von langweiligen Firmenangehörigen hergeflogen, die mal was erleben wollen. Himmel, ich habe mich doch vor Stunden mit Kopfschmerzen nach draußen geflüchtet.»

Sie legte beschwörend einen Finger an die Lippen, und wir schlichen unbemerkt den Gang entlang. Sie hatte den Schlüssel in der hinteren Tasche ihrer engen schwarzen Hosen, nur daß es eine Karte war und kein Schlüssel, was das Sitzen angenehmer machte. Sie schob die Karte in einen Schlitz neben der Tür. Ein Licht wechselte von Rot auf Grün, und schon ging die Tür leicht auf, als sie den Knauf drehte.

Ich war froh, daß die Karte nicht in ihrer Schultertasche gewesen war.

«Wer ist da?» fragte eine tiefe Stimme bei unserem Eintritt. Eine Frau kicherte, und jemand brummte etwas und herrschte sie an, den Mund zu halten. Das einzige Licht war der Schein einer weit entfernten, stark abgedunkelten Lampe. Dee schlug auf einen Schalter: Im grellen Deckenlicht zeigte sich, wie groß das Zimmer war.

Auf den ersten Blick wirkte es ein bißchen kleiner als mein Haus. Von Wand zu Wand alles goldfarbener Plüsch. Ein Strauß Orchideen und Lilien war auf eine Seite eines Cocktailtischchens mit Spiegelplatte geschoben, das zwei niedrige elfenbeinfarbene Sofas voneinander trennte.

«Verdammt, Dee, du kannst einen ja zu Tode erschrekken.» Ein Schwarzer mit einem buntbedruckten Hawaiihemd, leuchtfarben orangenen Pulswärmern und dazu passendem Stirnband kniete auf dem Teppich vor dem Tisch. Ein blonder Teenager, maximal sechzehn, rekelte sich neben ihm und klimperte mit getuschten Wimpern. Ihr langes Haar war gefärbt und bis drei Zentimeter an die Wurzeln heran gelockt, und sie trug knallrosa Leggins und ein schwarzes Spitzengebilde, das wie ein BH aussah.

«Na wunderbar», murmelte Dee, «genau was ich jetzt brauche.»

Es war tatsächlich ein BH. Ein knallrosa T-Shirt, zerknittert wie eine exotische Blüte, lag auf dem goldfarbenen Teppichboden.

«Alles in Ordnung, Honey?» fragte eine dunkelhaarige Frau Dee mit rauher Stimme. Sie schien betrunken oder stoned zu sein und hielt den Arm haltsuchend um einen Mann geschlungen, der zehn Jahre jünger sein mußte als sie selbst, ein gertenschlankes Bürschchen in Jeans und Denimjacke. Er hatte etwas Ausländisches an sich, dunkle Schmachtaugen.

Ein bärtiger Mann lag auf dem Boden und bewegte Arme und Beine, als wollte er fliegen lernen. Vielleicht irgendeine ausgefallene Turnübung. Ein weiterer Mann saß auf dem niedrigen Polstermöbel, den Kopf in die Hände vergraben. Ich konnte nur wirre sandfarbene Locken sehen. Eine junge Frau massierte ihm gelangweilt die Schultern.

«He», rief die Blonde mit dem BH, ohne zu warten, bis sie vorgestellt wurde. «Dich kenne ich doch! Du bist Dee Willis! Ich war sicher, daß du wiederkommen würdest. Ich bin Mimi. Ich bin mit Freddie zusammen. Und Hal kenne ich von seiner Tournee mit den *Bow-Wows*. Ich war fast einen Monat mit ihrem Leadgitarristen zusammen.»

Ich nahm an, der drahtige Schwarze, der eine Linie aus weißem Pulver auf dem Cocktailtisch zog, war Freddie oder Hal.

«Freddie ist der Drummer», sagte Dee und wies auf den Schwarzen, als erkläre «Drummer» alles vom Koksen bis zum Bumsen von Sechzehnjährigen. Sie legte ihr Cape über eine Stuhllehne. «Brenda» – sie nickte in Richtung der dunkelhaarigen Frau, die nach ihrem Befinden gefragt hatte – «spielt den Baß. Warum sie hier feiern, ist mir schleierhaft. Kann ich denn überhaupt nie meine Ruhe haben?» Dees Stimme wurde kühler als die Klimaanlage. «Ihr könnt auf dem Weg nach draußen antworten», sagte sie.

«Schließ die Tür, Dee.» Freddie, der Drummer, ließ sich nicht einschüchtern. «Und sei leise, wenn du keinen Besuch haben willst. Wer ist deine Freundin? Nun komm schon, wir wollen wirklich nicht, daß die Typen von nebenan gleich auf der Matte stehen. Ich habe nicht unbegrenzt Stoff, aber was ich habe, ist verdammt guter peruanischer Schnee.» Er schenkte Dee ein flüchtiges Lächeln und drehte geschickt einen Geldschein zu einem Strohhalm zusammen.

«Hal hat gesagt, wir sollten in das Zimmer hier gehen», warf die Dunkelhaarige ein. «Er hatte nicht viel dafür übrig, daß wir vor den MGA-Mackern Koks schnupfen, Dee.» Sie war fast genausogroß wie ich, nur stämmiger gebaut. Sie trug eine runde Nickelbrille nach alter Art, mit Drahtbügeln. Ansonsten hatte sie ein rundes Gesicht, nackte Füße und trug Jeans, und sie fühlte sich anscheinend wohl in ihrem ärmellosen Top. «Du warst verschwunden, und dein Zimmer ist genau richtig. Wegen der Verbindungstür brauchen wir nicht über den Gang zu stolpern. Und ab und zu gehen wir rüber und sagen etwas Nettes zu den Geldtypen. Eingeweihte» – sie blickte zu dem Typen, der auf dem Boden fliegen übte, als sei sie bei ihm nicht so sicher –, «die etwas tanken möchten, was es nicht im Glas gibt, klopfen erst dreimal und dann zweimal.»

Dee schaute mich forschend an. Ich war weder besonders überrascht noch schockiert über den Koks auf dem Tisch, aber erbaut war ich auch nicht. Solange der Preis für Kokain so hoch bleibt, daß nur Rockstars es sich leisten können, habe ich nichts dagegen, daß sie schnupfen, bis ihnen die Nasen abfallen.

Dee zog die Augenbrauen hoch und sagte: «Lieber weg mit dem Zeug, Freddie.»

«Hm, okay.» Der leuchtfarbene Freddie tat gute Arbeit beim Schnüffeln der Linie. Die Sechzehnjährige löste ihm die Schnürsenkel, vielleicht, um ihm die Hosen besser ausziehen zu können. Und ich hatte gedacht, Groupies wären out.

Ich sah Dee an. Sie verzog keine Miene, als sie fragte: «Bist du als Kripobeamtin im Dienst, Carlotta? Mußt du sie einlochen, oder kannst du sie dieses eine Mal laufen lassen?»

«Wie du willst», erwiderte ich und ging auf ihr Spiel ein. «Entscheide du.»

Freddie kniff die Augen zusammen und blickte argwöhnisch von Dee zu mir. Seine Zunge stak aus einem Mundwinkel heraus. Er fing an, sein kostbares weißes Pulver in eine silberne Zigarettendose zu schieben, und benutzte ein kurzes Metallineal, um es auf den spiegelglatten Tisch zusammenzufegen.

Die Blonde kicherte und zeigte auf mich: «Laß doch, Freddie. Die ist nie 'ne Polizistin.»

«Freddie», sagte Dee drohend, «ich schwöre dir, daß du gleich Ärger am Hals hast. Ich weiß nur noch nicht, ob wegen Unzucht mit Minderjährigen oder wegen Dope.»

«Was soll denn die Predigt, Mami», säuselte Freddie sarkastisch, schob das, was von dem Pulver noch hängengeblieben war, zu einer sauberen kleinen Linie zusammen und bot dem Typen mit dem sandfarbenen Haar, der auf dem Sofa saß, den Strohhalm an. Der merkte es gar nicht, aber die Frau, die ihm die Schultern massierte, nahm einen Zug.

«Carlotta», sagte Dee, «würdest du glauben, daß er engelrein singt? Ganz zu schweigen davon, daß er den Takt einhalten kann wie eine Uhr.»

«Das Leben ist ungerecht», sagte ich.

Die Dunkelhaarige gab mir mit einem schrägen Lächeln absolut recht und hängte sich noch fester an den viel jüngeren Mann an ihrer Seite.

«Was ist denn mit dir, Bren», sagte Dee jetzt, «unterstützt du diese Scheiße noch?»

«Ach, Dee», sagte Brenda daraufhin müde und etwas weinerlich, «laß das doch. Du hast dich die ganze Nacht nicht blicken lassen. Ich habe vier nervende Stunden lang jedem erzählt, was für eine gottverdammte Wahnsinnsgitarristin und was für eine gottverdammte Wahnsinnssängerin du bist. Ich sag dir, langsam habe ich die Schnauze voll.»

«Bren, ich bin's doch nicht, die Parties veranstaltet.»

«Nein. Du rennst einfach weg, und wir können sehen, wie wir zurechtkommen. Die Typen wollten mit der berühmten Dee Willis feiern! Und die spaziert hinaus und läßt sie mit der völlig unberühmten Bassistin sitzen.»

«Die viel lieber was anderes täte», fügte Freddie mit einem ironischen Unterton hinzu.

«Halt den Mund, Fred. Da kommt nichts Gutes raus, außer wenn du singst», sagte Brenda scharf.

Dee schien die Sticheleien der beiden nicht zu bemerken. Sie wandte sich wieder an die Baßgitarristin: «Dann sag ihnen doch, daß du es zum Kotzen findest, Bren. Niemand hat dich gebeten, dich so gottverdammt verantwortlich zu fühlen. Und jetzt raus, und zwar alle, oder ich lasse euch von Carlotta verhaften. Zeig ihnen deine Polizeimarke, Carlotta.»

Bei dem Wort «Polizeimarke» stopfte Freddie seine Zigarettendose in die große Leinenbeuteltasche seiner Freundin, eine kluge Vorsichtsmaßnahme nach der goldenen Regel: Laß dich nie mit Stoff am Leib erwischen. Er war sich nicht sicher, ob Dee ihn nur auf den Arm nahm oder nicht, aber er wollte kein Risiko eingehen. Die Blonde merkte offenbar gar nicht, daß der Stoff reichte, um ihr einen Aufenthalt in der Jugendstrafanstalt zu garantieren.

Freddie schniefte und sagte: «Also, wenn deine Freundin mich nicht einlocht: Ich habe an dem Break gearbeitet, an dem Stück in Zweiviertel und As-Dur, das mußt du dir anhören. Und du mußt Bren sagen, daß ...»

Brenda unterbrach ihn: «Mir braucht niemand zu erzählen, daß du ein Blender bist, Freddie.»

«Ach, Bren», sagte Freddie, und seine ironische Stimme hatte einen scharfen Beiklang, «halt du dich nur an deinem Loverboy fest. Was Flotteres wirst du kaum finden. Jedenfalls nicht in deinem Alter.»

Ein Klopfen an der Tür, erst dreimal, dann zweimal, setzte dem Geplänkel ein Ende. Dee ging schnell über den Teppich und stellte sich hinter die Tür, die sie einen Spaltbreit öffnete.

Ein finsterer Gnom kam herein. Ich war erstaunt, was für eine Flut von Geräuschen mit ihm hereinschwappte. Dieses Hotel war im Gegensatz zu all den Billighotels, in denen ich immer zu nächtigen pflegte, unglaublich gut schallisoliert.

Dee lehnte sich rückwärts an die Tür, als sie sie geschlossen hatte, und verschränkte die Arme gemächlich vor der Brust. Auf ihrer roten Bluse glitzerten goldbestickte Drachen.

«Herrgott noch mal, Hal, kannst du nicht die Leute aus meinem gottverdammten Zimmer raushalten?»

Er war Mitte vierzig, vielleicht auch schon fünfzig. Bei Dees Anblick fing er zu lächeln an, als wäre Lächeln sein natürlicher Zustand, doch dann wurde er plötzlich ernst und streng. «Wenn du ausgehen willst», sagte er in entschiedenem Ton, «sagst du mir Bescheid, und ich besorge dir ein Taxi. Okay? Wenn du die ganze Nacht rumfahren willst, gut. Du kommst zu mir. Wenn du joggen oder was anderes machen willst, finde ich jemanden, der mitmacht. Aber du wirst nicht einfach so verschwinden, ohne mir einen Ton zu sagen. Nie mehr.»

Dee wurde zornig, wie immer, wenn ihr jemand querkam, und ich machte mich auf einen heftigen Wortwechsel gefaßt. Doch sie überraschte mich. Denn sie bemühte sich sichtlich, sich zu beherrschen. Sie schloß die Augen, um langsam bis zehn zu zählen, stieß mit einem tiefen Seufzer den Atem aus und sagte: «Ich hab's vergessen, Hal», was reuevoll klingen sollte, aber nicht ganz klappte. «Ich bin einfach nicht daran gewöhnt, ein gottverdammtes Unternehmen zu sein. Was ist denn schon dabei, wenn ich ausgehe!»

Sie wandte sich an die anderen Mitglieder der Gruppe um Unterstützung, aber niemand kam ihr zu Hilfe. Sie war im

Augenblick das große Los für alle, und jeder wollte das nicht verlieren.

Hal sagte: «Ich weiß, daß die Sache nebenan nicht gerade dein Fall ist, aber MGA hat weder Kosten noch Mühe gescheut, das zu arrangieren.»

«Sie können es sich auch leisten», sagte Dee, «verlang bloß nicht von mir, daß ich vor Mitleid heule.»

Mimi, das blonde Groupiemädchen, sagte: «Freddie hat sich wirklich Sorgen um dich gemacht, Dee, bestimmt. Er hat geklopft und geklopft, schließlich hattest du gesagt, du hättest rasende Kopfschmerzen und würdest gleich ins Bett gehen.»

Dee fixierte den Gnom scharf. «Du hast also einen Schlüssel zu meinem Zimmer, Hal? Ich bin erwachsen, weißt du. Es gibt Momente, da habe ich entschieden etwas dagegen, daß Leute in mein Zimmer stürmen.»

Mimi quasselte weiter. «Du hattest kein Bitte-nicht-stören-Schild an der Tür. Wir haben auch in Ronnys Zimmer nachgesehen.»

«Ron und ich sind kein festes Paar», sagte Dee gelassen.

«Ah, das ist gut, ja», sagte Mimi mit einem breiten Lächeln, an dem ihre Augen nicht teilhatten. «Er hatte nämlich selbst eine kleine Party.»

«Halt den Mund», herrschte Freddie sie an.

Der Gnom zuckte die Achseln. «Sag mir einfach nur, wenn du unbedingt nach Mitternacht herumfahren mußt, okay?»

«Carlotta», sagte Dee nach einer kurzen Pause, «das ist mein Roadmanager Hal Grady. Hält sich außerdem für mein Kindermädchen. Laßt mich doch bloß alle in Ruhe, klar?»

Die Dunkelhaarige zündete sich eine Zigarette an und nickte in meine Richtung. «Und wer ist das nun?»

«Sie ist eine alte Freundin von mir, lebt in Cambridge. Carlotta, das ist Brenda.»

Wir schüttelten uns die Hände; Brenda musterte mich ruhig von oben bis unten. «Bist du wirklich Polizistin?» fragte sie.

«Nein.»

«Aber so was Ähnliches wie Polizistin, richtig?»

«Richtig», gab ich zu.

Jetzt legte Freddie los. «Dee, wir müssen wirklich diesen Break in As-Dur hinkriegen. Und es ist gerade genau der richtige Zeitpunkt. Ich kann es förmlich spüren, wirklich.» Er trommelte auf dem Cocktailtisch herum, als wäre der eine Conga-Drum. «Ich hol mal eben mein Schlagzeug. Hal, meinst du, die Leute nebenan würden es gern hören?»

«Freddie», sagte Dee nachdrücklich, «raus mit dir. Und nimm dein Mädchen mit, klar?»

Mimi, die Bluse über dem Arm, stürzte auf einmal zu Dee und umarmte sie ungebetenerweise. In ihrer Aufregung packte sie sogar meine Hände, so daß ich eine winzige Kostprobe vom Starruhm bekam, nur weil ich danebenstand.

«Muß die tolle Bren ihren Loverboy auch rausbringen?» fragte Freddie mit einem gemeinen Grinsen.

Brenda tätschelte ihrem Begleiter den dünnen Arm und warf Freddie einen giftigen Blick zu. Der schmächtige Junge an ihrem Arm lächelte nur.

«Also dann bis später, Dee», sagte die Baßfrau kühl, «wir müssen mal miteinander reden. So bald wie möglich.»

«Über den As-Dur-Break?»

«Nee. Freddie ist bloß zu dämlich, was die Änderungen betrifft. Es klappt wunderbar. Bist du wirklich okay?»

«Sicher», sagte Dee.

Brenda und ihr Freund verschwanden durch die Verbindungstür zu der von MGA gesponserten Party. Dee ließ den Blick nicht vom Drummer, bis er und sein Blondchen verärgert abzogen.

Die anderen gingen nacheinander, ohne etwas zu sagen, sie nickten nur. Ich war mir nicht sicher, ob Dee sie überhaupt kannte, aber wenigstens Hal, den Roadmanager, schien sie zu kennen. Er bat den Typen mit dem sandfarbenen Haar, der die ganze Zeit auf dem Sofa gesessen hatte, noch einen Moment zu bleiben.

«Also, Hal, wie bist du hier reingekommen?» fragte Dee. «Oder waren diese Typen schon vor dir hier drin?»

«Freddie kam zu mir, als du auf sein Klopfen nicht reagiert hast. Ich habe mir zuviel Sorgen gemacht. Dachte, du wärst vielleicht krank oder so was. Ich habe am Empfang nach einem Ersatzschlüssel gefragt.»

«Und?»

«Hab ihn bekommen.»

«Tolle Sicherheitsvorkehrungen», bemerkte ich.

Dee sagte: «Sieh mal, Hal, ich will nicht, daß du denkst, ich wäre ohnmächtig, wenn ich nicht auf das verdammte Klopfen an der Tür reagiere. Soviel trinke ich nicht mehr.»

Der Roadmanager besah sich seine Joggingschuhe. «Eine Menge Typen wären überglücklich, wenn du auch nur für fünf oder zehn Minuten mit nach nebenan kommen und ein paar Hände schütteln würdest.»

«Scheiße», sagte Dee.

Hal faßte das als Ja auf. «Jody», sagte er zu dem Sandfarbenen, «schnapp dir Travis und Marshall und noch ein paar andere von den Topleuten und lenk sie zur Vordertür. Wenn ich mit ihr durchs ganze Zimmer gehe, kommt sie da nie wieder raus.»

Dee musterte den Mann mit dem sandfarbenen Haar kurz, ehe er hinausging. Ende Zwanzig, Anfang Dreißig. Schlank. Muskulös.

«Arbeitet er für dich?» fragte sie Hal.

«Für dich», korrigierte Hal.

«Ja, ja, wie schon gesagt, ich bin ein gottverdammtes Unternehmen. Müßte meine Angestellten besser kennen, was?»

Sie wandte sich an mich. «Komm, Carlotta, komm mit. Das mußt du gesehen haben.» Und leise fügte sie hinzu: «Und vielleicht kannst du uns was zu essen verschaffen. Ich bin völlig ausgehungert.»

5

Drei Schritte hinter den Doppeltüren schrie Dee mir ins Ohr: «Wie in alten Zeiten, nicht?»

«Wow», brüllte ich verblüfft zurück, «ich wünschte, ich hätte mein Abendkleid an.»

Als erstes waren da die vergoldeten Kristalleuchter. Dann kam die Tapete, gemalte Szenen aus dem Frankreich vor der Zeit Marie-Antoinettes, mit vielen wolligen Schäfchen, die von drallen, aus tiefausgeschnittenen Kleidern quellenden Schäferinnen gehütet wurden. Leuchtende Ballons, alle mit dem Titel von Dees Album *Change Up* beschriftet, schwebten an der Decke und zogen Goldbänder hinter sich her. Die Band machte offenbar gerade eine Pause; ein Diskjockey hatte Rock aufgelegt, dreimal so laut wie ein Preßlufthammer. Die Gäste mußten schreien, um sich verständlich zu machen.

Dann gab es noch einen Springbrunnen in der Mitte, aus dem, das schwöre ich bei Gott, Champagner sprudelte. Aber wir brauchten nicht etwa hinzurennen, um ihn zu schlürfen. Ein Kellner erschien mit einem Silbertablett, und Dee und ich hatten schon Gläser in der Hand, noch ehe ich auch nur ein einziges bekanntes Gesicht in der Menge ausgemacht hatte.

Ich drehte mich um und wollte Dee etwas sagen, doch sie war schon von der Menge umringt und nicht mehr zu sehen. Ich zuckte die Achseln. Dieser Haufen erschien mir weniger bedrohlich als die Meute im Park.

Kellner schwirrten vorbei mit kleinen Häppchen von diesem und jenem, und ich hatte schnell den Dreh heraus, mir zwei von jeder Sorte zu nehmen, die Dinger in Papierservietten zu wickeln und unauffällig in meine Handtasche zu schieben. Dee, mit dem Rücken zur Tür, Champagner in der einen Hand, während die andere unablässig von Leuten gedrückt wurde, die ihr Glück wünschten, hatte keine Chance, auch nur einen mit Krabbenfleisch gefüllten Champignon zu ergattern.

Ich kann Cocktailparties nicht viel abgewinnen. Ich hasse Anlässe, auf denen man in hochhackigen Schuhen herumstehen und so tun muß, als mache es Spaß. Links von mir konnte ich Mimis angetörntes Gekicher hören, aber sie war nicht gerade jemand, den ich gern näher kennengelernt hätte. Ich hielt nach der Baßfrau Ausschau, konnte sie jedoch im Gewühl nicht ausmachen.

Ich sah Gesichter, die ich vom Fernsehen her kannte: Nachrichtensprecher, Sportgrößen, Klatschkolumnisten. Einige andere wirkten vertraut, aber ich konnte sie nicht einordnen; ich hielt sie für Musiker, doch ohne ihre Instrumente und Mikrofone waren sie schwer zu erkennen.

Es waren auch Männer da, die den Eindruck erweckten, als seien sie Anzeigen in Modeillustrierten entsprungen, mit vollendeten Schönheiten am Arm, Damen, die aussahen, als würden sie nach Stunden bezahlt. Dann waren da Typen, die es darauf anlegten, aufzufallen, wie Mimi in ihrem wohlgefüllten Spitzen-BH und eine Frau in einem hautengen Hosenanzug mit Silberreifen an Hand- und Fußgelenken. Und es waren sogar ein paar Cowboy-Imitationen da. Alles in allem eine ganz schöne Show.

Auf der Tanzfläche im Taschenformat drängelten sich Paare – manchmal auch Trios oder einzelne – und machten alles vom ehrwürdigen Foxtrott bis hin zu Bewegungen, die wie Pornostellungen wirkten.

Ich stellte mein leeres Champagnerglas auf einem vorbeischwebenden Tablett ab und wurde von dem Kellner, der aussah, als würde er für Zahnpastareklame proben, mit einem vollen Glas und einem 100-Watt-Lächeln belohnt. Das Lächeln ließ mich kalt, aber es machte mir die konzentrierte Macht der Musikindustrie bewußt, die im Raum versammelt war.

Ich ertappte mich dabei, daß ich Joni Mitchells Lied «Stoking the starmaker machin'ry behind the popular song» summte, das von der «Maschinerie» hinter den Stars und der Popmusik handelt. Ich hätte es aus vollem Hals singen können, niemand hätte einen Ton gehört.

Wie es aussah, würde Dee bis in alle Ewigkeit weiter Hände schütteln. Gerade sah ich mich nach einem Sitzplatz um, da fiel mein Blick auf einen damastgedeckten Tisch mit Köstlichkeiten aller Art, dazu winzigen Porzellantellerchen und zierlichen Silbergäbelchen. Die Teller waren wahrscheinlich besser geeignet, einen Vorrat für Dee mitzunehmen, und so schob ich mich durch die Menge und probierte aus, wie viele Krabben ich auf einer Kreisfläche von 15 Zentimeter Durchmesser unterbringen konnte.

«Nettes Fest, nicht?»

Eifrig damit beschäftigt, Krabben auf Zahnstocher zu spießen, merkte ich erst gar nicht, daß der hochgewachsene Mann im Smoking mit mir sprach.

«Nicht schlecht», brüllte ich. Er kam mir bekannt vor. Groß. Massig. Ich schaue mir nie Football oder Ringen an; wenn er eine Berühmtheit in einem dieser beiden Bereiche war, hatte ich ihn bestimmt nie gesehen, aber vielleicht hatte es mal ein Zeitungsfoto von ihm gegeben, weil er verletzt oder beim Doping erwischt worden war.

«Nirgendwo ein Sitzplatz», bemerkte er. Irgend etwas an der Art, wie er die Unterhaltung einfach fortsetzte, ließ mich rätseln, ob er mich vielleicht kannte. Ich musterte ihn so unauffällig wie möglich. Es hat eine Zeit in meinem Leben gegeben, in der ich ziemlich viele Männer hatte, ziemlich wahllos und nur für eine Nacht, um ehrlich zu sein.

«Ja», sagte ich und schloß mich seinem Kommentar über mangelnde Sitzgelegenheiten an, damit er nicht auf den Gedanken kam, ich sei unhöflich. Einen Teller hatte ich bereits übervoll gehäuft. Ich trank schnell den Rest meines Champagners aus, setzte das Glas ab und begann, einen zweiten Teller zu füllen. Das Gewirr von Menschen um Dee bewegte sich in Richtung Tür. Ich dachte mir, sie würde gleich ihr Heil in der Flucht suchen.

«Bist du mit jemandem zusammen hier?» fragte der Typ.

«Was?»

«Ob du mit jemandem zusammen hier bist? Ich will nicht, daß irgendein Typ denkt, ich wollte dich ihm ausspannen.»

«Ich bin eine Freundin der Braut», sagte ich.

Er lächelte. «Und ich kenne den Bräutigam. Wir waren mal zusammen Meßdiener. Ich bin Mickey, erinnerst du dich?»

Neben mir schrie ein Mann in zerrissenen Jeans und gelbgefärbtem T-Shirt ärgerlich: «Erzähl mir doch nichts von Tantiemen, Honey. Tantiemen, daß ich nicht lache!»

«Nun», ließ sich eine füllige schwarzgekleidete Frau vernehmen, «immerhin bekommst du deine feste Kohle.»

He? dachte ich. «Feste Kohle» und ein Typ, bei dem meine Erinnerung versagte. Das war ja eine tolle Party.

Eine Frau in engen schwarzen Hosen, fuchsienroter Bluse und Batgirl-Make-up kreischte «Gott, ich find's einfach super!» in mein rechtes Ohr.

Ich wandte ihr das Gesicht zu, hatte ich doch selten jemanden erlebt, den Krabben zu solchen Begeisterungsstürmen hinrissen. Sie lehnte an einem Mann mit zerfurchtem Gesicht, Glatze und einem Kranz langer Haare. Er sah aus, als gehörte er zu irgendeiner Gruppe, die ich vor langer Zeit mal gemocht hatte. Er schien ihr etwas ins Ohr zu singen.

«Weißt du, wer das ist?» brüllte der Fußballspieler mir zu.

«Ich glaube nicht.»

«War früher bei den Uncle Wigglies. Jimmy Ranger. Produziert regelmäßig Top-Ten-Hits. Hat dieses Album für Dee Willis produziert.»

Wir setzten schreiend unser müßiges Partygeplauder fort. Ich hoffte fortwährend, er würde erwähnen, woher wir uns kannten. Wenn er es auf mich abgesehen hatte, ging er ziemlich unterkühlt zu Werke.

«Wie geht's denn Sam?» fragte er, als die hämmernde Musik kurz verstummte.

Ich kenne nur einen Sam: Sam Gianelli, meinen Teilzeitarbeitgeber und Geliebten. Und ich kannte auch den Typen. Ich fragte mich nur, was ein Mann, den ich zuletzt auf einer Beerdigung der Gianelli-Familie gesehen hatte – der Art von Beerdigung, bei der das FBI alle Autonummern notiert –, auf einer Party zu Ehren von Dee Willis machte.

6

Dee war beeindruckt von meiner Ausbeute, besonders als ich noch diverse Happen aus meiner Tasche holte und auf die zwei randvollen Teller legte.

Ich hingegen war wieder beeindruckt von der Größe ihres Zimmers.

«Möchtest du das Schlafzimmer sehen?» fragte Dee. «Und das Bad? Whirlpool, Dampf, Jacuzzi, was du willst. Alles dabei. Eine ganze Suite. Komm mit! Ich kann auch mal reinschauen. Ich muß kontrollieren, ob sich vielleicht jemand reingeschlichen hat. Vor zwei Wochen habe ich so einen Trottel von einem dieser schleimigen Supermarktsblättchen dabei erwischt, wie er gerade ein Mikrofon unter meinem Bett installieren wollte.»

«Hätte er dich besser gekannt, hätte er es einfach im Foyer angebracht», sagte ich. «Oder im Aufzug.»

Dee richtete sich entrüstet auf, ganz gekränkte Eitelkeit. «Ich habe mich verändert», erklärte sie und dehnte die Worte absichtlich nach Südstaatenmanier. «Ich bin jetzt eher schweigsam. Und ich tu's nur im Bett. Meistens jedenfalls.»

Die Tour war den Eintrittspreis wert. In dem riesigen Schlafzimmer stand ein Bett von königlicher Größe auf einem Podest wie ein Thron auf seinem Sockel. Der Betthimmel war aus Goldbrokat gewirkt. Ebenso die Vorhänge an den hohen Fenstern mit Blick auf den Bostoner Stadtpark. Eine Schale mit frischen Früchten auf dem Tisch sah aus, als würde sie für ein Stilleben posieren.

Zur ausgewogenen Ernährung nahmen wir die Ostschale mit ins Wohnzimmer. Eine Karte von MGA/America steckte zwischen einer Orange und einem Granatapfel. Dee entschuldigte sich und ging ins Bad. Da ich ohnehin herumschnüffelte, prüfte ich auch gleich das Blumengesteck: Mit den besten Empfehlungen der Geschäftsleitung.

Ich übernachte immer in Hotels, wo die Geschäftsleitung sogar mit Plastiktrinkbechern geizt.

Dee gesellte sich wieder zu mir und nahm sich den Teller mit Krabben.

«Cocktailsauce?» fragte sie hoffnungsvoll.

«Irgendwo darunter.»

«Wunderbar.»

Ich biß in ein winziges Stück Spinattorte. «Was macht dein Arm?» fragte ich.

Sie kaute weiter, ging über meine Frage hinweg und sagte: «Ich möchte wetten, daß ich immer noch das alte Haus von deiner Tante Bea finden würde. Möchte wetten, ich würde es im Dunkeln finden.»

«Es gehört jetzt mir.»

«Ich habe gehört, daß sie gestorben ist.» Dee schleuderte ihre Schuhe von sich, setzte sich mir gegenüber auf das Sofa, ein Bein untergeschlagen. Ihre Zehennägel waren puderrosa lackiert. «Irgendwie vermisse ich die gute alte Bea.»

«Nun laß es aber gut sein, Dee.»

«Nein, wirklich», redete sie weiter, betont munter und zu schnell, «ehrlich. Ich vermisse alle. Ich vermisse die alten Zeiten. Ich vermisse Leute, die ich gehaßt habe. Erinnerst du dich noch an Alice? Oder Denny? Wirklich, wenn dieser Heini jetzt hier hereinspazierte, würde ich mich auf dem Boden wälzen wie ein junges Hündchen und ihm das Gesicht lecken – allerdings war das, wie du sicher weißt, mein Schatz, der einzige Teil, den Denny nicht von mir geleckt haben wollte.»

Sie streckte die Zunge heraus, und ich grinste. Vor zehn Jahren – vor Cals Zeit – hätte ich mich vielleicht sogar zu ihr gewälzt und ihr das Gesicht geleckt.

«Weißt du, wieviel Uhr es ist?» fragte ich mit gespielter Verzweiflung.

«Spät, was? Ich weiß. Ich bin auch halbtot. Wir haben vor dem Fest noch geprobt. Letzte Änderungen. Ich bin hier, um diese Konzerttournee anzuleiern. Jimmy, Jimmy Ranger, der Produzent meines letzten und, so Gott will, auch des nächsten Albums, ist extra hergeflogen, um die Tonmischung zu überprüfen, und ich bin so high wie ein Drachen, wirklich. Keine Drogen, Carlotta. Nichts von der Scheiße. Nicht mehr. Einfach nur Adrenalin.» Sie beugte sich plötzlich vor und schnippte dicht vor meinem Gesicht mit den Fingern. «Ich bin bei dir im Taxi drauf gekommen, einfach so. Du bist die Richtige.»

«Vielleicht», sagte ich zurückhaltend, «vielleicht auch nicht.»

«Du sagst nie geradeheraus ja oder nein.»

«Du machst immer solchen Druck», sagte ich gleichzeitig mit ihr. Wir starrten uns wütend an, und mir war, als müßte ich in ihrem alten Apartment in der Mass. Ave. auf dem Boden sitzen, mit nackten Füßen, eine Gitarre in der Hand und die Lungen voll mit dem Rauch, der das Zimmer erfüllte.

Damals war es noch Marihuana; Koks kostete zuviel.

Ich habe das Zeug nie geraucht, mein Dad war schließlich ein Cop, und ich ging zur Polizeischule. Ich blieb bei meinen Zigaretten und qualifizierte mich für Lungenkrebs. Bei Dee mußte man nicht unbedingt Stoff rauchen, um high zu werden. Man brauchte nur zu atmen.

«Kennst du viele der Leute auf dem Fest?» fragte ich sie.

«Die Band. Ein paar von den Roadies und Technikern. Was MGA/America betrifft, lernen meine Leute ihre Leute kennen. Ich bin heute nacht mit bestimmt tausend Typen bekannt gemacht worden, die ich morgen nicht mehr wiedererkenne. Meine Hand fühlt sich an wie ein Hacksteak. So bin ich da rausgekommen. Habe Hal gesagt, wenn ich noch eine Hand drücken müßte, könnte ich keinen Ton mehr spielen.»

«Sagt dir der Name ‹Mickey› oder ‹Big Mickey› etwas?» Der Nachname des Mannes, der sich nach Sam Gianelli erkundigt hatte, war mir entfallen. Vielleicht hatte ich ihn auch nie gehört.

«Mickey Mouse. Kenn ich. Aber kommen wir endlich zum Geschäft.» Sie leckte sich Cocktailsauce von einem Finger und versuchte dann, die Hände im Schoß zu falten. Sie wirkte fahrig; es sah eher so aus, als ergreife ihre Linke die Rechte, um sie stillzuhalten. «Kannst du Davey für mich suchen?»

«Davey?»

«Davey Dunrobie.»

An Dunrobie hatte ich in zehn Jahren so gut wie nie gedacht.

«Teufel auch», sagte ich impulsiv, «den würde ich gern finden und sehen, ob er immer noch so gut aussieht.»

«Ich wußte doch, daß du's tun würdest.»

«Stop mal, Dee, damit verdiene ich mein Brot.»

«Ich zahle ja auch», protestierte sie, die Hand aufs Herz gelegt. «Ich bezahle dich dafür; es soll kein Gefallen oder so was sein.»

«Wann hast du ihn das letzte Mal gesehen?» fragte ich.

Meine Frage schien sie aus dem Gleichgewicht zu bringen. «Hm, ja, ich... Muß ich dir so 'n Zeug erzählen?»

«Nur wenn du willst, daß ich für dich arbeite.» Ich streckte die Hand aus und nahm mir eine Krabbe, eiskalt, fest und süß, mit Schwanz. Ich tunkte sie in rote Sauce und bekleckerte mein weißes Hemd. «Du kannst ja jemand anders engagieren.»

«Aber du kennst ihn, Carlotta. Niemand sonst kennt Dunrobie oder weiß wenigstens, wie er aussieht.»

«Ich gestehe, daß ich mir noch ein gewisses Bild machen

kann. Aber du mußt mir einen Tip geben, wo ich anfangen soll.»

«Ach, Scheiße», sagte sie, «du hast ihn doch gekannt.»

«War nett, dich wiederzusehen, Dee.»

«Nun setz dich wieder hin, Carlotta, es ist bloß so… verdammt. Es ist so schwer, davon zu erzählen. Davey war mein erster Partner.»

«Lorraine war auch noch da», sagte ich ruhig, «und die Gruppe. Weißt du noch: ich an der Rhythmusgitarre, Cal am Baß, Lorraine und du als Sänger, und ihr habt beide dazu das Tamburin geschüttelt –»

«Ja, ja.» Sie schnitt meine Erinnerungen ab. «Aber er war mein erster professioneller Partner. Scheiße, ich muß inzwischen grau geworden sein.»

«Tina Turner ist älter als du», sagte ich. «Beruhige dich.»

«Mick Jagger ist auch älter als ich», sagte sie.

«Du siehst großartig aus», sagte ich. «Und du weißt es auch. Also hör auf mit dem Scheiß. Hast du heute nacht nach Dunrobie gesucht? Im Fixerpark für Anfänger?»

Sie verfiel auf keine weiteren Ausflüchte mehr, beugte sich vor und sprach mit leiser Stimme, als hörten überall ringsum Leute zu.

«Ich will von vorn anfangen», sagte sie. «Nachdem wir – äh –, nachdem die alte Gruppe damals auseinanderging, bin ich losgezogen und habe die Band und alles aufgebaut. Dunrobie, nun, es ist traurig, was mit ihm passiert ist. Ich meine, hat man je eine zartere, schönere Stimme gehört als die von Dunrobie? Hast du je eine bessere Gitarre gehört?»

Hatte ich, aber nicht allzuoft, und sie wollte anscheinend auch gar keine Antwort auf ihre Fragen.

«Dunrobie hatte mehr Fans als ich. Die Frauen haben sich ihm förmlich an den Hals geworfen. Du hast bestimmt auch gedacht, wenn einer von uns beiden es schaffen würde, dann wer wohl? Dunrobie, nicht wahr? Davey, immer nur Davey.»

Wieder blieb ich still. Ich hätte zehnmal von zehn Malen auf Dee getippt. In ihr hatte immer ein glühendes Feuer gebrannt. Dunrobie war schon von kleineren Erfolgen ganz hingerissen gewesen. Cal hatte Davey einmal als 3-B-Mann beschrieben, die Art von Musiker, die in jeder Stadt spielen kann, und gut genug, um dann mit Bier, Burger und was zum Bumsen zufrieden zu sein.

Dee sagte: «Es war so: Dunrobie fing zu trinken an. Nicht wie wir anderen alle. Er trank, als würde er dafür bezahlt. Und wenn er mit dem Saufen aufhörte, schluckte er alle Muntermacher, die er nur erbetteln oder kaufen konnte, und bald konnte er nicht mal mehr Arbeit beim Straßenbau bekommen, geschweige denn als Gitarrist.»

«Das wußte ich nicht», sagte ich.

«Vor etwa fünf Jahren kam ich in die Stadt; ich spielte nirgendwo, sondern wollte nur ein paar Auftritte arrangieren, und da bin ich Davey zufällig begegnet. Davey als Penner, als herumschlurfender alter Mann in einem Park ungefähr eine Meile von der Stadtbibliothek. Besser dran als die meisten andern. Ich meine, er redete nicht mit sich selbst und so, aber er starrte aufs Gras, als würde nichts auf der Welt ihn mehr interessieren. Irgendwas stimmte ja bei Dunrobie nicht in der Art, wie er ging –»

«Die Hockeyverletzung.»

«War's nicht Football?» sagte Dee. «Egal, womöglich ist er eine Treppe runtergefallen und hat aller Welt irgendwelches sentimentale Zeug erzählt. Wie dem auch sei, beim Humpeln war die Sache klar. Ich ging geradewegs auf ihn zu und legte ihm die Hand auf die Schulter, und er sprang auf, als wollte ich ihm seinen letzten Cent stehlen. Er roch, Carlotta. Er stank. Ich lud ihn zu einer Tasse Kaffee ein, und du hättest bloß die Gesichter im Café sehen sollen, als ich mit ihm hereinkam. Ehrlich, was sie für Grimassen machten! Und ich versuchte auch, ihn zu einer Mahlzeit zu überreden. Ich wollte etwas für ihn tun, und schließlich konnte ich ihn dazu bewegen, Geld für die Miete von mir anzunehmen. Weißt du, man kommt an einen Punkt, da hat man zweihundert Dollar, und was macht man schon damit? Man kauft sich eine neue Bluse. Geht zum Friseur. Und hier konnte ich Dunrobie zweihundert geben, so daß er die Kaution für eine Bleibe bezahlen konnte, einfach nur ein Zimmer, und er schwor mir, es nur als Anleihe zu betrachten und es mir zurückzuzahlen.»

Dee blickte zu Boden, als sei es ihr peinlich, bei einer guten Tat ertappt worden zu sein.

«Tja», fuhr sie fort, als ich schwieg, «ich bat ihn noch, mit mir in Kontakt zu bleiben, aber ich habe seinen Namen nie in der Straße gefunden, in der er sich einmieten wollte. Er hatte auch kein Telefon. Dann, ungefähr ein Jahr später, vor etwa vier Jahren, rief er mich auf einmal an, na ja, vielleicht zweimal im Jahr, und weiß Gott, Schatz, er hatte wirklich nichts als Pech. Lieber Himmel, Dunrobie ist wirklich alles nur Mögliche zugestoßen. Er ist aus seinem Zimmer geflogen. Er hat seinen Job als Schuhverkäufer verloren, weil sein Chef was gegen ihn hatte. Sein nächster Vermieter wollte, daß er in seinem Unternehmen mitarbeitete, Schneepflügen und so, und aufhörte, die ganze Nacht Gitarre zu spielen. Sein Hund starb. Am Telefon erzählte er mir immer nur irgendwelche Schauergeschichten, und ich schickte ihm dann einen Scheck unter der Adresse von jemand anders, meist einer Frau, und das war gut so. Ich habe versucht, ihm klarzumachen, daß ich ihn nicht auf der Straße hängenlassen wollte, während ich selbst Geld auf meinem Konto horte, fürs Alter. Man könnte ja jung sterben, sage ich immer.»

«Ich wollte, ich hätte das mit Dunrobie gewußt.»

«Na ja, jetzt weißt du's ja und kannst ihn für mich ausfindig machen. Das habe ich heute nacht versucht, es scheint nur der falsche Weg gewesen zu sein. Ich habe über ein Jahr nichts mehr von ihm gehört, ganze vierzehn Monate. Vielleicht ist er wieder vernünftig geworden, und es geht ihm gut. Ich will das Geld nicht zurück, selbst wenn er in einem Palast wohnt. Um ihn mache ich mir Sorgen.»

«Ist das alles?» sagte ich.

«Was meinst du?» fragte sie. «Ist das nicht genug?»

«Ich will dir was sagen», sagte ich. «Einen Vermißten zu suchen, ist entweder leicht oder schwer. Entweder stößt man gleich auf etwas, zum Beispiel auf den Namen oder in einem Telefonbuch auf die Nummer, oder man findet überhaupt nichts. Du hättest eine Vermißtenanzeige aufgeben sollen, als wir auf der Polizeiwache waren.»

«Carlotta, all die Drogen, die er genommen hat, da werde ich doch keinen Cop auf ihn hetzen. Wenn er immer noch drauf ist, gibt ihm das den Rest.»

«Na schön», sagte ich, «das sehe ich ein. Ich will auch nur sagen, daß sich die Kosten nicht im voraus festlegen lassen, denn Vermißtenfälle sind ein Vabanquespiel. Ich verlange einen Vorschuß, stelle ferner die Auslagen in Rechnung und nehme ein weiteres Honorar bei Erfolg. Wenn ich Erfolg habe, wird es teuer.»

«Carlotta, ich trete Samstagabend im *Berklee Performance Center* auf. Gut, das ist kein Riesenstadion im Vergleich zu anderen Veranstaltungsorten auf dieser Tournee, aber es bedeutet mir sehr viel. Die Akustik ist unglaublich. Jimmy Ranger ist dabei und macht Mitschnitte für ein neues Album. Du kannst es mir glauben, ich kann mir dein Honorar leisten, und ich möchte Dunrobie dort haben. Ich muß Samstagabend ins Publikum schauen und ein paar bekannte Gesichter sehen können. Ich brauche Dunrobie.»

«Diesen Samstag schon?» fragte ich zweifelnd. Es waren nur noch vier Tage bis dahin, doch wenn er sich nicht gerade versteckte, war ich mir ziemlich sicher, ihn rechtzeitig zu finden. Trotzdem, Zauberer müssen erst ein paar spannende Ablenkungsmanöver bringen, bevor sie Kaninchen aus dem Zylinder ziehen. Sonst gibt es keinen Applaus.

«Carlotta, sieh einfach zu, was du machen kannst.»

«Manchmal muß ich schriftliche Anfragen stellen. Bis Samstag habe ich nicht genug Zeit, die Autozulassungen von jedem Bundesstaat zu checken.»

«Aber du könntest hier in der Gegend Infos sammeln.»

Ich zuckte die Achseln. «Wenn er in der Gegend ist, kann ich ihn zu fassen kriegen. Wenn er in der Gegend ist und ein Auto fährt, habe ich ihn in zwanzig Minuten. Gibt's hier Hotelbriefpapier?»

Dee wies auf einen Schreibtisch, ich zog die oberste Schublade hervor und fand ein Blatt mit Goldprägung am Kopf. Ein dünner weißer Stift lag neben einem weißen Telefon. Ich benutzte ihn, um David Dunrobies Namen in Druckbuchstaben oben auf das Blatt Papier zu schreiben. Dann setzte ich mich in den Schreibtischsessel und fing an, Dee alle möglichen Fragen zu stellen, angefangen beim zweiten Vornamen von Dunrobie.

«Woher, zum Teufel, sollte ich den kennen?» sagte sie. «Hast du immer noch die fürchterliche *National*-Gitarre?»

«Die letzte bekannte Anschrift? Hast du immer noch die lausige *Dobro*?»

«Das war vermutlich die Absteige auf der Mass. Ave., als er mit mir zusammenwohnte. 865, glaube ich.»

«War sein Name im Mietvertrag?»

«Nein.»

Wir wunderten uns beide über unsere Unwissenheit. Wir wußten weder, wer Dunrobies Eltern waren, noch ob er Geschwister hatte. Und wir kannten schon gar nicht seine Versicherungsnummer.

«Das bringt nichts, Carlotta», sagte Dee schließlich, «warum stellst du nicht die richtigen Fragen? Ich kann auf jeden Fall sagen, daß er im Bett gut war.»

Ich grinste und nahm die letzte Krabbe. «Das brauche ich nicht zu fragen, Dee.»

«Du auch?» krähte sie. «Na so was, das habe ich nicht gewußt. Hör mal, es war ein höllisch langer Tag, ich muß jetzt schlafen gehen. Such mir Dunrobie. Meine Samstagabendshow ist immer super. Versuch, ihn bis dahin zu finden.»

Ich sagte: «Für vierhundert bekommst du einen Tag. Ich kann alle leichten Plätze an einem Tag abhaken. Zehn zu eins, daß ich ihn finde.»

Sie blickte im Zimmer umher, als suche sie etwas. «Verdammt noch mal», sagte sie, als ihr klarwurde, daß ihre Tasche weg war, «kann ich dich später bezahlen?»

«Ich fange erst an, wenn ich Geld sehe», sagte ich, «mein Geschäftsprinzip.»

«Ist dir ein Scheck recht?»

Ich zögerte.

«Falls du je die fürchterliche *National* verkaufen willst, ruf mich an», sagte sie. «Und dann will ich dir noch ein paar Freikarten fürs Konzert geben. Reichen sechs?»

«Von alten Freunden nehme ich Schecks an», sagte ich.

«Prima!» sagte sie begeistert und klatschte einmal laut in die Hände.

«Ich nehme an, du willst mir den wahren Grund, warum du Dunrobie finden willst, nicht sagen», bemerkte ich noch.

«Was?»

«Nach fünf Jahren hast du es plötzlich so eilig, daß du von einer Party wegrennst, die dir zu Ehren gegeben wird –»

«Ich hasse solche Massenveranstaltungen. Und ich will ihn Samstag beim Konzert haben.»

«Sicher», sagte ich, «nur ist das *Berklee Performance Center* ganz schön groß. Du wirst kaum in seine Augen schauen können, um dich inspirieren zu lassen.»

Sie hielt den Kopf gesenkt, während sie den Scheck ausfüllte, und sagte keinen Ton mehr.

7

Ich löste den Scheck am Automaten der *Bay Bank* in der Nähe des Central Square ein, nach meinem Volleyballtraining, das ich regelmäßig absolviere. Ich wollte nicht warten, bis die Bank aufmachte.

Um neun hing ich bereits an meinem Schreibtischtelefon und rief Informationsquellen an, die ich über die Jahre gepflegt hatte und von denen die meisten aus meiner Polizeizeit stammten. Ein Angestellter des Straßenverkehrsamtes, regelmäßiger Empfänger einer Weihnachtsflasche Johnnie Walker Red Label, enttäuschte mich. Er konnte kein Auto finden, das auf den Namen Dunrobie zugelassen war.

Ich nahm einen Schluck Kaffee mit Zucker und Sahne und seufzte. Die Zulassungsstelle hatte ich für meine beste Karte gehalten.

Ich hämmerte die nächste Nummer ein und schwatzte ein paar Minuten mit einer alten Bekannten, die bei der CORI-Abteilung des Jugendamtes arbeitete. Patsy Alvarez hat zu Weihnachten lieber Schweizer Schokolade als Whisky. Ich erfuhr, daß Dunrobie keinerlei Vorstrafen hatte, nicht einmal wegen «Trunkenheit am Steuer», was gut dazu paßte, daß er gar keinen Führerschein besaß.

Ich hatte mir so schön ausgemalt, er sei vor kurzem wenigstens wegen «Trunkenheit und öffentlichen Ärgernisses» aufgefallen. Ich hatte gehofft, ihn schnell aufzuspüren; wollte wohl einen Supereindruck auf Dee machen, wie ich mir eingestehen mußte.

Der nächste Anruf: Das Büro der Universität von Massachusetts, wo auch ehemalige Studenten geführt werden, weigerte sich wie alle Universitätsbüros, Adressen auszugeben, aber mit viel Zureden bekam ich schließlich heraus, daß sie in Dunrobies Fall nichts zu verheimlichen hatten. Er hatte kein Examen gemacht.

Die meisten aus unserer Gruppe waren auf dieser Uni gewesen, aber Dee hatte eine Zeitlang in Berklee gelebt, deshalb wählte ich die Nummer der Musikhochschule von Berklee; ich mußte eine ziemliche Weile warten und mir ein recht brauchbares Band mit klassischer Musik anhören. Dunrobie war nicht in Berklee gewesen.

Ebensowenig auf dem New-England-Konservatorium.

Im Branchenbuch fand ich unter «Gewerkschaften» die Amerikanische Vereinigung der Musikschaffenden. Sie hatten kein Mitglied namens Dunrobie. Ich zögerte eine lange Minute, dann legte ich auf.

Ich trank meinen Kaffee aus. Davey hatte sich anscheinend unsichtbar gemacht. Kein Führerschein, kein Gewerkschaftsausweis. Ich fragte mich, ob es Dees Ernst gewesen war, daß er sich als Bauarbeiter versucht hätte. Ich rief zwei Bauarbeitergewerkschaften an. Keine Dunrobies.

Ich zog mir das verschwitzte Zeug aus und die Khakis, ein bedrucktes T-Shirt und einen Marineblazer aus Leinen an, eine Ausstattung, in der ich vertrauenswürdig und professionell wirke. Mit schwingender Schultertasche begab ich mich geradewegs zum Standesamt im State House und zog eine Niete bei Daveys Geburtsurkunde, die allerlei Nützliches hätte offenbaren können wie etwa den Mädchennamen seiner Mutter oder sein Geburtsdatum. Dee und ich waren einer Meinung, daß er älter war als wir alle, aber wir waren nicht sicher, ob zwei Jahre oder vier Jahre oder so.

Vom State House ging ich zu Fuß zur Stadtbibliothek, wobei ich wünschte, ich hätte bequemere Schuhe angezogen, und mich mit dem Gedanken tröstete, daß es in der Bostoner U-Bahn unerträglicher gewesen wäre als «auf dem Landweg». Man sollte ja meinen, U-Bahnen würden kühl bleiben, da sie unter der Erde liegen, aber statt dessen sind sie im August vollkommen durchdrungen von der Hitze und dem Gestank der Stadt. Manche der Waggons sind ja klimatisiert, aber man kann nie darauf zählen, genau dort einzusteigen. Ich verlangsamte meine Schritte, als ich zum Copley Square Park kam, und schaute mir die Obdachlosen an, die wie Statuen auf den Bänken saßen. Ob ich Davey Dunrobie zuzüglich zehn harter Jahre, womöglich auch noch mit Bart und einer Schmutzschicht, wiedererkennen würde?

In der Bibliothek sah ich die Telefonbücher der letzten zwölf Jahre durch, auch die aus der Umgebung. Es gab nicht einen Dunrobie, was ich höchst entmutigend fand. Ich hatte zwar nicht erwartet, ihn aufgeführt zu finden, aber ich hatte zumindest auf einen Bruder oder Vetter gehofft.

Ich konnte mich nicht zurückhalten, ich mußte einfach nachschlagen im 1979er Buch: Therieux, Calvin und Carlotta. Die Telefon-Company hatte es wieder falsch gemacht, wie immer; ich hatte nie seinen Nachnamen angenommen. Die Anschrift war richtig gedruckt, eine halbe Maisonettewohnung zu billiger Miete in Cambridgeport.

Von Cal gab es keinen Eintrag in den neueren Büchern.

Ich atmete erleichtert auf. Er und Dunrobie waren einmal

gute Freunde gewesen. Wenn ich einen Eintrag von Cal gefunden hätte, hätte ich nicht umhingekonnt, ihn anzurufen und mich nach Davey zu erkundigen. Ich fragte mich, ob ich dann wohl meine Stimme verstellt hätte.

Ich fragte zwei freundliche Bibliothekarinnen, ob sie sich an einen verwahrlosten Typen wie Dunrobie erinnern könnten, der noch dazu ständig Musik hörte. Jetzt fiel mir zum ersten Mal meine Wühlschublade ein; es wäre nützlich gewesen, ein Foto von Dunrobie vorzuzeigen, wie alt es auch sein mochte.

«Wir sehen hier Hunderte von solchen Typen», bemerkten die Bibliothekarinnen, was mir keine große Hilfe war. «Besonders im Winter. Wer würde nicht lieber in einem geheizten Gebäude Musik hören, als im Kalten zu sitzen und zu frieren?»

Ich ging zum Pine Street Inn, einer Zufluchtsstätte für Obdachlose, und zog eine Menge leerer Blicke auf mich. Ich stopfte ein paar Scheine in die Spendendose und hoffte nur, keiner meiner alten Freunde würde auf einem Feldbett wohltätiger Einrichtungen nächtigen müssen. Als nächstes nahm ich mir die Heilsarmee vor. Die Anonymen Alkoholiker probierte ich gar nicht erst. Sie sind, wie der Name schon sagt, anonym.

Die Gegend von Copley Square und South End sowie die alte Adresse in Cambridge waren die einzigen Anhaltspunkte, die ich hatte. Ich besuchte die entsprechenden Postämter, veranlaßte gequälte Beamte dazu, Nachsendeanträge und Umzugsmeldungen durchzusehen – nichts.

Das Postamt vom Central Square hob ich mir bis zum Schluß auf, denn es lag in der Nähe meiner Wohnung. Ich überlegte, ob ich die Nachbarschaft abklappern, an Türen klingeln und die Leute fragen sollte, ob sie einen Typen kannten, der soff und Gitarre spielte. Aber ohne Foto kam das aufs gleiche heraus wie Dees Zehn-Dollar-Spendenaktion in dem Park von South End.

Also ging ich nach Hause und zog die Krimskramsschublade auf; damit hatte ich die Büchse der Pandora geöffnet.

8

Als meine Tante Bea starb, hinterließ sie 22 kräftige, mit Kordel verschnürte Pappkartons dort auf dem Speicher, wo man nur kriechen kann. «Erinnerungen» nannte sie das. Ich habe sie nie geöffnet; ich versuche, nicht daran zu denken.

Ich habe keine besondere Ader für Andenken und bin auch kein großer Sammler. Meine polizeidienstliche Beschäftigung mit Verbrechenstatorten hat mich davon kuriert. Die Opfer taten mir immer doppelt leid; nicht allein, daß sie vergewaltigt, beraubt oder ermordet worden waren – zu guter Letzt schnüffelte auch noch eine Horde von Fremden durch ihre schmutzige Unterwäsche.

Nach meiner ersten Tatortbesichtigung bin ich nach Hause gerannt und habe säckeweise Peinlichkeiten weggeworfen, von Versandangeboten, wonach sich der Busenumfang innerhalb von 30 Tagen garantiert vergrößern sollte, andernfalls Geld zurück, bis hin zu den schwülstigen Gedichten von einer Liebschaft aus der neunten Klasse.

Voller Unbehagen sah ich den Nachttisch rechts neben dem Bett, weit von der Tür entfernt, an, dessen unterste Schublade eine Fundgrube für mancherlei war, darunter auch meine Hochzeitsfotos.

Ich besitze keine Kamera. Roz, meine Mieterin und unzulängliche Putzfrau, Post-Punk-Künstlerin und gelegentlich meine Assistentin, erledigt gegen ein entsprechendes Entgelt alle notwendigen Fotoarbeiten. Ich mag eigentlich keine Fotos, aber die Leute geben einem immer welche, und es erscheint mir irgendwie nicht richtig, diese strahlenden erstarrten Antlitze wegzuwerfen. Ich stopfe sie in meine Kramschublade.

Eine Ausnahme davon sind Paolinas Schulmädchenfotos. Sie ist meine kleine Schwester von der Big-Sisters-Organisation, und von ihr steht immer das neueste Foto in einem Silberrahmen auf dem Kaminsims im Wohnzimmer.

Paolina wird zur Zeit von mir ferngehalten. Ihre Mutter läßt mich nicht zu ihr wegen einiger Schwierigkeiten, die einer meiner Fälle mit sich gebracht hat. Ich gebe ja zu, daß ich die Sache beinahe vermasselt hätte – und Paolinas Leben in Gefahr gebracht habe. Aber was mich ärgert, ist, daß Paolinas Mutter nicht etwa wegen der Gefahr eingeschnappt ist, sondern weil Paolina ein paar Dinge über sich in Erfahrung gebracht hat, die Mama zu vertuschen versucht hatte.

Ich habe eine Sozialarbeiterin darauf angesetzt, uns wieder zusammenzuführen, und schreibe Paolina dreimal in der Woche. Ich hoffe nur, daß Marta, ihre Mutter, die Briefe auch an sie weitergibt. Sie läßt mich nicht einmal am Telefon mit Paolina sprechen, und die verdammte Sozialarbeiterin sagt bloß, es dauert seine Zeit, es dauert.

Ich setzte mich mit gekreuzten Beinen auf den Fußboden, zog die Schublade auf und mußte husten, weil mir der Duft alten Puders in die Nase stieg – eines billigen Zeugs, das ich als Teenager wohl für sexy gehalten hatte. Es beschwor das Bild eines Jünglings mit öligen Haaren und dem Namen Doug herauf, mit dem ich mich während meiner High-School-Zeit zweimal getroffen hatte. Einmal zu einer verbotenen mitternächtlichen Bootsfahrt.

Es ist Jahre her, daß ich Polizistin war, und es scheint, daß meine Angst vor Tatortbesichtigungen allmählich schwindet. Merkwürdig, all diese idiotischen Sachen, die ich in die Schublade gestopft habe. Gratisproben zum Beispiel – alles von Hautcreme bis zum Frühstücksmüsli. Schulterpolster, die ich aus Jacken getrennt habe, weil ich sonst aussehe wie ein Abwehrspieler beim Football. Halbleere Spraydosen mit empfängnisverhütendem Schaum. Eine Kollektion sehr persönlicher Geburtstagsglückwunschkarten von Sam Gianelli.

Genau das Zeug, von dem ich nichts lieber hätte, als daß Cops es durchwühlen. Ich ging nach unten und holte eine leere Einkaufstasche. Die Müsliproben schmiß ich zuerst hinein, wobei ich mich fragte, warum ich sie eigentlich nicht in der Küche aufbewahrt hatte; hoffentlich hatten sie keine Kakerlaken angelockt. Unter einer winzigen Schachtel Kleie mit Nüssen und Rosinen entdeckte ich ein noch winzigeres knallpinkfarbenes Bikinihöschen. Was sollte denn das? Ach ja, das Gummi war ausgeleiert, weil ich die «Nur Handwäsche»-Anweisung nicht beachtet hatte. Ob ich wirklich vorgehabt hatte, das Gummi zu ersetzen? Ich warf es in den Beutel. Ich bin ebensogut als Näherin wie Roz als Putzfrau.

Ich fand die Hochzeitsfotos unter einer drei Jahre alten Ausgabe von *Mother Jones*. Sie sind in einem dünnen weißen Album gesammelt. Die Braut auf den Bildern lächelte, aber ich konnte ihr verschwommenes Gesicht beim besten Willen nicht als meins identifizieren. Ich zwang mich dazu, genau hinzuschauen, aber der Fotograf Lou, dieser etwas minderbemittelte Vetter meiner Mutter aus Kansas City, versuchte sich gerade in seinem dritten Beruf in drei Monaten und hatte praktisch jede brauchbare Nahaufnahme von der Hochzeitsgesellschaft versaut.

Davey war erst in letzter Minute in diesen erlauchten Kreis geladen und dazu zwangsverpflichtet worden, als Trauzeuge an die Stelle von Cals abwesendem Alkoholikervater zu treten.

Da ich in meiner Heimatstadt Detroit geheiratet habe, waren nicht viele meiner Bostoner Freunde dabei. Ich schlug eine Seite um. Auf einem erstaunlich scharfen Gruppenfoto, einer Übersicht über den gesamten Raum, war Davey Dunrobie nur ein Fliegendreck in der Ecke, nichts, was man hätte herumzeigen können.

Trotzdem legte ich das Foto beiseite. Vielleicht konnte Roz ein Wunder vollbringen und es vergrößern.

Lorraines Foto muß hinten im Album gesteckt haben. Es flatterte auf den Boden, und ich starrte es an, wie gebannt von ihrem unschuldigen Lächeln.

«Nach dem ersten Tod kommt keiner mehr», sagt Dylan Thomas in einem von den wenigen Gedichten, von denen ich ein paar Zeilen auf Anhieb aufsagen kann. Lorraine war mein erster. Eine Freundin, die mit zweiundzwanzig Selbstmord beging.

Ich hob das Foto behutsam auf und hielt es so ins Licht, daß es nicht spiegelte. Sie war nicht gerade hübsch gewesen, aber vielleicht wäre sie doch noch ansehnlich geworden mit den Jahren, die sie nicht genutzt hatte. In der Hauptsache sah sie meines Erachtens jung aus. Unverbildet, unbeschrieben, ungeformt.

Das Bild mußte bei einem Picknick aufgenommen worden sein. Am Rand auf einer Seite konnte ich einen Klapptisch erkennen, das Papiertischtuch beschwert mit Körben voller Kartoffelchips, Cola- und Bierdosen. Links im Bild war ein Hintern in Jeans zu sehen. Ich konnte nicht feststellen, ob er einem Mann oder einer Frau gehörte.

Früher habe ich eine Zeitlang geglaubt, ich würde Tag für Tag, mein Leben lang, um Lorraine trauern. Dabei hatte ich tatsächlich Monate oder sogar Jahre nicht mehr an sie gedacht. Vielleicht ganz kurz an ihrem Todestag um Allerheiligen herum, in der Kühle des Herbstes.

Ich stellte mir noch einmal die alte Frage: Warum? Beim Gedenkgottesdienst hatte Lorraines Mutter mir anvertraut, daß ihre Tochter bei einem Psychiater in Behandlung gewesen war – was damals nicht so häufig vorkam wie heute. Als ich in Lorraines Wohnung kam, hatten die Eltern sie bereits ausgeräumt. All ihre Notizbücher, all ihre Papiere waren in Kisten verpackt und nach Norfolk, Virginia, geschickt worden. Ihre Mutter hatte mir ein Album von Jesse Colin Young und Lorraines Mandoline zum Andenken gegeben. Eine Zeile von einem Song des Albums kam mir ungebeten in den Sinn:

«Four in the mornin' and the water is pourin' down.»

Ich muß das Stück wohl hundertmal gespielt haben. Dann habe ich die Platte samt Mandoline irgendwo oben auf dem Speicher verstaut, bei Tante Beas unberührten Kartons.

Der ersten Frage, dem Warum, folgte automatisch die zweite, wieso ich nichts davon bemerkt hatte. Wie hatte ich mit Lorraine auf Parties gehen, singen und mich vergnügen können, ohne je ihre Traurigkeit und Verzweiflung zu spüren? Wie hatte ich freitags noch mit der Freundin wie immer eine Tasse Kaffee trinken können, um am Samstagabend von ihrem Selbstmord zu erfahren?

O Lorraine. Wut überkam mich plötzlich und sofort danach Schuldgefühle. Ich legte ihr Bild auf mein Bett, dann steckte ich es hastig wieder in das Album zurück. Ich wußte, daß ich es immer und ewig anschauen konnte, ohne etwas anderes heraufzubeschwören als ein paar leidige Grübeleien um drei Uhr in der Frühe.

Ich schob die Hand weit nach hinten in die Schublade und suchte meinen Stapel kleiner schwarzer Bücher.

Ich habe mich nie bemüßigt gefühlt, Tagebuch zu führen,

nur eine Art Terminkalender, mit Eintragungen über gefahrene Kilometer, Parkgebühren, wohin ich gefahren bin und wann, Verabredungen zum Essen und Geburtstage. Das tue ich eher aus steuerlichen Gründen als aus Gefühlsduselei.

Hatte ich damals schon schwarze Bücher geführt? Sie mußten eigentlich bis zum Zeitpunkt meiner ersten Kreditkarte zurückreichen, eines Kontos bei der Harvard-Coop, durch das ich mich sehr erwachsen fühlte und ganz von mir eingenommen war. Die Coop verschickt einen Kalender für das akademische Jahr an alle Mitglieder, ein winziges Notizbuch, schwarz mit fein linierten Seiten. Regelmäßig im Juli erscheint ein neuer, und dann lasse ich den alten in der Schublade verschwinden.

Ich ging den Stapel durch, um das richtige Jahr zu finden, am besten 1977/78.

Ich fand die schwarzen Bücher von 82/83, 78/79 und 81/82 und stapelte sie in chronologischer Reihenfolge. 1978/79 schien das älteste zu sein. Auf den ersten Seiten jedes Notizbuches waren Gewichts- und Maßtabellen sowie Ferienkalender. Dann kamen ein paar leere Seiten für Telefonnummern und Adressen. Ich sah nach, ob ich Dunrobie eingetragen hatte.

Dees Name stand neben der Nummer 555-8765, einer Nummer aus Cambridge, vermutlich von dem Apartment in der Mass. Avenue. Die Nummer hatte ich dick durchgestrichen. Ich überprüfte auch die übrigen Telefonnummern, die meist schnell hingekritzelt und nur mit einem Vornamen markiert waren. Gary und eine Nummer, die mit 734- anfing. Hatte ich einen Gary gekannt? Einen Ken? Eine Alice? Das mußte Alice Jackson gewesen sein. War sie nicht inzwischen verheiratet, und wie, zum Teufel, hieß sie dann jetzt? Sie könnte sich womöglich an Dunrobie erinnern.

Ich wählte die Nummer, die neben dem Namen Alice

stand. Der Mann, der abhob, war mürrisch, schon älter und absolut sicher, daß mit seiner Telefonnummer keine Alice verbunden war. Er hätte die Nummer bereits fünf Jahre, seit er aus Memphis, Tennessee, hergezogen sei, und werde nicht viel angerufen, und schon gar nicht wegen irgendeiner Alice. Seine erste Frau hätte Mary Alice geheißen, und deshalb würde er sich bestimmt an den Namen erinnern.

Verbissen blätterte ich das Notizbuch durch und stieß auf eine weitere Möglichkeit: Angela, eine Blondine mit hellen Wimpern und langer Nase. Ich tippte die Nummer ein; eine Männerstimme tönte von einem Anrufbeantworter. Ich habe selbst einen Anrufbeantworter, aber ich kann es nicht ausstehen, darauf zu sprechen. Ich legte auf.

Ich hatte auch die Telefonnummern von einem Jeff und einer Susan, als hätten die Leute, die ich als Teenager und Twen gekannt hatte, nur Vornamen gehabt. Als ob ich mich immer daran erinnern würde, wer das war. Die Leute nach Nachnamen oder Herkunft zu fragen, kam mir damals aufdringlich vor. Wenn jemand einen deutlichen Akzent hatte, konnte man fragen, woher er kam, aber das war's dann auch. Vielleicht schreckte ich auch vor solchen Unterhaltungen zurück, weil ich nie zugeben wollte, daß mein Vater ein Cop war. Die anderen waren allerdings genauso. Nachnamen waren unnötig.

Unter Jeffs Nummer ging niemand ans Telefon.

Zwei Telefonnummern hatte ich auf die letzte Buchseite gekritzelt. Ich kam zu dem Schluß, daß eine davon Cals sein mußte. Ohne Namen mußte es sich um Nummern handeln, die ich oft wählte, oder um Nummern, die ich nie anzurufen vorhatte. Ich zuckte die Achseln und wählte die erste. Drei Piepstöne der New Yorker Telefongesellschaft und dann die Ansage: «Kein Anschluß unter dieser Nummer. Bitte prüfen Sie Ihre Nummer und wählen Sie neu.»

Bei der zweiten Nummer sprach nach sechsmaligem Klingeln eine Männerstimme vom Band: «Hi. Sie haben die 555-4647 gewählt. Erzählen Sie mir, was ich Ihres Erachtens wissen müßte.» Es war eine tiefe, ruhige, unbekümmerte Stimme, an die ich mich bestimmt erinnert hätte, wenn ich sie schon mal gehört hätte.

Ich hängte ein, wählte dann jedoch die beiden Nummern mit Anrufbeantworter noch einmal und machte es kurz: Ich gab meinen Namen und meine Telefonnummer an und bat um baldigen Rückruf wegen einer dringenden Angelegenheit. Neugier läßt sich meistens nicht zügeln.

Ich sah auch die übrigen Notizbücher durch, fand aber nichts, nur falsche Telefonnummern und Sackgassen.

Widerstrebend rief ich Dee in ihrem Hotel an.

Ich konnte gleich merken, daß sie Besuch im Zimmer hatte, weil sie so vorsichtig sprach und im Hintergrund Stimmen zu hören waren.

«Alles klar?» fragte sie.

«Ich kann dir immerhin sagen, wo er nicht ist», erwiderte ich. «Tut mir leid.»

«Ich möchte dich treffen», sagte sie mit gezwungener Fröhlichkeit. «Wir sind heute abend im *Performance Center*, zur Probe, vielleicht nehmen wir auch schon etwas fürs neue Album auf. Um sieben geht's los, Ende offen. Kommst du vorbei?»

Ich zögerte.

«Nun komm schon», drängte sie. «Vielleicht lasse ich dich auf *Miss Gibson* spielen.»

Jeder Bluesgitarrist, der seinen Bottleneck Slide wert ist, würde auf den Knien zur Ecke Mass. Ave. und Boylston Street gekrochen kommen, wenn er die Chance bekäme, einmal auf Reverend Gary Davis' alter Gitarre spielen zu dürfen.

9

Ich stand in der Nähe des Theaters und warf gerade in Gedanken eine Münze «Vorder- gegen Hintereingang», als Mimi, die Blondgelockte, um die Ecke gesegelt kam und mich fast niedermähte.

Ich rannte neben ihr her und hielt mit ihr Schritt. «Erinnerst du dich noch an mich? Dee ist eine Freundin von mir.»

«Ja sicher», entgegnete sie und lächelte zuckersüß. Sie ging armschwenkend Hand in Hand mit einem jungen Mann, der einen großen Goldring am Ohr trug, so daß er aussah wie ein Seeräuber. Sie hatte hautenge Hosen und ein heißes Oberteil mit Tigerstreifen an, dazu ein passendes Stirnband und schwarze Schnürstiefel. Roz, meine Schiedsfrau in Sachen Mode, hätte sie ein bißchen passé gefunden.

Sie schoß durch die Vordertür und ich hinterher; ganz offensichtlich war sie mit jemandem zusammen, der was mit der Band zu tun hatte – heute mal nicht Drummer Freddie, sondern jemand, der wenigstens eine Halbberühmtheit kannte.

Ich dachte immer, Proben für Topkonzerte würden sich hinter verschlossenen Türen abspielen. Wer 27,50 Dollar Eintritt nimmt, verschenkt sie nicht im voraus. Aber niemand hielt mich auf, als ich im duftenden Kielwasser Mimis durch die Eingangshalle marschierte.

Sie verschwand mit dem Ohrring-Jüngling hinter Schwingtüren zu den Seitengängen. Ich hinterher. Im Zuschauersaal schwoll ein gellendes Gesumm an und verebbte wieder. Lichter flackerten. Eine körperlose Stimme hallte über einen Lautsprecher, verlangte Einstellung zwölf und rief Holly zu, doch um Gottes willen den Verstärker sieben links zu überprüfen.

Als ich noch mit Dee zusammen in jener kurzlebigen

Gruppe *Cambridge Common* war, der nicht weiter nachgetrauert wurde, spielten wir ohne Technik. Die ganze Vorbereitung bestand nur darin, daß wir unsere Instrumente stimmten.

Eine kleine Armee von Elektrikern und Bühnenarbeitern kletterte ständig auf der Bühne herum. Ein mageres knabenhaftes Mädchen in Unisexjeans und Hemd setzte vorsichtig Dees *Dobro*, dazu eine zwölfsaitige Gitarre jüngeren Datums und eine knallbunte *Stratocaster* auf Metallgestelle. Ein Jüngling in Jeans kroch auf dem Fußboden herum, prüfte die Kabelverbindungen und murmelte etwas in sein Kopfhörer-Mike.

Dee war ein ganzes Unternehmen, tatsächlich.

Zu beiden Seiten der riesigen Bühne stapelten sich Verstärkerboxen, Marke Fender, Vox AC-30, Bandmaster usw. Elektrokabel liefen kreuz und quer über den Boden. Die Bühne war durch Plattformen und Fußbänke aufgeteilt. Freddie, der Drummer, ein Keyboardmann und Brenda, die Bassistin, standen drei Stufen über Dee mit ihrer Leadgitarre.

Ron. Derjenige, mit dem Dee nicht ein festes Paar bildete. Ich fragte mich, ob Dee sich überhaupt je auf jemanden wirklich eingelassen hatte.

Dee redete mit dem Drummer, als merke sie gar nichts von dem hektischen Gewusel. Freddie saß an einem beeindruckenden Schlagzeug – silberglänzende große und kleine Trommeln und Tomtoms, alles in Messing gefaßt. Er spielte mit weichem Schlegel und Stahlbesen einen synkopischen Rhythmus auf Hi-Hat, zwei Becken, Glocken und Gongs.

Hinten auf der Bühne schlug Brenda ein paar tiefe Töne auf ihrem Fender-Baß an und runzelte die Stirn, als sie dumpf zurückhallten. Sie schrie etwas nach hinten. Jemand fummelte an einem Verstärker herum. Das Brummen brach abrupt ab.

Dee schlenderte auf der Bühne nach vorn, beugte sich vor und sprach ins Mikrofon. «Gut zu hören dahinten?» fragte sie mit tiefer, heiserer Stimme. «Jimmy, wie ist die Übertragung?»

«Gut.»

«Wer steuert aus?»

«Ich, Honey», ertönte eine andere Stimme. «Ich kriege dich laut und klar rein, du bist großartig.»

Ich schlüpfte auf einen Sitz am Gang ganz vorne.

Dee schulterte ihre Sechssaitige, stöpselte den Pick-up ein und ging zu Brenda hinüber. Zusammen probierten sie einen Akkord. Dee machte ein paar Griffe und ließ einige der Töne ausschwingen. Sie trug einen Slide am kleinen Finger der rechten Hand. Ihr Gitarrengurt sah wie Schlangenhaut aus und hatte eine große goldene Schnalle.

Die Stimme aus dem Lautsprecher sagte: «Okay, Kinder, Aufnahme», und alle Bühnenarbeiter verschwanden. Dee ging in die Mitte der Bühne, noch immer über die Schulter im Gespräch mit Brenda. Sie tickte mit dem Fingernagel an ihr Standmikrofon, stellte das Gitarrenmikrofon richtig ein, klopfte in der jäh eintretenden Stille achtmal fest mit dem Fuß den Takt, und dann erklang Musik.

Der Keyboardspieler fing an, aber der Klang hätte gut ein klagender Hornton sein können. Brenda nahm ihn mit ihrem Baß auf. Dann setzte der Schlagzeuger mit einem Rockrhythmus ein. Und dann kam die Leadgitarre mit dem ersten Riff. Der Song hatte sich ziemlich verändert, den Dee einst ihre Nationalhymne nannte, aber ich erkannte ihn gleich wieder: «For Tonight».

Und jetzt die Stimme, mit dem Unterton eines harten Girls mit Sex-Appeal:

«Don't need anybody to cry out my name,
don't need anybody to care.
Don't need anybody to tug at my skirt,
don't need anybody to share.

For tonight, for a while, I want you.
*For tonight, for a while, I want you.»**

Es war Standardrock, stark vom Blues beeinflußt und mit reichlich Gitarrensound ausgeschmückt. Dee hatte den Song zu einer Zeit geschrieben, als die meisten Hits sentimentale Schlager von Herz und Schmerz waren. Von bekannteren Sängern interpretiert, hielt er sie in mageren Jahren über Wasser.

Sie fing eben die zweite Strophe an, als eine Stimme aus dem Lautsprecher unterbrach. «Schnitt, bitte. Brenda, wir bekommen viel zuviel Nachhall rein.»

Der Drummer ließ einen einsamen Beckenschlag erklingen, und Dee sagte: «Ach komm, Brenda, nun mach schon.»

Vielleicht glaubte sie, leise zu sprechen, aber sie hatte wohl das Mikrofon vergessen.

Brenda warf ihr einen vernichtenden Blick zu. Jemand im Saal kicherte. Ich hatte die gute alte Mimi im Verdacht.

«Können wir bei 24 einsetzen?» fragte Dee.

«Fangt noch mal von vorn an. Ich brauche womöglich ein paar Extrastücke für den Live-Mitschnitt.»

Diesmal wurden die Beleuchter aktiv. Zuerst pfuschten sie

* Brauche keinen, der meinen Namen ruft,
brauche keinen, der sich um mich kümmert.
Brauche keinen, der an meinem Rockzipfel hängt,
brauche keinen, um etwas zu teilen.
Heute nacht, für eine Weile, will ich dich.
Heute nacht, für eine Weile, will ich dich.

wild mit ihren Farbeffekten herum, aber sie hatten schnell den Dreh heraus, auf wen wann ein Scheinwerfer gerichtet werden mußte. Vielleicht saß ein Roadie in der Abhörkabine und gab Tips.

Die Lampen im Zuschauerraum erloschen.

Ich achtete nicht mehr auf den ganzen technischen Kram, sondern schloß die Augen und hörte zu. All die doppelten Whiskys hatten Dees Stimme nichts anhaben können. In Bars fürs Essen und Trinken zu spielen, schien ihre Stimme geschliffen und von Extratrillern und -schnörkeln befreit zu haben. Zu viele Zigaretten hatten die tieferen Tonlagen heiserer gemacht und den höheren einen leise klagenden Beiklang verliehen. Ihr Stil hatte sich nicht verändert; es war eher so, als sei sie hineingewachsen und endlich die laszive, schwermütige Bluessängerin geworden, die sie immer sein wollte.

Meine Schultertasche drückte mich. Ich legte sie auf den leeren verschossenen Plüschsamtsitz neben mir.

Dee ging nahtlos zu einem alten Billie-Holiday-Stück über, dann zu einem schwungvollen Delta-Blues, vielleicht von John Lee Hooker. Sie ging mit der Musik mit, tanzte fast, aber es wirkte nicht aufgesetzt oder fehl am Platz, nicht einmal geplant. Es gehörte einfach zum Song, es war in vollkommenem Einklang damit und sexy.

Ich sehe auch nicht gerade sittsam aus, nicht mit meinem wirren roten Haar. Aber bei Dee, da fällt einem gleich das Wort «sinnlich» ein. Wenn sie Gitarre spielt, sieht Dee so aus, als hätte sie nichts als Sex im Sinn. Ich weiß nicht, ob ihr dieser leicht geöffnete Schmollmund und die glutvollen Augen angeboren sind oder ob das vom Blues-Singen kommt.

Ich kann einen Song immer und immer wieder üben, bis ich ihn endlich intus habe – die richtigen Töne, das richtige Tempo, saubere Griffe –, und dann bin ich damit fertig. Ich verliere das Interesse daran und gehe zum nächsten Song über. Ich kann mich mit Haut und Haar dem Lernen widmen, doch sobald der Song steht, ist es mit seinem Zauber aus und vorbei.

Dee nimmt den Song, den sie einstudiert hat, und legt dann ihren eigenen Zauber hinein. Sie singt ihre Stücke, als würde sie sie eben im Moment improvisieren, als hätte sie etwas absolut Wichtiges zu sagen, und wie schön, daß zufällig auch eine Band da ist. Sie singt, als hätte sie ein Geheimnis, das sie dir, wenn du nur lange genug zuhörst, verraten würde – und nur dir.

Meine Augen gewöhnten sich an die Dunkelheit, und ich schaute einen Typ an, der zwei Reihen weiter hinten am Gang saß. Er sah aus, als hätte er vergessen weiterzuatmen.

Dee trug eine weiße Smokingjacke und weiße Hosen. Sie ließ die Jacke zugeknöpft, aber das sichtliche Fehlen einer Bluse war ein ganz schöner Anmacher. Die Scheinwerfer verwandelten sie in einen Regenbogen. Und sie tanzte und sang und spielte, als würden die Lieder nur so aus ihr heraussprudeln, als hätte sie gar nicht genug Zeit, uns alles zu sagen, was sie zu sagen hatte.

Während Dee von tanzenden Spotlights beleuchtet wurde, spielte ihre Band im Dunkeln und wurde nur bei einem Solo ins Licht gerückt. Ihre Gitarre wirkte groß und metallisch. Der Schlagzeuger hatte sich hinter einer Sonnenbrille und einem finsteren Gesicht verschanzt. Heute waren seine Pulswärmer und das Stirnband neongrün. Der Mann am Keyboard, ein schmuddeliger junger Typ mit Dreitagebart, hielt den Kopf in den Nacken geworfen, er schaute nie in die Noten, sondern hatte die Augen verzückt geschlossen. Brenda schien nicht so bei der Sache zu sein wie die übrigen, als sei sie allein darüber im Bilde, daß es sich nur um eine Probe handelte. Aber Dee war anscheinend voll da.

Mitten im sechsten Stück schlug Dee absichtlich einen mißtönenden Akkord an und trat mit blitzenden Augen vom Mikrofon zurück. «Jimmy», schrie sie, «hörst du dir diese Scheiße eigentlich an oder nicht?»

«Klar, Honey, was ist denn?»

«Hörst du den Baß?»

«Klar.»

«Und?»

«Was und?»

«Also wirklich, das ist nicht das, worauf wir uns geeinigt haben, oder? Es ist nicht das, was ich will.»

Brenda sagte: «Ich habe nur gedacht, ich probier's einfach mal.»

Dee sagte: «Nächstes Mal fragst du mich erst.»

«Ich habe mich zwei verdammte Tage lang bemüht, mit dir zu reden, aber du bist ja plötzlich so beschäftigt und absolut nicht aufzutreiben. Ich dachte, du fändest es gut.»

«Es ist hundsmiserabel, Bren. Es klingt wie gottverdammtes Hundegeheul.»

«Wie 'ne läufige Hündin vielleicht?» sagte Brenda mit einem bissigen Unterton. Ich hielt mich an den Grundsatz «Im Zweifel für den Angeklagten», wie schon vorher bei Dee, und ging davon aus, daß sie es leise hatte murmeln wollen, aber durch das Mikrofon war der Satz bis zu den Rängen laut und deutlich zu hören.

«Was hast du gesagt?» fragte Dee.

Die Stimme aus dem Lautsprecher unterbrach sie. «Also schön, Brenda, machst du bitte das, was Dee haben will?»

«Nein, Jimmy, mach ich nicht. Es ist stinklangweilig. Ich schlaf absolut dabei ein.»

Dee sagte: «Ich will dir was sagen, Bren, ich kann fünfzig Bassisten finden, die froh sind, es zu spielen, zehnmal besser als du.»

«Ach ja?» Brenda löste das Kabel von ihrem Instrument, hob es hoch über den Kopf und legte es vorsichtig auf die Bodendielen. Dann machte sie, zu Dee gewandt, noch eine obszöne Geste mit dem Mittelfinger und verschwand von der Bühne.

«Bren, komm zurück, verdammt noch mal!» brüllte der Drummer in sein Mikrofon. Die Lautstärke überforderte irgendeinen Schaltkreis, es gab einen Rückkopplungseffekt und einen so schrillen Pfeifton, daß ich mir die Ohren zuhalten mußte.

«Jimmy», hörte ich Dee sagen, «ich habe hundertmal mit ihr über diesen Break gesprochen. Es ist mehr Blues als Rock. Ich will etwas Leichtes, Bluesartiges. Und sie kommt mir immer mit diesem hyperhektischen Scheiß.»

«Zehn Minuten Pause», ließ sich Jimmys Stimme müde vernehmen. Die Saalbeleuchtung ging an, und Tontechniker, Beleuchter und Bühnenarbeiter liefen durcheinander.

Dee beschattete die Augen mit der Hand und suchte den Zuschauerraum ab. Ich winkte, und sie schrie: «Hi!» und gestikulierte, ich sollte zur Bühne kommem.

Ich langte automatisch auf den Nachbarsitz hinüber, um meine Tasche zu nehmen. Da war nichts als Luft auf dem schäbigen roten Polster. Ich klappte schnell den Sitz hoch, sah unter den Stuhl, tastete auf dem klebrigen Fußboden herum und suchte den ganzen Umkreis ab. Meine Tasche war weg.

«So ein Mist», murmelte ich leise. «Komme schon», rief ich laut. Ich warf einen kurzen Blick in den Zuschauerraum: etwa fünfzig Leute. Eine Bewegung oben am Gangende fiel mir ins Auge, ein Fuß, eine zuschlagende Tür.

«Bin gleich zurück!» rief ich Dee zu, und weg war ich.

10

Ich sprintete durch die Schwingtüren zum Ausgang, spähte nach rechts und nach links und sah, daß sich in der Eingangshalle etwas bewegte. Ich schoß nach links und hinterher, als trüge ich noch eine Uniform.

Der Gnom, den ich von der improvisierten Party in Dees Zimmer her kannte, erschien aus dem Nichts. Ich hätte ihn beinahe umgerannt. Er schrie etwas hinter mir her, als ich vorbeilief.

Draußen konnte ich den Langfinger gerade noch sehen. Wenn er sein Tempo verlangsamt und versucht hätte, sich unauffällig unter die Passanten auf der Straße zu mischen, hätte ich aufgegeben. Aber er rannte weiter. Ein Anfänger.

Es war ein gebräunter junger Typ, und er trug trotz der Hitze eine enganliegende Schirmmütze. Schlank und rank, einssiebzig groß. Ich versuchte, mir beim Laufen die Einzelheiten einzuprägen, aber es war dunkel, und außerdem war ich stocksauer wegen der Tasche. Ich bin selten so unvorsichtig. Fast nie lege ich sie ab. Meist trage ich sie sogar mit dem Riemen quer über die Brust, wie einen Patronengürtel, um flinke Langfinger gleich zu entmutigen.

Von Dees Gesang völlig eingenommen, hatte ich sie auf den Sitz geschoben und vergessen.

Es war nicht das Geld. Es waren auch nicht die Kreditkarten. Es war einfach diese Unverschämtheit, es waren die dadurch entstehenden Unannehmlichkeiten, es war das Foto von Mam und Dad – beide zusammen, und beide ausnahmsweise mal lächelnd –, die mich am Laufen hielten. Ganz zu schweigen von meinem verletzten Stolz.

«Stop!» schrie ich an der ersten Ecke. Der Straßenlärm verschluckte den Ruf. Autos hupten.

Der Dieb rannte die Mass. Ave. hinauf in Richtung des *Christian Science Centers* und der Mutterkirche. Ich verfluchte meine lausigen Laufschuhe – Leder- statt Gummisohlen. Ich rutschte bei jedem Schritt aus. Am Ende des dritten Häuserblocks merkte ich, daß ich nur zollweise aufholte, nicht meterweise, und begann, nach einer Funkstreife Ausschau zu halten, obwohl ich wußte, daß ich nicht zweimal hintereinander solches Glück haben konnte. Weit hinter mir konnte ich Laufschritte hören.

Der Junge hatte einen zu großen Vorsprung gehabt. Und er wäre leicht davongekommen, wenn er nicht über einen Bordstein gestolpert wäre. Er schlug neben einem Chevy-Wrack auf das Pflaster. Einen Augenblick lag er gekrümmt da, dann versuchte er sich an der Stoßstange des Autos hochzuziehen.

«Laß die Tasche fallen», schrie ich. Gleichzeitig umklammerte ich sein Handgelenk. Die Tasche hatte er in der anderen Hand, aber er streckte den Arm schnell durch den Riemen, griff nach hinten in die Hosentasche und zog ein Messer.

«Du blöder Bastard», sagte ich leise.

«He, passen Sie auf, Lady», warnte mich jemand hinter mir. Das holte mich aus meiner Erstarrung, ich ließ das Handgelenk des Jungen los und stand reglos da, während er heftig atmend zurückwich. Ich prägte mir sein schmales Gesicht mit den hohen Wangenknochen und der Akne auf Nase und Kinn ein. Die Farbe seiner Augen konnte ich in dem Halbdunkel nicht erkennen, was mich ärgerte, da ich beim Verfahren eine gute Zeugin sein wollte.

Blödsinn, was für ein Verfahren? Kein Richter interessiert sich mehr für Taschendiebe.

Der Junge drehte sich um und rannte wieder los.

Hal, Dees Roadmanager, stand auf einmal neben mir. «Ich habe Sie aus der Eingangshalle sausen sehen, als stünde Ihr

Haar in Flammen. Was, zum Teufel, war denn los? Sie hätten mich fast umgerannt.»

«Vergessen Sie's», sagte ich, strich mir den Schweiß von der Stirn und bemühte mich, meinen Atem und meine Wut unter Kontrolle zu bringen. «Er hatte ein Messer.»

«Habe ich gesehen! Himmel, natürlich hab ich's gesehen! Bei jemandem mit Messer hält man Abstand! Stehen Sie etwa auf Kampfsport? Nützt einem gar nichts gegen ein Messer oder eine Knarre! Ich habe selber eine Tochter. Wenn sie je hinter einem Typ mit einem Messer herjagen würde, dann – Scheiße, ich weiß nicht, was ich täte.»

Ich sah, wie der Junge die Mass. Ave. überquerte und im Straßengewirr hinter der Symphony Hall verschwand.

Hal sagte: «Also, was ist passiert?»

«Er hat meine Tasche geklaut.»

Ich schlug den Weg zurück zum *Performance Center* ein und ging schnell, um meinen Ärger und das Adrenalin loszuwerden.

«Gleich zum Center? Wollen Sie nicht zur Polizei?»

«Sie füllen dafür nicht einmal ein Formular aus», sagte ich, was nicht stimmt. Aber ein Formular ausfüllen ist auch alles, was sie tun. Taschendiebstahl gehört zu den Straftaten, die so häufig vorkommen, daß die Cops die Opfer wie Halbirre behandeln. Was, zum Teufel, wollen Sie denn, Lady, wenn Sie nachts in dieser Gegend mit einer Handtasche rumlaufen?

Dazu war ich nicht aufgelegt.

«Tut mir leid, daß ich Ihnen nicht besser helfen konnte», sagt Hal schnaufend. «Bin anscheinend nicht mehr so gut in Form. Würden Sie mir glauben, daß ich mal ein ganz guter Läufer war?»

Er sah eher so aus, als wäre er mal ein guter Kaufhaus-Nikolaus gewesen, aber das sprach ich nicht aus. Die Wahrscheinlichkeit, daß er einen Herzschlag bekam, während er hinter mir herlief, war entschieden größer gewesen als die, daß ich den Dieb noch einholen würde. Das sagte ich aber auch nicht.

Er war immer noch völlig außer Atem. Ich dankte ihm für seinen Rettungseinsatz, und er brachte ein Lächeln zustande. Er hatte ein Gesicht mit runden Wangen, spitzem Kinn und spitz zulaufendem Haaransatz. Seine Augenbrauen waren zottig und ergraut, ebenso sein Haar. So atemlos sah er älter aus als in der vorigen Nacht.

«Ich habe nie viel Bargeld dabei», sagte ich, mehr zu mir als zu ihm. «Es geht mir um das andere Zeug. Führerschein, Kreditkarten, Schlüssel.»

Hal fragte: «Ihre Autoschlüssel? Kommen Sie denn irgendwie nach Hause?»

«Ich nehme ein Taxi», sagte ich. «Das ist kein Problem.»

«Und womit wollen Sie das Taxi bezahlen? Ich kann Ihnen mit einem Zwanziger aushelfen.»

«Danke«, sagte ich, «nicht nötig. Ich komm schon zurecht.» Ich habe immer einen Schein im Schuh unter der Innensohle, wie viele Polizisten. Kleingeld in den Hosentaschen.»

«Sie haben also die Show angeschaut?» sagte Hal nach einem halben Häuserblock Schweigen.

«Dee hat mich eingeladen.»

«He», sagte er, «nichts für ungut. Was Dee sagt, läuft. Sie ist schon wer, nicht wahr? Die neue Platte mit den Live-Mitschnitten wird alles andere vom Tisch fegen.»

Wir gingen wieder einen Block lang schweigend.

«Wie alt ist Ihre Tochter?» fragte ich, nur um etwas zu sagen.

«Fünfzehn», erwiderte er seufzend. «Mit fünfzehn wollen sie alle Rockstars werden.»

Ich dachte an meine kleine Schwester Paolina. Sie ist gerade elf geworden und auf der Schwelle zum gefährlichen Alter. Ob sie auch ein Rockstar werden will?

«Sie sind also eine alte Freundin von Dee», sagte Hal, noch immer außer Atem, aber trotzdem um seinen Teil der Unterhaltung bemüht.

«Und Sie?» fragte ich zurück. «Kennen Sie sie schon lange?»

«Ich habe in den Siebzigern als Roadie bei ihr angefangen und seitdem immer mal wieder für sie gearbeitet. Habe ihre Gitarre durch fünfzig Staaten und ganz Europa geschleppt. Sie war immer fair mir gegenüber. Wenn's nach mir ginge – und ich habe für 'ne Menge Widerlinge gearbeitet –, müßte sie deshalb heiliggesprochen werden.»

«Sie sind also jetzt ihr Roadmanager, richtig?»

«Ja.»

«Was machen Sie bei dem Job?»

«Alles.»

«Haben Sie ein Büro und Telefon?»

«Wollen Sie doch die Polizei anrufen?»

«Ich will nur meine Kreditkarten melden. Dauert nicht lange.» Ich besitze lediglich die Harvard-Coop-Karte und die Visacard, und die hätte ich auch nicht, wenn nicht die Autovermietungen wären. Versuchen Sie mal ohne eine bekannte Kreditkarte ein Auto zu mieten, und Sie sitzen ganz schön in der Tinte.

Hal sagte: «Das *Performance Center* hat mir für diese Woche eine Bude zur Verfügung gestellt. Es ist nicht viel mehr als ein Loch in der Wand, aber immerhin gibt's ein Telefon. Hören Sie, könnten Sie nicht ein bißchen langsamer gehen?»

«Entschuldigung», sagte ich. Der Gute konnte nicht älter sein als fünfundfünfzig, er hatte einen gewölbten Brustkorb und kurze Beine, die doppelt so schnell gingen wie meine. «Dee wollte mich in der Pause treffen.»

«Sie spielen nicht zufällig Baß?» fragte er hoffnungsvoll.

«Sehe ich wie eine Bassistin aus?» fragte ich zurück.

«Sie sehen wie eine Lady aus, die auf all meine Fragen mit einer Gegenfrage antwortet.»

«Tut mir leid», sagte ich, was keine Frage und auch keine Antwort war.

«Dee wird mich auch sprechen wollen», sagte er finster. «Sie wird sich Brendas Arsch gebraten auf einem Teller wünschen, und eine fette Scheibe von meinem daneben. Sie werden sehen.»

«Ist es schwer, für sie zu arbeiten?»

«Für Dee? Im Vergleich zu all den Idioten in diesem Geschäft, nein. Und trotzdem, es ist wirklich die Härte, für sie zu arbeiten.»

Er ging mir voraus eine enge Treppe hinauf, die durch Vorhänge von der Eingangshalle abgetrennt war, und trat in ein Büro, das kaum genug Platz für uns beide, einen Schreibtisch und ein Ablageregal hatte. Ich erledigte meine Telefongespräche, was doppelt so lange dauerte, wie es eigentlich hätte dauern dürfen. Er warf derweil irgendwelche Zettelchen in eine offene Schublade, schob sie wieder zu und tat so, als höre er nicht hin.

«Wie komme ich auf die Bühne?» fragte ich.

«Nur nicht unterbrechen, wenn sie gerade spielen, ja? Das mit meiner Frage, ob Sie Bassistin wären, war übrigens Spaß. Mit Brenda geht es öfter so, das ist vorher auch schon passiert. Glauben Sie mir, die beiden lieben sich wie Schwestern.»

«Zur Bühne», warf ich ein, «Sie wollten mir sagen, wie ich dahin komme.»

«Ach ja.» Seine Wegbeschreibung war ziemlich kompliziert. «Und hören Sie, wenn Sie meine Tochter wären, würde ich Ihnen noch einen guten Rat geben.»

«Und der wäre?»

«Jagen Sie keine Räuber. Gehen Sie lieber zur Polizei.»

«Ich weiß», sagte ich, «danke für Ihre Hilfe.»

«Nicht der Rede wert!» wehrte er ab, aber mit einem Lächeln.

«Trotzdem danke. Sie werden für den Samariterpreis dieser Woche nominiert. Und es gibt bisher wenig Konkurrenz.»

11

Ich folgte Hals Wegbeschreibung durch die Eingangshalle zurück in den Zuschauerraum. Techniker waren auf der Bühne zugange, und Dee war nirgendwo zu sehen. Ich ging durch einen verhängten Durchgang, stieg eine kurze steile Treppe hinauf und befand mich plötzlich mitten unter Verstärkern und Roadies. Ein Gang sah einladend aus; ich dachte mir, daß dort irgendwo Garderoben sein mußten.

Ich machte Dee anhand ihrer Stimme ausfindig, öffnete nach flüchtigem Klopfen die Tür und kam dazu, wie sie gerade eine schmächtige kleine Frau anschrie, die Nadel und Faden wie ein Banner schwenkte.

«Ich mag die verdammten Hosen aber eng», brüllte Dee die Näherin an. «Wenn sie aufplatzen, dann platzen sie eben auf.»

«Trag saubere Unterwäsche», empfahl ich automatisch. Meine Mutter pflegte immer zu sagen: Trag frische Unterwäsche, falls du mal auf dem Weg zur Schule von einem Auto angefahren wirst. Denk daran, wie peinlich es wäre, mit schmutziger Unterwäsche oder, noch schlimmer, mit einem

BH, der nur von einer Sicherheitsnadel zusammengehalten wird, ins Krankenhaus zu kommen.

Es stört mich, wenn ich merke, daß mir die Worte meiner Mutter entschlüpfen.

«Wo, zum Teufel, warst du? Ich habe eine halbe Stunde gewartet.» Dee umkreiste mich, und die schmächtige Näherin ergriff die Gelegenheit zur Flucht. «Ich hatte mich auf dich verlassen, daß du Davey findest, schnell findest», fuhr sie verärgert fort, ohne auf eine Antwort zu warten. Sie schleuderte ihre hochhackigen Schuhe fort, und jetzt fegte ihr zehn Zentimeter langer weißer Hosenumschlag den Boden.

«Kennst du jemanden, der bei dir arbeitet und gern Damenhandtaschen stiehlt?» fragte ich.

«Bitte?»

«Irgend jemand hat mich beklaut. Vorhin.»

«Willst du die Polizei rufen oder so was?»

«Hat dieses Gebäude ein Sicherheitssystem?» fragte ich weiter.

«Klar», sagte sie sarkastisch, «ein Supersystem. Wenn jemand das Haus zu klauen versucht, möchte ich wetten, daß höchstens der alte Wachmann auf seiner Streife davon was bemerkt.»

«So super, was?»

«Ich würde nicht mal 'nen Nickel in dieser Garderobe lassen. So super ist das hier. Ich gebe immer alles einem von Hals Leuten. Dem hübschen Jody, wenn ich ihn finde. Also willst du nun die Polizei rufen oder nicht?»

Ich seufzte und dachte an all die Schuttplätze und Baustellen in der Nähe der Symphony Hall. «Ich kümmere mich später darum.»

«Du hast Dunrobie nicht finden können?»

«Gib mir mehr Zeit, und–»

«Kann ich dir vertrauen?» fragte sie plötzlich, und es war eher eine Anschuldigung als eine Frage.

Ich zog eine Augenbraue hoch. «Kommt drauf an.»

Sie griff in ihre Jacke, zog einen Umschlag aus der inneren Brusttasche, wog ihn in der Hand und drehte ihn langsam herum. Sie biß sich auf die Unterlippe und versuchte, mich mit ihrem Blick einzuschüchtern.

«Fehlt mir noch was?» fragte ich. «Ich habe nämlich gern alles beieinander, ehe ich mitspiele.»

Sie wollte etwas sagen, hielt aber inne und schloß die Augen. Sie sah erschöpft aus, völlig anders als das elektrische Wunder auf der Bühne.

«Was es auch ist, Dee», sagte ich, «was auch passiert, die Musik ist gut. Die Musik ist einmalig!»

Sie machte die Augen immer noch nicht auf, lehnte sich jedoch gegen die geschlossene Tür und begann zu reden. Es war, als spreche sie zu sich selbst, aber sie wußte offenbar, daß ich noch da war, denn sie versperrte den einzigen Ausgang. «Ich habe mir den Arsch abgearbeitet, um so weit zu kommen, und es macht mich fertig, daß Dunrobie glaubt, er könnte diese Tour mit mir abziehen.» Sie streckte die Hand aus und gab mir den Umschlag, als sei sie froh, ihn endlich loszuwerden.

Er hatte Standardgröße und trug den aufgeprägten Absender eines Stuart W. Lockwood, Rechtsanwalt. Empfängerin war Frau Dee Willis c/o *Four Winds Hotel*, 100 Boylston Street, Boston. Unten stand in Schreibmaschinenschrift «dringend und streng vertraulich». Er war sauber mit einem Brieföffner aufgeschlitzt worden.

Ich faltete einen Bogen steifes Papier auseinander. Oben in der Mitte waren Adresse, Telefon- und Faxnummer des Anwalts eingeprägt. Der Brief datierte vom 12. August. Das war vor drei Tagen.

Sehr geehrte Frau Willis,

ich vertrete Herrn David C. Dunrobie. Ihre Aufnahmen «For Tonight», «Little Bit of Love» und «Jenny Lou» gründen sich auf seine Kompositionen «Sweet Lorraine», «Duet» und «Missing Notes».

Sie haben es versäumt, Herrn Dunrobie als den Komponisten dieser Stücke anzuführen, und Sie haben es außerdem versäumt, die Stücke unter ihrem korrekten Originaltitel anzuführen. Durch Ihre Handlungsweise haben Sie meinen Klienten um seine Lizenz- und Copyrighteinnahmen gebracht und sich diese Stücke widerrechtlich angeeignet.

Insbesondere «Sweet Lorraine», bei Ihnen der Titel «For Tonight», hat erhebliche Summen eingespielt, sowohl durch die Aufnahmen anderer Interpreten als auch durch Sie selbst.

Mein Klient ist aufgrund Ihrer widerrechtlichen Aneignung seiner Werke wirtschaftlich und emotional schwer geschädigt worden. Wir erwarten in dieser Angelegenheit Ihre umgehende Stellungnahme. Bitte rufen Sie mich noch in dieser Woche an, und lassen Sie mich wissen, wie Sie diese Situation zu beheben gedenken.

Wenn wir nach einer Frist bis zum 19. August 1991 nichts von Ihnen gehört haben, bin ich seitens meines Klienten dazu ermächtigt, ihm nach dem Gesetz zu seinem Recht zu verhelfen, unter anderem durch eine einstweilige Verfügung, die das Aufführen und den Vertrieb der Stücke bis zur Klärung der Rechtslage verhindern soll.

Von einem Rechtsstreit in dieser Angelegenheit würden zwangsläufig auch andere Parteien wie etwa MGA/

America sowie die Hersteller und Vertreiber von *Change Up* betroffen sein.

In Erwartung Ihrer Stellungnahme verbleibe ich

hochachtungsvoll
Stuart W. Lockwood, Rechtsanwalt

Ich drehte den Briefbogen um; auf der Rückseite stand nichts.

«Und ich habe mich den ganzen Tag vergeblich abgerakkert», giftete ich. «Dunrobies Anwalt muß schließlich wissen, wo er steckt.»

«Hättest du das für möglich gehalten?» Dee schnappte sich den Brief und wedelte mir damit vor der Nase herum, ehe sie ihn auf den Boden warf. Sie bückte sich rasch und hob ihn wieder auf.

«Ist doch nichts Neues», sagte ich. «Das liest man dauernd in der Zeitung. George Harrison hat ‹My Sweet Lord› von Soundso geklaut. Michael Jackson ebenso wie alle anderen. Du bist dir vielleicht nicht darüber im klaren gewesen, daß du's tust, weil du nur hier ein Motiv und da ein paar Takte übernommen hast.»

Dee starrte mich wütend an. Dann legte sie in ärgerlichem Flüsterton los, wobei sie immer wieder sicherstellte, daß die Garderobentür auch verschlossen blieb: «Wenn du mir nicht glaubst, wird mir niemand glauben. Das ist das große amerikanische Märchen: Bist du berühmt, klaust du vom kleinen Mann.» Sie ballte die Hand zur Faust, ließ sie aber, weil sie nicht wußte, was sie damit tun sollte, wieder herabsinken. «Das lasse ich nicht mit mir machen. Das wird Dunrobie mir nicht antun.»

«Ist es zu spät, ihn noch als Urheber anzuführen?»

«Davey Dunrobie hat nie auch nur ein Wort oder einen Ton zu einem einzigen meiner Songs beigesteuert.»

«Dann vergiß es einfach. Wirf den Brief weg. Soll er dich doch verklagen!»

Sie zog sich einen wackeligen Stuhl herbei, drehte ihn mit der Lehne nach vorn und setzte sich. «Ich will dir mal was sagen, Carlotta. Das könnte für mich das Ende sein. Wirklich. Weißt du, daß ich ganze vier Jahre kein Studio gefunden habe, das die Platte mit mir gemacht hätte? Vier Jahre lang hieß es, ich sänge wie der-und-der. Und das waren noch die netten Absagen. Ich habe *mein eigenes* Geld, jeden verfluchten Cent, in *Change up* gesteckt und Jimmy Ranger dazu bewegt, auf sein Risiko die Tonmischung zu machen. Jetzt, nachdem es Platin für MGA/America gegeben hat, fassen sie einen langfristigen Vertrag ins Auge. Aber mit dieser Scheiße weiß ich nicht. Ich meine, MGA hat die Taschen voll. Und sie können gut ohne einen Prozeß auskommen.»

«Das kostet sie doch nur ein Schulterzucken», sagte ich. «Du bringst ihnen schließlich Geld ein, Dee.»

«Hör zu», sagte sie, «ich will kein Risiko eingehen. Ich will nicht, daß sie davon Wind bekommen. Ich habe zehn Jahre lang darauf gewartet, bei einer großen Plattenfirma zu landen, habe unter Buhrufen in Bars gespielt, das ganze Land abgeklappert und knapp mein Brot verdient. Ich möchte, daß sich das gelohnt hat, und ich will etwas mehr als ein paar Souvenirs. *Fünfzig* Typen warten da draußen auf meinen Platz bei MGA, und jeder von ihnen könnte mit dem richtigen Backing ein Star werden. Die Manager der Schallplattenfirmen fressen ihre eigenen Kinder, das kann ich dir flüstern. Früher habe ich nie angestrebt, mir einen Namen zu machen. Meine Songs paßten im Stil nicht so ganz in die Top-Ten. Arm bin ich geboren, und arm werde ich sterben, habe ich mir früher gesagt. Ich wollte immer nur genug verdienen, um das zu machen, was ich mache, nämlich Musik. Aber inzwischen mag ich meine Suite im *Four Winds* ganz gern. Ich fahr auch gern in Limousinen herum. Und ich muß immer an die alten Schwarzen denken, die Bluessänger, von denen ich gelernt habe und die zum Schluß mit nichts in einer Fichtenholzkiste lagen.»

«Sie waren schwarz», warf ich ein, «das war mit ein Grund dafür.»

«Ja, ja», sagte Dee. «Und ich bin als Frau in einem Geschäft, in dem nicht allzu viele Frauen an der Spitze einer Band stehen, Songs schreiben, die Arrangements selbst bestimmen und selbst Gitarre spielen.»

«Du hast mir eine lange Geschichte erzählt, daß Dunrobie ein Penner ist. Stimmt davon was?»

«Alles.»

«Hast du mit dem Rechtsanwalt gesprochen?»

«Ich habe mit ihm gesprochen», murmelte Dee. «Er hat mir gesagt, daß Dunrobie 300000 Dollar haben will.»

Ich pfiff leise.

«Du brauchst einen Anwalt», sagte ich dann. «Anwälte tragen ihre Sache gern mit anderen Anwälten aus. MGA hat Anwälte, die in einer Stunde mehr verdienen als ich in einem ganzen Monat.»

«Ja gut, aber ich hasse Rechtsanwälte», sagte Dee. «Und die Anwälte von MGA scheren sich den Teufel um mich. Ich will dich. Diese neuen Typen, die sich bei mir einschmeicheln und mich ‹Miss Willis› nennen, von denen traue ich keinem einzigen. Sie lesen, verdammt noch mal, meine Post.»

«Tatsächlich?»

«Im *National Enquirer* steht bis jetzt noch nichts über ‹Dee Willis Plagiatsverdacht›. Noch nicht.»

«Wenn du weißt, was Dunrobie will, und weißt, wie du mit seinem Anwalt Kontakt aufnehmen kannst, was willst du dann von mir? Warum soll ich Davey suchen?»

«Weil der verdammte Anwalt mich nicht mit ihm reden

läßt, sagt, daß es – wie sagte er gleich? –, daß es gleichbedeutend mit Nötigung seines Klienten wäre.»

«Na ja, ich kenne die Feinheiten nicht, aber juristisch könnte er recht haben. Sobald Klage erhoben ist–»

Sie klopfte mit einem kurzen Fingernagel auf den Brief. «Liest du hieraus irgendwas, daß bereits Klage erhoben ist? Ich muß Dunrobie sehen, bevor diese Sache weitergeht.»

«Und du glaubst, daß Dunrobie, wenn du mit ihm redest, seine Meinung ändert, was die 300 000 betrifft, einfach so?»

Dee nickte ernst. Sie ist davon überzeugt, selbst einen Stein zum Erweichen zu bringen, wenn sie mit ihm redet.

Vielleicht hat sie recht. Mich hat sie jedenfalls zu einem weiteren Tag Arbeit überredet.

12

Kriminalbeamtin Triola bitte», sagte ich.

«Bleiben Sie dran.»

Die Kripo berieselt einen nicht mit Musikkonserven, während man wartet. Das rechne ich ihr hoch an. Bei Musikberieselung knirsche ich mit den Zähnen.

Joanne Triola und ich sind zusammen zur Polizeiakademie gegangen. Sie ist noch immer Polizistin, und ich bewundere ihr Durchhaltevermögen. Wenn Sie sie mit ihrem runden, weichen Gesicht und der Wolke sanft gewellten Haars auf der Straße träfen, würden Sie sie für eine Bibliothekarin oder Sozialarbeiterin halten. Ließen Sie sich auf einen Schußwechsel mit ihr ein, wären Sie tot.

«Triola», sagte sie barsch.

Ich sagte: «Ich suche einen ruhigen City-Job mit geringem Arbeitsaufwand und großem Gehalt. Möglichst mit ein paar Nebeneinnahmen in Form von Schmiergeldern. Bin ich da richtig bei Ihnen?»

«Was willst du, Carlyle?» fragte sie. «Mach es kurz.» Sie kann gut Stimmen erkennen.

«Wenn dir auf der Ecke Mass. Ave. und Boylston Street jemand die Handtasche geklaut hätte und der Dieb Richtung Symphony Hall abgehauen wäre, wo würdest du suchen?»

«Dir ist die–»

«Nur keine Schadenfreude, Jo. Halten wir's rein hypothetisch. Wo wird so was im allgemeinen weggeschmissen?»

Im großen und ganzen sind Taschendiebe Gewohnheitstiere und nicht etwa Lederfetischisten. Sie sammeln keine Handtaschen und Geldbörsen, sie wollen Geld und Kreditkarten. Wenn sie haben, was sie wollen, werfen sie die Tasche so schnell wie möglich weg, vorzugsweise auf unbeleuchteten Parkwegen oder in einen bereitstehenden Container.

«Bleib mal dran», sagte Jo, «ich frag Rudy.»

«Hier, schreib auf», sagte sie, als sie wieder ans Telefon kam. Sie war so lange fortgeblieben, daß ich weitere fünf Zehner in den Münzfernsprecher werfen mußte. «Das Sträßchen hinter dem *Amalfi*. Dort ist ein Müllsammelplatz. Hoffe nur, daß sie da ist.»

Die Art, wie sie das sagte, machte mich stutzig. «Warum?»

«Weil der zweitbekannteste Platz der Spiegelweiher neben der Mutterkirche ist.»

«Oje», sagte ich.

«Zieh Gummistiefel an.»

«Ich werde auf keinen Fall heute abend waten gehen.»

«Gut. Ich würde es dir auch nicht raten. Ich will's melden, und wenn jemand sie findet, rufe ich dich an. Viel Geld drin?»

«Der Bastard hat nicht mal zehn Dollar erwischt.»

«Kreditkarten?»

«Harvard-Coop. Visa. Sonst nichts.»

«Der arme Dieb ist bestimmt sauer, daß er ausgerechnet bei dir gelandet ist, Lady.»

«Ich werde eine Träne für ihn vergießen, wenn ich in der drei Kilometer langen Schlange am Straßenverkehrsamt stehe, um mir einen Ersatzführerschein zu holen. Und mir neue Schlüssel machen lasse.»

«Ja, es ist wirklich eine Sauerei», sagte Jo.

«Ach, noch etwas, Jo.»

«Ja?» Jos Stimme klang argwöhnisch. Ich muß es ein bißchen zu beiläufig gesagt haben.

«Da gibt es einen Typ vom Gianelli-Clan namens Mickey. Big Mickey Soundso. Seinen Nachnamen weiß ich nicht mehr. Ein Nacken wie ein Kleiderschrank. Sieht wie ein Exfootballspieler aus. Weißt du, wen ich meine?»

«Ich erinnere mich schwach.»

«Weißt du, was seine Branche ist?»

«Du meinst Drogen, Prostitution, Glücksspiel usw.?»

«Ja, so was.»

«Ich hätte gedacht, daß du besser in der Lage bist, das rauszufinden als ich.»

«Jo», sagte ich, «hast du je deinen Freund gefragt, welcher von den Schlägern seines Vaters Zuhälter ist? Eine heikle Sache.»

«Ich will sehen, was ich herausfinden kann», sagte Jo seufzend. «Und halt deine Tasche gut fest.»

«Hör, Jo, kannst du mir einen Gefallen tun?»

«Ich hatte den Eindruck, daß ich das bereits mache. Zwei sogar.»

«In der Gianelli-Sache?»

«Und?»

«Frag bitte nicht Mooney.»

13

Die Kanzlei von Stuart Lockwood, Rechtsanwalt, entsprach nicht seinem Briefpapier. Sein Briefpapier sah nach Geld aus. Sein Büro sah ärmlich aus. Eine kleine Praxis im weniger feinen Teil von Somerville, die Etage geteilt mit einem Wirtschaftsprüfer. Ein Kieferorthopäde unten im Parterre war anscheinend der einzige, der genug verdiente, um sich ein Namensschild in Messing leisten zu können.

Normalerweise besuche ich Anwaltskanzleien nur nach vorheriger Anmeldung. Ich trage das, was am ehesten nach Einfluß aussieht, das dunkelblaue Kostüm, das ich letztes Jahr bei einem Ausverkauf in *Filene's Basement* erstanden habe. Schließlich sind meine bestzahlenden Klienten Anwälte, für die ich nachweisen soll, daß sich irgendein Typ Samstagabend ganz woanders aufgehalten hat, als die Polizei annimmt.

Ich hatte das Dunkelblaue für Lockwood angezogen, obwohl ich keinen Termin festgemacht hatte, es wieder ein kochendheißer Tag und der Herr Anwalt eine unbekannte Größe war. Ich hatte etliche Freunde angerufen, aber niemand konnte etwas mit ihm anfangen. Die staatliche Anwaltskammer sagte mir, er hätte vor zwei Jahren die Zulassung für North Dakota bekommen und letzten Mai die für Massachusetts. Also neu in der Stadt.

Ich hatte seit elf Uhr vor seinem Büro gewartet. Niemand war hineingegangen oder herausgekommen. Um 11.45 Uhr öffnete ich die Tür.

Sein Sekretär oder Rechtsgehilfe oder was auch immer, ein dünner Blonder Anfang Zwanzig, blickte von einer alten Bademodenausgabe der *Sports Illustrated* auf.

«Hi», sagte ich, «ist Mr. Lockwood da?»

Beide Innentüren des Büros waren geschlossen. Hinter der einen konnte ich jemanden sprechen hören. Die Stimme sprach monoton weiter; es hätte eine Bandaufnahme oder ein Anrufbeantworter sein können.

Der Eingangsraum war etwa zwei mal drei Meter groß und gut ausgefüllt mit einem Schreibtisch, einem Stuhl und einer niedrigen buntkarierten Couch, die aussah, als stamme sie geradewegs von der Heilsarmee. Gerahmte Bilder von Jagdhunden überdeckten Risse im Putz.

Der junge Mann legte hastig seine Zeitschrift weg, als hätte ich ihn bei etwas ertappt.

«Sind Sie angemeldet?» fragte er und tastete nach einem Terminkalender.

«Nein», erwiderte ich. «Mr. Lockwood ist mir von einem Freund bei Palmer und Dodge empfohlen worden.»

«Oh», sagte der Jüngling, beeindruckt durch die Erwähnung einer der bedeutendsten Anwaltskanzleien der Stadt. «Wer denn?»

Palmer und Dodge haben so viele Partner, daß man irgendeinen Namen aus dem Telefonbuch nehmen kann. «Laura Breen», sagte ich schnell. Ich bin sicher, daß er nicht mitbekommen hatte, ob ich Laura oder Laurel, Breen oder Green gesagt hatte.

«Oh», sagte er wieder. «Ich werde sehen, ob Mr. Lockwood einen Augenblick für Sie Zeit hat. Vielleicht müssen Sie etwas warten.»

«Das macht nichts», sagte ich, «danke.»

Im Eingangsraum gab es keine einzige Zeitschrift, nur die *Sports Illustrated*. Und die bot er mir nicht an.

Der Jüngling verschwand in einem Zimmer zur Rechten und kam mit einem Mann, der älter war, als ich erwartet hatte, zurück, jemandem, der später Jura studiert haben mußte als der Durchschnitt. Er war spindeldürr und bereits ergraut. Auf den zweiten Blick wirkte er jünger. Das graue Haar machte ihn älter.

Er hatte einen zu herzlichen Händedruck und ein Lächeln, bei dem er zu viele Zähne zeigte. Er trug ein blaues Hemd, das an den Ellbogen abgeschabt war, und ausgebeulte Anzughosen. Er führte mich in einen luftlosen Würfelraum. Seine Jacke und seine Krawatte hingen an einem Garderobenständer neben einem schmalen Fenster. Das Fenster war zwar offen, aber es ließ nicht einmal soviel Luft ein, daß die Krawatte geschaukelt hätte.

Wir stellten uns vor. Der Sekretär lümmelte an der Tür herum, bis er entlassen wurde.

Lockwood sah auf die Uhr. Verflucht unüberlegt von jemandem, gerade zur Mittagszeit herzukommen. Ich verkniff mir, über seine Verärgerung zu lächeln.

«Soweit ich weiß, vertreten Sie Davey Dunrobie», sagte ich.

«Woher haben Sie die Information?» fragte er. Man kann sicher sein, daß ein Anwalt immer mit einer Gegenfrage antwortet.

«Von einer Kristallkugel», sagte ich. «Ich sehe darin, daß Sie mir Dunrobies Adresse geben werden.»

«Arbeiten Sie für eine Inkassoagentur?»

Mir ist schon Schlimmeres unterstellt worden. Ich gab ihm meine Karte. Manche Leute meinen, Visitenkarten wären so etwas wie ein Personalausweis. Die Druckerei fragt mich nie nach meiner Lizenz, wenn ich meine Karten bestelle.

Er hielt sie mit Daumen und Zeigefinger der rechten Hand fest und klopfte mit der Kante auf den Schreibtisch. «Arbeiten Sie zur Zeit für einen Anwalt?» fragte er.

«Darf ich Ihnen auch eine Frage stellen, wenn ich darauf antworte?»

«Setzen Sie sich, Miss – äh – Carlyle», sagte er.

«Danke.» Es gab nur zwei Stühle im Zimmer: einen abgenutzten Lehnstuhl hinter seinem Schreibtisch und einen Gästestuhl, der in einer abgewrackten Imbißbude am Platz gewesen wäre.

Wir musterten uns eine Zeitlang.

«Sie wollen, daß ich die Adresse eines Klienten preisgebe.»

«Ich hätte gern, daß Sie sie mir auf einen Zettel schreiben», sagte ich ernst. «Aber ich werde sie mir abschreiben, wenn es sein muß.»

«Tut mir leid», sagte er, «Sie stehlen mir meine Zeit.» Er sprach, als drängele sich eine ganze Schar von Klienten zu seiner kaputten karierten Couch und den billigen Wartezimmerstühlen. Vielleicht hatte er hier eine Goldgrube hinter einer ärmlichen Fassade. Schwer zu sagen.

«Mr. Dunrobie ist ein alter Freund von mir», sagte ich. «Wenn Sie ihm meine Karte geben, nimmt er wahrscheinlich Kontakt zu mir auf. Vielleicht möchte er mich gern wiedersehen.»

«Mach ich», sagte er.

Ich rechnete ebensowenig damit, daß er unser Gespräch fortsetzen würde, wie ich damit rechnete, daß Davey am nächsten Tag hereinschneien würde.

Wir verabschiedeten uns ohne Handschlag.

Eine Sache hatte ich immerhin bei meinen morgendlichen Telefonaten in Erfahrung bringen können, nämlich daß Mr. Lockwood heute nach 12 Uhr nicht zu erreichen wäre.

Er verließ das Büro kurz nach mir, mit dem Binden seiner Krawatte beschäftigt. Aus einer Nische im Flur sah ich ihn im Aufzug verschwinden. Ich wartete, bis sich der Fahrstuhl in Bewegung setzte. Dann ging ich wieder zurück und öffnete die Tür.

«Oh.» Der Jüngling war schon wieder in sein Bademodenjournal vertieft und konnte sich nur schwer davon lösen. «Was vergessen?» fragte er.

«David Dunrobie», sagte ich, «wohnt er nun in Winchester oder in Woburn?» Ich zeigte ihm mein kleines Notizbuch. «Ich habe nur ein *W.* hineingeschrieben. Ich bin mir fast sicher, daß es Winchester ist, aber es wäre mir schrecklich, den ganzen weiten Weg dorthin zu fahren, und dann ist es doch Woburn.»

«Kein Problem», sagte der Jüngling großherzig.

Er verschwand in Lockwoods Büro, wo ich ihn durch Ordner blättern hörte. Als er zurückkam, brachte er einen Pappordner mit, hatte aber einen verschlossenen, argwöhnischen Gesichtsausdruck. Na ja, eine Menge Städte in der Umgebung von Boston fangen mit *W.* an. Es hätte klappen können.

«Weder, noch», sagte er. «Was soll das? Kommen Sie vom Gericht?»

Er war heller, als ich gedacht hatte. Vielleicht hatte Lockwood geschäftlich viel mit der Sorte von Leuten zu tun, die Vorladungen auszuweichen pflegten.

«Mögen Sie Musik?» fragte ich und deutete auf die Zeitschrift. «Oder nur Sport?»

Ich bekam die Adresse im Tausch gegen zwei Freikarten für Dees Konzert. Manches ist eben nicht für Geld zu haben.

«Sind Sie sicher, daß sie das ist?» fragte ich, während ich sie aufschrieb.

«825 Winter Street. Boston», sagte er. «Suite 505D.»

«Klingt nicht gerade nach einer Wohngegend.»

«Das ist alles, was er hat. Nicht mal Telefon.»

Das wußte ich bereits.

«Können Sie mir sagen, ob noch etwas in dem Ordner ist?» fragte ich.

«Nein.»

«Nichts weiter, oder wollen Sie mir bloß nicht erzählen, was es ist?»

«Haben Sie noch mehr Karten?»

«Eine könnte ich noch lockermachen», sagte ich. «Mehr nicht.»

«Ein Umschlag», sagte er. «Zugeklebt.»

«Groß? Klein?»

«DIN A5.»

«Poststempel?»

«Mann, das ist mir zu heiß», sagte er, klappte den Ordner zu und schob ihn unter die Zeitschrift. «Ich sage Ihnen nichts mehr.»

«Brauchen Sie auch nicht», erklärte ich.

14

Da ich den Wagen stehenließ – niemand mit mehr Hirn als ein Spatz fährt in die Innenstadt –, kam ich erst kurz nach 14 Uhr in der Winter Street 825 an.

Die Nummer 825 war ein ebensolches Bürogebäude wie die beiden Nachbarhäuser. Ein Fenster im zweiten Stock warb für einen Immobilienmakler, ein Fenster im vierten Stock für einen Fußpfleger. Die übrigen waren schmucklos. Ich achtete besonders auf den fünften Stock, weil ich mir dachte, daß 505D auf der fünften Etage sein mußte, aber er barg seine Geheimnisse hinter dünnen Vorhängen.

Die Eingangshalle war kühl und dunkel, mit Marmorfußboden. Für Suite 505D gab es kein Namensschild und keinen Briefkastenschlitz. Immerhin gab eine Nummer 500 mit Türklingel. Ich drückte darauf, es summte, und ich trat ein. Ich ignorierte den alten Gitterfahrstuhl und benutzte mutig die Treppe.

Ich bin keine Fitnessfanatikerin, aber ich spiele doch Volleyball, und zwar echten, dreimal die Woche. Danach schwimme ich. Das heutige Spiel hatte länger als erwartet gedauert, und ich hatte nur zehn Runden geschwommen statt der gewohnten zwanzig. Ich ging zu Fuß hoch, um das wieder wettzumachen. Schuldgefühle sind die stärkste Triebkraft in meinem Leben.

Geschwätz hoher Stimmen drang aus dem unteren Türspalt an Nummer 500. Ich prüfte alle Türen auf dem fünften Stock, aber es gab keine 505D. Auf dem Noppenglasfenster von 500 las ich die Aufschrift «Bürodienst Hemstead». Ich drehte den Türknauf und ging hinein.

Der Raum konnte höchstens drei Meter mal vier Meter messen, aber trotzdem müssen acht Frauen darin gewesen sein, jede an einem schmalen, hellgrauen Schreibtisch und an einer der zwanzig oder mehr Telefonleitungen, die die komplizierte Telefonvermittlungsanlage vermuten ließ. Eine Wand war in lauter Fächer unterteilt, in denen die Post, sowohl Päckchen als auch Briefe und Prospekte, lag.

Jedes Fach trug eine Nummer. 501A, B, C, 502A, B, C und so fort. Keine Namen.

Einige der Frauen schauten mich an, aber niemand schien zuständig zu sein. Es gab keinen Empfangsschalter und kein angrenzendes Zimmer. Hemstead legte ebenso wie Lockwood, der Anwalt, nicht viel Wert auf die Fassade. Ein Telefon klingelte.

Ich trug noch immer mein dunkelblaues Kostüm. Für einen Besuch bei einer Art privatem Postdienst, einem «toten Briefkasten», war ich entschieden zu gut gekleidet.

«Toter Briefkasten» klingt ziemlich übel, viel schlimmer

als «Bürodienst». Und eine Menge Leute machen davon völlig legal Gebrauch. Nehmen wir mal an, Ihr Exehemann droht ständig, vorbeizukommen und Ihren Lebenswandel zu überprüfen; dann wollen Sie sicher nicht, daß er Ihre derzeitige Adresse kennt, besonders, wenn er hundert Pfund schwerer als Ihr derzeitiger Liebhaber und dafür bekannt ist, daß er schnell die Fäuste sprechen läßt. Nun wollen Sie zwar Ihre Adresse nicht im Telefonbuch haben, aber trotzdem mit der Welt in Verbindung bleiben. In diesem Fall lassen Sie sich Ihre Post zur Winter Street 825, Suite fünf-null-usw., schicken. Ihre «Suite» ist eins der kleinen Fächer an der Wand. Will der Exmann nachsehen, mit wem Sie schlafen, kommt er nicht weit. Natürlich machen auch viele zweifelhafte Versandfirmen davon Gebrauch. Schicken Sie nicht auch lieber Ihren Scheck an eine richtige Adresse in einem guten Stadtteil, bei der sogar die Suite eine Nummer hat, als zu einem Postfach? Suite beschwört ein so beruhigendes Bild herauf. Hotelsuite. Luxussuite.

Postfach heißt aufpassen. Warnsignal. Geld festhalten.

Eine Frau in den Fünfzigern, mit krausem, braunem Haar, die schon länger mit einem «Wer-kümmert-sich-um-diese-Sache»-Blick im Büro herumgeguckt hatte, trat schließlich zu mir.

«Kann ich Ihnen helfen?» fragte sie mit einem gequälten Seufzer.

«Hm, ich suche Delores Fox», sagte ich in meiner hilflosesten Art. «Arbeitet sie noch hier?»

«Delores?» Die Frau runzelte vor lauter Anstrengung die Stirn. «Ich glaube nicht, daß wir je eine Delores hatten. Jedenfalls nicht in den letzten drei Jahren.»

«Tss, ich war sicher, daß sie fünfter Stock gesagt hat», murmelte ich. «Ich weiß nicht. Vielleicht habe ich die falsche Adresse.»

«Hier ist 825», sagte die Frau hilfsbereit.

Ich wühlte in meiner Ersatztasche, einem alten Marinelederbeutel, den ich nie leiden konnte. «Ich weiß, daß ich sie hier irgendwo hatte. Ich kann sie nicht finden, und ich dachte, ich wüßte noch…»

«Na ja, ich muß wieder an die –»

«Sicher. Tut mir leid, daß ich Sie gestört habe. Danke. Ich werde sie schon finden», murmelte ich auf dem Weg nach draußen und lächelte, während ich die Tür hinter mir schloß.

Ich hätte eine Menge Fragen stellen können, aber Leute, die für telefonische Auftragsdienste und Briefkastenbüros arbeiten, sind angewiesen, keine Fragen über ihre Klientel zu beantworten. Also ging ich die Winter Street zum Stadtpark hinunter und widerstand der Versuchung, in *Filene's Basement* nach Schuhen zu stöbern.

Sie haben selten Größe 43 da, aber wenn, dann kaufe ich auf Vorrat.

Am Park angekommen, sah ich mir die Leute an, die neben den Schildern «Bitte nicht betreten» lagerten und Picknick hielten, die Popcorn-Verkäufer und Luftballonhändler. Ich blieb stehen und kaufte mir als spätes Mittagessen eine mit Senf bestrichene Wurst, die ich auf einer Parkbank hinunterschlang.

Ich warf ein übriggebliebenes Stück Brötchen einem Eichhörnchen mit struppigem Schweif zu, stand auf, klopfte mir die Krümel vom Kostüm. Das freche Eichhörnchen machte sich sofort darüber her.

Warum sollte Dunrobie ein privates Breifkastenbüro benutzen? War er obdachlos? Wenn ja, wie konnte er es sich dann leisten? Hatte Lockwood, der Anwalt, das Fach für ihn gemietet, damit sie in Kontakt bleiben konnten?

Ich schlenderte in die Innenstadt zurück.

Auf der Washington Street vor *Filene's* hat die Stadt Straßenhändlern erlaubt, Stände aufzubauen und selbstgemachten Schmuck, T-Shirts, Windspiele, Tautropfen aus gefärbtem Glas und derlei zu verkaufen. An einem Stand lag eine Ladung Drachen. Beim Anblick eines riesigen gelben Drachens mußte ich an meine kleine Schwester Paolina denken. Gelb ist ihre Lieblingsfarbe, deshalb erstand ich ihn sofort. Er wurde zu einem langen, dünnen Paket verschnürt, und die Frau, die an diesem Stand bediente, fragte mich, ob ich eine Versandrolle dafür haben wollte. Sie hatte Papprollen in allen Regenbogenfarben. Ich betrachtete mir die bunten Rollen mit wachsender Begeisterung und wählte schließlich eine große passende gelbe. Ich ließ sie den Drachen hineinpacken. Dann suchte ich noch eine Versandrolle aus, eine noch größere rote.

Am Postamt in der Arch Street adressierte ich die gelbe Rolle an Paolina in der Hoffnung, ihre Mutter würde ihr erlauben, das Geschenk zu behalten. Dann adressierte ich die rote Versandrolle an Mr. David Dunrobie, 825 Winter Street, Suite 505D, und schrieb als Absender Lockwoods Büroadresse in Somerville darauf. Ich mußte Schlange stehen, um sie aufzugeben.

Der Mann am Schalter mißbilligte meinen Entschluß, die rote Rolle per Eilboten befördern zu lassen. «Bei der kurzen Entfernung», hielt er mir vor, «können Sie es einfach mit normaler Paketpost schicken, und es wird spätestens übermorgen ausgeliefert.»

«Und wenn ich es per Eilboten schicke, wird es dann morgen schon ausgeliefert?»

«Sicher», sagte er, «aber das kostet Sie 2,40 Dollar, statt 85 Cents.»

Ich schob das Geld für die Auslieferung am nächsten Tag hinüber und hatte ein verdammt gutes Gefühl, was meine Chancen betraf, Davey aufzuspüren. Das Hochgefühl blieb mir, sowohl bei der Tour durch die Schuhabteilung in *Filene's*

Basement – zwei Paar, ein echtes Schnäppchen – als auch bei dem langen Spaziergang zur Copley Square Station, auf dem ich häufig anhielt, um die Obdachlosen am Weg genauer zu inspizieren. Am Harvard Square, immer noch überzeugt davon, Dunrobie im Sack zu haben, sah ich mir das Programm am alten *Brattle Theater* an und beschloß spontan, mir eine Wiederaufführung von *To Have and Have Not* zu gönnen.

Die Wirklichkeit holte mich erst zu Hause wieder ein, als ich hastig meine drei Vordertürschlösser aufriegelte und ins Wohnzimmer rannte, gerade noch rechtzeitig, um den Hörer vom klingelnden Telefon abzuheben.

Die Stimme flüsterte nur.

«Dee?» fragte ich. «Bist du das?»

«O mein Gott, o mein Gott, o mein Gott», sagte die Flüsterstimme.

«Dee, wo bist du?»

«Ach, Carlotta.»

«Wo bist du, Dee? Ist jemand bei dir?»

«Komm zu meinem Zimmer, Carlotta. Bitte, bitte, komm. Ich hätte einen Arzt rufen sollen. Ich hätte hierbleiben sollen. Ich hätte hierbleiben sollen.»

Ich hatte mich auf ein spätes Abendessen gefreut. Ein Glück, daß ich mir noch die Zeit genommen hatte, im Park das Würstchen zu essen.

15

Dee ist betrunken, sagte ich mir, als ich den Fahrstuhlknopf drückte. Stoned. Bis zur Bewußtlosigkeit mit Koks vollgedröhnt. Vielleicht auch einfach ihre übliche Melodramatik.

In der Eingangshalle des Hotels waren keine Polizisten postiert; die Katastrophe konnte nicht allzu schlimm sein.

Das alles sagte ich mir, aber ich stand doch regelrecht auf den Zehenspitzen, damit der Aufzug schneller vorankam, und hastete den stillen Gang auf dem achten Stock entlang. Dann blieb ich einen Moment stehen, unschlüssig, an welcher Tür der Suite ich klopfen sollte. Ich entschied mich für 812 – das Wohnzimmer, wie ich meinte – und pochte absichtlich leise an, was mir nur mit Mühe gelang. Kein Grund, Wirbel zu machen, wenn er nicht sowieso schon im Gange war.

«Oh, um Gottes willen, wer ist da?» stammelte eine bestürzte Stimme.

Ich sagte: «Carlyle. Dee hat mich angerufen.»

Ich konnte ein Gewirr von streitenden Stimmen hören. Ich klopfte wieder an die Tür, diesmal lauter. «Nun komm schon», sagte ich, «mach auf.»

«Psst.» Die Tür ging vorsichtig zehn Zentimeter weit auf. Mimi, das blonde Groupiemädchen, ließ mich widerwillig ein.

Dee saß mitten auf einem weißen Sofa, das Gesicht bleich und ausdruckslos, die Arme verschränkt, als wehre sie ein Frösteln ab. Ihre Hände waren unablässig in Bewegung und kniffen in die nackten Arme. Sie trug Schwarz. Es sah aus wie ein Seidenoverall, konnte aber auch aus Hose und dazu passendem ärmellosem Hemd zusammengesetzt sein. Perlenschnüre lagen über ihrer Brust, aus Gold wie die, die im Park herumgerollt waren. «O mein Gott», murmelte sie, ohne aufzublicken, «o mein Gott. Wieviel Uhr ist es?»

«Schscht», sagte ein Mann, «still jetzt.» Aber Dee redete weiter, als hätte er keinen Laut von sich gegeben.

«Wo wart ihr denn alle?» fragte sie, immer noch ohne aufzuschauen. «Ich hätte einen Arzt rufen sollen. O Gott, ich hätte einen Arzt rufen sollen. Vielleicht ist sie gar nicht tot.»

«Tot?» wiederholte ich.

Auf der Party war ich auf Jimmy Ranger aufmerksam gemacht worden. Ich erkannte ihn in dem Mann wieder, der Dee zum Schweigen zu bringen versuchte. Ehe er sich zu einem der heißesten Plattenproduzenten gemausert hatte, hatte er selbst ein bißchen Blues gesungen. Ich hatte ihn einmal auf einem Doppelkonzert mit Taj Mahal im Sanders Theater in Cambridge gesehen. Damals hatte er noch Haare. Jetzt umgaben schulterlange dünne Fransen eine Glatze. Er ignorierte mich und sagte: «Hör auf damit, Dee. Reiß dich zusammen.»

Hal Grady, der zu Dees Füßen kniete, lächelte schwach. Er trug ein T-Shirt, auf dessen Rückseite *Change Up, THE TOUR* prangte. Er sagte: «Wir müssen an die Reaktion der Öffentlichkeit denken.»

«Carlotta», sagte Dee kurzatmig, «er will mir bloß angst machen. Ich weiß, er will mir angst machen.»

«Kann mir mal jemand einen Tip geben?» Ich sprach langsam, als zerkaute ich jedes Wort zwischen den Zähnen.

Der Roadmanager wechselte einen langen Blick mit dem Plattenproduzenten. Dann nickte er in Richtung Verbindungstür, die zum Schlafzimmer führte.

«Haben Sie einen empfindlichen Magen?» fragte er.

Ich war schon auf dem Weg.

Brenda, die dunkelhaarige Bassistin mit dem kräftigen Händedruck und dem hitzigen Temperament, lag quer über dem Bett, die Haut so bleich, daß sie bläulich wirkte. Das Bettuch verhüllte knapp die nackten Schultern. Ihr Gesicht sah aus, als sei es in Eis gemeißelt.

Beide Male, die ich sie gesehen hatte, auf der Party in Dees Zimmer und auf der *Berklee*-Bühne, war sie mir dominierend und selbstsicher erschienen. Jetzt kam sie mir zart, fast zerbrechlich vor.

Jeder wirkt kleiner, wenn er liegt, sagte ich mir. Komm wieder zu dir. Du hast schon oft Leichen gesehen. Ich legte sacht meinen Handrücken an ihre Kehle. Kein Puls. Ich hatte auch keinen erwartet.

Ich werde mich nie daran gewöhnen, an dieses unerklärliche Geheimnis, daß ein Mensch ganz plötzlich verschlossen ist, zugeschlagen wie ein halbgelesener Roman.

Ich vergrub die Hände in den Taschen meiner Kostümjacke. Reiner Reflex. Bei Mooney mußten die Uniformierten immer Notizbuch und Bleistift zur Hand nehmen. Wer kein Notizbuch bei sich trug, steckte die Hände in die Taschen.

Ich habe keinen Putzfimmel, aber ich habe immer ein Bedürfnis, am Schauplatz eines Verbrechens etwas zu berühren, eine Zigarettenkippe wegzuräumen, eine verdrehte Locke zurechtzulegen. Vielleicht ist das meine Art, mich zu kneifen, um sicherzugehen, daß ich wach bin.

Auf dem Marmortisch neben dem Bett stand eine bauchige Flasche Tequila, ein Glas, zwei Pillenfläschchen aus der Apotheke. Ein Glas. Kein Lippenstift am Rand. Brendas metallgefaßte Brille. Ein Exemplar der Zeitschrift *Guitar*. Auf dem Titelblatt waren nasse Kreise, als habe es als Untersatz gedient.

Das weiße Bettlaken war ringsum mit einer Spitzenrüsche gesäumt.

«Haben Sie sie zugedeckt?» Ich hatte bemerkt, daß Jimmy Ranger mir in das Zimmer gefolgt war, deshalb richtete ich die Frage an ihn.

«Wir haben nichts angerührt», sagte er abwehrend.

«Haben Sie das Telefon benutzt?»

«Hm, ich nehme an, Dee. Ja. Um Sie anzurufen.»

«Sie waren hier, als sie mich angerufen hat?»

«Ja. Sicher. Wir sind alle zusammen hierher zurückgekommen.» Er sah mir gerade in die Augen.

«Wer ist alle?»

«Ich. Hal. Mimi und Freddie. Ich glaube, Ron war auch bei uns. Ja. Wir haben nicht eingesehen, warum wir warten sollten. Ron und Freddie waren völlig erledigt. Sie sind zu Bett gegangen.»

«Und seitdem haben Sie auf den Sofas gesessen und wahrscheinlich auch das Klo benutzt.»

«Na klar.»

«Wenn Sie jemanden tot auffinden», sagte ich schroff, weil ich mich nicht gern anlügen lasse, «machen Sie, daß Sie aus dem Zimmer kommen. Wenn Sie allein sind, holen Sie Hilfe. Wenn Sie zu zweit sind, hält einer Wache, und der andere holt Hilfe.»

«Ja», sagte er, «das nächste Mal, wenn ich eine Leiche finde, werde ich daran denken.»

«Wie lange ist es her, seit Sie die Polizei gerufen haben?»

«Wir – äh – wir haben überlegt, was wir machen sollten. Dee meinte, Sie könnten vielleicht – äh –»

«Was Sie nicht sagen! Ihre Bassistin liegt tot im Bett ihrer Leadsängerin, und Sie sitzen herum und halten eine Gruppendiskussion über mögliche schlechte Publicity?»

«Werden Sie nicht unverschämt», sagte er. «Brenda ist es sicherlich egal, ob sie in diesem oder in ihrem eigenen Bett gestorben ist.»

Ich sagte: «Ich muß mal telefonieren.»

«Nein», sagte er.

«Was wollen Sie tun? Mich aufhalten?»

«Schatz, bitte, ruf den Arzt.» Dee kam auf wackeligen Beinen aus dem Nachbarzimmer herein, und dicht hinter ihr Hal. «Ich hätte ihn rufen sollen. Ich hätte anrufen müssen. Vielleicht war sie noch am Leben.» Sie stolperte, und Hal half ihr in einen Sessel. Sie beugte sich vornüber, legte die Stirn auf die Knie, umklammerte ihre Schenkel und wiegte sich in stiller Verzweiflung hin und her. «Er war es», murmelte sie. «Er will mich ruinieren.»

«Schscht, still jetzt», beschwichtigte sie der Roadmanager leise.

Auf einem weißen Schreibtisch thronte ein weißes Telefon, genau wie im Wohnzimmer.

«Fassen Sie bloß nichts an, während ich weg bin», befahl ich und merkte noch beim Sprechen, wie sinnlos die Worte waren. Ich griff die Türklinke mit einem Stück von meinem T-Shirt, als ich hinausging. Zwei Zimmer weiter stand das Wägelchen eines Zimmermädchens. Mein Spanisch war gut genug, um sie zu überreden, mich in ein leeres Zimmer zu lassen.

Dort war ebenfalls ein weißes Telefon. Ich wählte zuerst die 9 für die Amtsleitung. Ich erwog den Notruf 911, tippte statt dessen jedoch Mooneys Nummer ein. In Massachusetts ist man erst tot, wenn man von einem Arzt für tot erklärt worden ist, aber meines Erachtens kam für Brenda jede Hilfe zu spät. Nachdem ich Mooney eine kurze Zusammenfassung gegeben hatte, fügte ich noch hinzu: «Und keine Sirenen, ja?»

Das sagen die Uniformierten immer, wenn sie einen Politiker tot in einem fremden Bett auffinden.

Ich legte auf. Das Zimmermädchen, das mich nicht länger allein in dem leeren Zimmer lassen wollte, bedachte mich mit einem ungeduldigen Blick.

«Wann haben Sie 812 gemacht?» fragte ich und hatte einige Mühe mit den Zahlen auf spanisch.

Sie nickte ein paarmal und ließ dann einen Redeschwall auf mich niedergehen über die verrückten Musiker, die den ganzen Tag schlafen, die ganze Nacht Feste feiern und nie die Zimmer verlassen, so daß sie sie nicht saubermachen kann. Sie ließen Geschirr in der Badewanne, zerbrochenes Geschirr. Ihre Augen blitzten, als sei sie froh, daß diese Bande endlich eine gerechte Strafe getroffen hatte.

Diesmal klopfte ich an die Schlafzimmertür. Mimi, wie eine getreue Dienerin, ließ mich ein. Ich fragte mich, mit wem sie wohl heute abend zusammen war. Vielleicht mit dem inzwischen schlafenden Freddie. Oder Jimmy Ranger? Mit dem Leadgitarristen Ron? Oder war der doch fest mit Dee zusammen? Mit dem untersetzten Hal? Besaß ein Roadmanager genug Glanz, um auf Mimi attraktiv zu wirken? Würde sie einen Abend für ihn erübrigen, damit er sie bei allen Tourneen hinter die Bühne ließ?

Hal tätschelte Dees Hand, als ich hereinkam, und tröstete sie wie ein kleines Kind. «Sie steht unter Schock», verkündete er und trat zwischen uns wie ein Ritter in rostiger Rüstung. «Sie weiß nicht, was sie sagt.»

Ich fragte: «Wann sind Sie wirklich hergekommen? Erst nachdem Dee mich angerufen hat, stimmt's?»

Jimmy Ranger sagte: «Seid bloß still.» Sein warnender Blick galt allen im Zimmer.

Ich fragte mich, ob die Probe am Vorabend ohne die Bassistin weitergegangen war. Hatte Brenda sich erweichen lassen, war sie wieder zurückgekehrt? Und wie sollte die Tournee ohne sie laufen? «Wenn das Ihre Masche ist, daß sie nicht weiß, was sie sagt, rufen Sie besser schleunigst einen netten Arzt her und halten sie davon ab, mit irgendwelchen Polizisten zu reden», sagte ich zu dem Gnom.

Hal wechselte rasch einen Blick mit Jimmy Ranger und ging mit lobenswerter Geschwindigkeit zum Schreibtisch.

«Nicht das Telefon», sagte ich scharf. «Es wäre sowieso angebracht, daß wir alle dieses Zimmer verlassen.»

Der Roadmanager kniete vor Dee nieder und hob ihr Kinn an, so daß sie ihn sehen konnte. «Sag nichts, bis ich wieder da bin, Dee-Honey», sagte er sanft.

Dee hob die Augen zu mir. «Du weißt es ja», sagte sie zittrig.

Ich wußte nichts, aber ich ging zu ihr und half ihr auf die Beine. Ich dachte mir, daß die anderen, wenn ich Dee wieder auf das weiße Sofa beförderte, wie Schafe folgen würden. Je weniger Leute am Tatort auftauchen, um so besser. Je kürzer die Leute bleiben, um so besser. Als ich Dee durch die Verbindungstür nach nebenan führte, fragte ich sie leise: «Heißt das, daß ich weitermachen soll? Soll ich weiter nach Davey suchen?»

«Nein», sagte sie schnell und faßte an ihren Hals. «O nein. Laß es auf sich beruhen. Bitte. Ich hätte nie damit anfangen sollen. Ach, die arme Bren.» Sie hatte einen seltsam entrückten Blick. «O Gott. O Gottogott. Ich hätte einen Arzt rufen müssen.»

«Hör endlich mit dem Unsinn auf, Dee», sagte Ranger. «Halt wenigstens den Mund, wenn die Polizei hier ist. Wir sind alle zusammen hergekommen. Und sie war schon tot. Sie war eiskalt.»

Und das sagte ein Mann, der mir versichert hatte, er hätte nichts berührt.

Er sprach weiter, aber ob an Dee gewandt oder an mich, konnte ich nicht mit Sicherheit sagen. «Sie hat Selbstmord begangen, und das ist schlimm genug. Macht es um Gottes willen nicht noch schlimmer.»

Ich setzte Dee auf das Sofa. Mimi hockte mit weit aufgerissenen, verträumten Augen auf dem Teppich. Die anderen lehnten sich an die Möbel.

«Dee», sagte ich, «wenn du hier etwas merkwürdig findest, dann sag es den Cops.»

«Und nimm Abschied von deiner Tournee, Dee», sagte Ranger. «Nimm Abschied von deinem Vertrag mit MGA/America.»

Dee hielt sich die Ohren zu.

Ranger brummte vor sich hin: «Wenn es nicht ausgerechnet ihr Zimmer wäre, wäre alles halb so schlimm. Brenda war in einer Stinklaune. Jeder hat sie aus der Probe rennen sehen. Niemand konnte sie den ganzen verdammten Tag finden. Und Dee hat vorher schon einmal davon gesprochen, sie zu ersetzen.»

Die Tür zum Gang öffnete sich, und wir sprangen alle erschreckt auf. Mit zufriedenem Gesichtsausdruck kam Hal herein. Ehe er noch von seinem Erfolg berichten konnte, daß er einen bereitwilligen Arzt gefunden hatte, fragte Ranger: «Ist das Zimmer auf Dees Namen eingetragen oder auf den Namen der Band? Haben wir eine gemeinsame Suite, Hal, oder ist dieses Zimmer auf ihren Namen eingetragen?»

«Gemeinsame Suite», sagte Hal nach kurzem Nachdenken.

«Dann schnell raus hier mit Dee. Irgend jemand – zum Beispiel Freddie oder Ron – kann seinen Kram hereinbringen.»

«Ach, Quatsch», sagte Mimi, und mir wurde dabei klar, daß sie das Zimmer des Schlagzeugers teilte und wohl nicht so stoned war, wie sie wirkte.

«Richtig», sagte ich, «ihr gebt das beste Zimmer des Hotels dem Schlagzeuger, und Dee Willis muß mit ihrem Krempel in die Besenkammer ziehen. Das kaufen euch die Cops natürlich gleich ab.»

«Cops sind blöd.»

«Stimmt, nur habe ich nicht die Blöden gerufen.»

«Na, dann vielen Dank», sagte Hal sarkastisch.

«Kann mir eigentlich mal jemand die Story erzählen, bevor die blöden Cops hier sind?» fragte ich.

«Es gibt keine Story», beharrte Ranger. «Wir sind hereingekommen, haben uns gesetzt, wollten etwas beim Zimmerservice bestellen. Dee, vielleicht war es auch Mimi, spähte ins Schlafzimmer und sagte: ‹He, das Zimmer ist noch nicht gemacht› oder so ähnlich, weil das Bett ungemacht war. Und dann – äh – haben wir es gesehen, dann haben wir gesehen, was passiert ist.»

«Wer ist zuerst hineingegangen?» fragte ich.

Niemand antwortete mir.

«Dee, warum legst du dich nicht auf die Couch?» unterbrach Hal die Stille schnell. «In ein paar Minuten wird der Arzt hier sein. Es sieht besser aus, wenn du dich hingelegt hast.»

«Was?» sagte Dee, sichtlich verwirrt. «O Gott, Bren, es tut mir so leid.» Sie knickte zusammen, und ihre Schultern fingen zu zucken an.

Die Cops waren sieben Minuten schneller als der Arzt.

16

Der erste Trupp – ein uniformierter Beamter, den ich nicht kannte, und ein älterer in Zivil, an den ich mich erinnern konnte – erschien, die Hotelmanagerin im Schlepptau. Sie mußte die Managerin sein; eine kleine Büroangestellte hätte sich ihre hochhackigen Schuhe aus Schlangenleder nicht leisten können, geschweige denn ihre Kleidung. Völlig gelassen rauschte sie den Flur entlang, als gehörten ein, zwei tote Bassistinnen zu ihrem normalen Arbeitsalltag. Mit ihrer Hilfe nahmen die Cops ohne Widerworte das Schlaf- und das

Wohnzimmer von Dees Suite sowie den angrenzenden Veranstaltungsraum in Beschlag, wo die Typen von MGA/America zwei Nächte vorher gefeiert hatten.

Dort mußten die Zeugen warten.

Der Raum hatte sich verwandelt. Er war festlich, fertig vorbereitet für eine High-Society-Hochzeit. Die Ballons und die Bühne für die Rockgruppe waren verschwunden. Zwölf damastgedeckte Tische umstanden die Tanzfläche. Mimi saß ganz allein an einem Tisch für acht Personen, bis sich Freddie, der aussah, als wäre er eben aus dem Schlaf gerissen worden, blinzelnd zu ihr gesellte. An einem anderen Tisch hockten Jimmy Ranger und Hal Grady und steckten die Köpfe mit dem schütter werdenden Haar zusammen. Ich konnte hören, wie sie miteinander flüsterten. Dann kam der Leadgitarrist Ron herein, noch mit dem Zuknöpfen seines Hemdes beschäftigt, und ich staunte, wie ähnlich er im Körperbau meinem Exmann Cal war. Dee und ich mochten einfach den gleichen Typ Mann. Ich überlegte, ob ich mich Ron vorstellen sollte, aber er schritt schnell durch den Raum und setzte sich zu Freddie und Mimi. Niemand lud mich zu einem Tête-à-tête ein, und ich war auch zu nervös, um mich hinzusetzen. Ich wollte die Todesumstände noch einmal durchgehen und Dee ein paar Fragen stellen. Allein.

Zum Beispiel: Warum ich auf einmal nicht mehr nach Davey Dunrobie suchen sollte.

Oder wer die Einladungen für die MGA-Mannschaft besorgt und Mickey mit auf die Liste gesetzt hatte.

Oder wovon genau Lockwood am Telefon geredet hatte, außer von den 300000 Dollar.

Oder ob sie bereit wäre, bei etwas, das ihr heilig war wie die Gitarre des Reverend Gary Davis, zu schwören, daß sie «For Tonight» wirklich selbst geschrieben hatte.

Ich ging das kurze Stück zwischen den Fenstern hin und her

und sah auf die Laternen herunter, die durch die Bäume des Bostoner Stadtparks funkelten. Wenn die Fenster zum Öffnen gewesen wären, hätte ich eins aufgemacht.

Statt dessen ging ich schneller und klapperte mit den Absätzen auf dem Parkett.

Ich fragte mich, wo Dee wohl steckte, ob der Arzt des Roadmanagers sie davon abgehalten hatte, vor sich hin zu murmeln, sie hätte einen Arzt rufen sollen, weil die marmorkalte Brenda vielleicht noch lebte.

Der junge Polizist rief zuerst Mimi herein, dann Freddie, dann Ron, dann Ranger, dann Hal Grady. Mir ging der Gedanke durch den Kopf, ob ich wohl eine niedrigere Nummer gezogen hätte, wenn ich das kohlschwarze Kostüm und die cremefarbene Seidenbluse der Hotelmanagerin angehabt hätte.

Als der Uniformierte mich endlich hereinbat, waren er und sein Partner erstaunlich höflich, als hätte die Hotelatmosphäre auf sie abgefärbt. Ja, eine Fixerleiche mit Überdosis in der Grove Hall packen die Cops ganz anders an als eine Drinks-und-Drogen-Tote in einem Nobelhotel. Keine Anspielung auf Fleischbeschauer, keine Rede von den anatomischen Vorzügen oder Mängeln von Brendas Körper.

Ich überlegte, wie die Beamten, die Lorraines Selbstmord seinerzeit untersucht hatten, vorgegangen waren. Hatten sie sich von ihrer billigen, unordentlichen Bude beeinflussen lassen? In ihr nichts anderes gesehen als nur ein weiteres abgenudeltes Hippiegirl? Kein Cop hatte mir je Fragen über ihren Tod gestellt. Aber damals war ich auch nicht am Ort des Geschehens gewesen.

Mooney erschien, und für kurze Zeit waren wir alle gut Freund miteinander. Der ältere Typ merkte plötzlich, daß er mich von früher her kannte – vergaß nie ein Gesicht, wahrhaftig –, und äußerte, jetzt gäbe es ja viel mehr Polizistinnen.

Nach dem zu urteilen, wie er es sagte, fand diese Veränderung keineswegs seinen Beifall.

Mooney bat mich, einen Augenblick zu warten, und dann schlüpften er und die beiden Beamten durch den Verbindungsgang in das Schlafzimmer. Sie ließen beide Türen angelehnt. Ich hatte für heute genug gewartet, also folgte ich ihnen. Im Schlafzimmer zuckten Blitze, vermutlich machten die Fotografen Aufnahmen von Brendas Leiche. Ich spähte durch den Türspalt, ohne eigentlich neugierig sein zu wollen.

«Du kannst ruhig reinkommen, Carlotta», sagte Mooney.

Ein Haufen Cops war anwesend und geschäftig damit zugange, mit behandschuhten Händen Beweisaufnahme zu machen, Fotos zu schießen, Fingerabdrücke zu sichern. Vielleicht hatte das Hotel eine spezielle Abmachung mit der Polizei: schnelle, effektive Arbeit als Gegenleistung für ansehnliche Leichen.

Brenda war noch immer mit dem Laken bedeckt. Der Berg Kleidungsstücke neben dem Bett war vermutlich von ihr.

Der Gerichtsmediziner traf ein, und ich war froh, daß Mooney mich auf den Flur hinauswinkte. Den Sinn für Humor, den dieser Gerichtsmediziner immer bewies – beruflicher Selbstschutz, nehme ich an –, konnte ich nicht ertragen.

«Arbeitest du für Dee Willis?» fragte Mooney mich. Er zog zwar kein Notizbuch aus der Tasche, aber die Frage fiel sicher nicht beiläufig. Und er hat ein Gedächtnis wie eine verschließbare Kassette.

«Nein», erwiderte ich ruhigen Gewissens. Dee hatte mit aller Deutlichkeit gesagt, sie wünsche nicht mehr, daß ich Dunrobie suche. Ich sage Mooney immer gern die Wahrheit.

«Aber sie hat dich angerufen, daß du rüberkommen sollst? Bevor sie die Polizei angerufen hat?»

Er mußte einen kurzen Lagebericht von den Cops drinnen bekommen haben. «Es klang dringend. Sie war verstört. Hätte ich gewußt, daß jemand tot ist, hätte ich dich von zu Hause aus angerufen.»

«Hattest du, als sie dich angerufen hat, den Eindruck, sie sei allein?»

«War nicht zu sehen durch die Leitung», sagte ich entschieden.

«Mal ganz ernst.»

«Ganz ernst.»

Meine Antwort machte ihn nicht gerade glücklich. Er legte einen anderen Gang ein. «Erzähl mir vom Park», sagte er.

«Hast du mit den Beamten gesprochen, die dabei waren?» Ich war sicher, daß er es getan hatte.

«Siehst du irgendeinen Zusammenhang zwischen dem Park und diesem, hm, plötzlichen Todesfall?» fragte er.

Was hatte Dee bloß gemurmelt? Irgend etwas von irgend jemandem, der ihr angst machen wollte. Ob sie Dunrobie gemeint hatte?

Meines Erachtens konnte Mooney mein Gesicht nicht sehen. Dazu war das Licht im Flur zu schwach.

«Wenn du mir nichts erzählen willst, warum hast du mich dann gerufen?» fragte er milde. So redet er, kurz bevor er wütend wird.

«Um keinen großen Wirbel zu machen», sagte ich. «Dee ist eine alte Freundin von mir. Sie hat hart gearbeitet, um so weit zu kommen, und sie kann keinen Skandal gebrauchen.»

«Mord läßt sich nicht gut geheimhalten», sagte er.

«Wer redet denn von Mord?»

«Na komm. Erzähl mir bloß nicht, du hättest dich nicht umgeschaut.»

«Ein bißchen schon», gab ich zu.

«Du hast nichts berührt?»

«Verdammt, nein.»

«Und?»

«Und alles ist so ordentlich», sagte ich zögernd.

«Du willst also dem Gerichtsmediziner sagen, sie hätte nichts von dem Zeug ausgekotzt, nicht um sich geschlagen, hätte sich einfach so hingelegt, als brauche sie nur noch vom Beerdigungsinstitut mit Lilien geschmückt zu werden?»

Ich sagte: «Da sind noch die Kreise auf der Zeitschrift.»

«Du kannst jederzeit wieder bei mir anfangen», sagte Mooney. «Zwei Größen, zwei Gläser. Wo ist das andere Glas?»

Ich zuckte die Achseln.

«Das ist also deine Version. Deine Freundin Dee organisiert Dope in dem bewußten Park. Sie und die Bassistin beschließen, gemeinsam Bettspielchen zu machen, etwas zu trinken, ein paar Pillen einzuwerfen. Dee schläft ein, und als sie wieder wach ist, kann sie Brenda nicht mehr aufwecken. Also macht sie alles sauber und ruft dich an.»

«Wow», sagte ich. «Also zuerst einmal, das kannst du mir glauben, keine Drogen im Park. Und dann was? Hat Dee etwa die Bettwäsche gewechselt? Womit hat sie saubergemacht? Meinst du, sie trägt immer eine Dose Ajax mit sich herum? Hast du irgendwo gebrauchte Handtücher gesehen? Schmutzige Bettlaken?»

«Ich glaube, daß es kaum etwas gibt, was dieser Raodmanager nicht täte, damit die Tournee reibungslos abläuft. Und dieser Plattenproduzent ebenfalls. Hier kommen mir alle vor, als wollten sie Dee Willis einen Gefallen tun. Selbst du.»

«Oh, ich verstehe. Du meinst, sie hat mich angerufen, damit ich Scheuerlappen und Staubsauger mitbringe.»

«Werd nicht wütend», sagte er.

«Es ist schon spät. Vielleicht ist sie woanders gestorben, und jemand hat sie hierhergebracht», sagte ich. «Warum nicht?»

«Einfach mit der Leiche mitten durchs Foyer? Ein bißchen früh im Jahr für einen Karnevalsscherz.»

«Brenda und Dee hatten in aller Öffentlichkeit Streit gestern abend», sagte ich. «Womöglich hat Dee sie gefeuert.»

«Und?» sagte Mooney.

«Da hat sie vielleicht beschlossen, sich nicht mehr nach einem anderen Job umzusehen. Hat ein paar Pillen genommen, konnte sich nicht mehr erinnern, wie viele, hat noch ein paar mehr genommen, ein paar Gläser getrunken, ist gestorben.»

«In ihrem eigenen Hotelzimmer, ja, das würde ich dir abkaufen. Aber wer hat sie herumgetragen? Und warum?»

Ich sagte: «Ist das nicht der Punkt, wo die Cops immer den unbekannten Dritten ins Spiel bringen?»

«Da sie in Dee Willis' Bett gefunden wurde, habe ich ganz vergessen, daß sie verheiratet sein könnte. War sie es?»

«Ich rede nicht von Ehe, Mooney. Ich rede von Zusammenschlafen; sie hat heftig rumgeschmust mit einem Kerl, als ich sie das erste Mal sah.»

«Was für einen Kerl?»

«Einssiebzig, schlank, dunkle Augen, dunkles Haar. Freddie, der Schlagzeuger, hat ihn ihren «Loverboy» genannt, was Brenda alles andere als gut fand. Ein junger Typ. Kann höchstens zweiundzwanzig oder dreiundzwanzig gewesen sein.»

«Hat der «Loverboy» einen Namen?»

«Keinen blassen Schimmer. Bist du fertig?»

«Du kannst gehen», sagte Mooney, «falls du das wissen wolltest.»

«Kann ich mit Dee sprechen?»

«Sie haben sie in ein anderes Zimmer gebracht. Ich glaube, ein Arzt ist bei ihr und bittet sie gerade um ein Autogramm.»

«Meinst du, ich kann mit ihr reden?»

«Der Doktor sagt nein.»

Hal mußte jemand Gutes aufgetrieben haben.

Jetzt sagte Mooney: «Wenn du es schaffst, mit ihr zu reden, kommst du dann und erzählst mir, was sie gesagt hat?»

«Nein», sagte ich.

«Ich kann dich nicht zwingen, es mir zu erzählen», sagte Mooney.

«Ich bin froh, daß dir das klar ist.»

«Wie steht's denn mit einem Gefallen?» fragte Mooney. «Als Gegenleistung dafür, daß ich sie nach der Parkgeschichte habe laufenlassen?»

«Was willst du denn wissen?» fragte ich vorsichtig.

«Als du auf das Eintreffen der Polizei gewartet hast, hat Miss Willis da nicht etwas Eigenartiges gesagt?»

«Eigenartig?» Ich warf ihm das Wort regelrecht an den Kopf.

«Etwas in der Art wie ‹Ich hätte einen Arzt rufen sollen. Sie war vielleicht noch am Leben...›»

«Wäre das eigenartig?» fragte ich.

«In Anbetracht der Tatsache, daß die Dame seit Stunden tot war und alle anderen Leute im Zimmer sagen, an einen Arzt hätten sie überhaupt nicht gedacht, hm, ja, ich fände das ein bißchen eigenartig. Es beschleicht einen der Gedanke, Dee wäre vielleicht eher dagewesen als die anderen. Da es ihr Zimmer ist, könnte sie früher zurückgekommen sein als die übrigen...»

«Du willst mir was aus der Nase ziehen», sagte ich zu Mooney.

«Und ich frage mich, wie die tote Lady in das Zimmer gekommen ist. Sie haben Schlüsselkarten, die sollen ziemlich sicher sein.»

«Ich war letztens hier, nach der Sache im Park, und eine Menge Leute feierten in Dees Zimmer. Hatten am Empfang einen Zweitschlüssel bekommen. Ohne Probleme.»

«Interessant», sagte Mooney. «Und wie ich gehört habe, bist du deine Handtasche los.»

Ich hoffte nur, daß Jo über Mickey den Mund gehalten hatte. Ich wollte mir nicht unbedingt Sticheleien über meine Beziehungen zum Gianelli-Clan von Mooney anhören.

«Ja», sagte ich.

«Ist sie auf irgendeinem Müllplatz wieder aufgetaucht?»

«Nicht daß ich wüßte», erwiderte ich. «Noch nicht.»

«Schlüssel in der Tasche?»

Ich nickte.

«Hast du schon neue Schlösser angebracht?»

«Nein, Mami, aber ich werde Roz gleich darauf ansetzen.»

«Gut.»

«Kann ich jetzt zu Dee?»

«Aber sicher. Wenn du an dem Doktor vorbeikommst.»

Ich gab nach 25 Minuten auf. Reporter, die wahrscheinlich von jemandem im Hotel einen Wink bekommen hatten, begannen die Aufzüge zu füllen.

Ich blieb lange genug, um noch beobachten zu können, wie die äußerst elegante Hotelmanagerin Brendas unelegant verpackte Leiche im Personalaufzug nach unten begleitete. Verhüte Gott, daß irgendein Tourist in der Empfangshalle den Sensenmann trifft.

17

Das Telefon schrillte, als ich mitten in einem Traum war, so daß ich das gellende Klingeln in ein phantastisches Szenario einbezog, wie Dee, Mooney, mein Exmann Cal und ich Hotelflure entlangrannten und irgendwelche Türen aufrissen und wieder zuknallten wie Comicfiguren. Die Regeln waren ebenso streng wie bei der «Reise nach Jerusalem»: Wer seine eigene Tür nicht mehr erreichte, bevor das Telefon zu klingeln aufhörte, saß schwer in der Tinte – oder es würde etwas ziemlich Erotisches ablaufen, etwas, bei dem Dees goldenes Himmelbett und etliche seidig rote Halstücher eine Rolle spielten.

Ich wachte mit dem Telefonhörer in der Hand auf, hielt ihn an den Mund und brummte ein Hallo.

«Ist dort das Detektivbüro Carlyle?« Es war eine Männerstimme, sehr gebildet, mit einer leicht britischen Klangfärbung.

«Ja», sagte ich und lehnte mich in mein Kissen zurück. Sonnenlicht durchflutete meine dünnen Schlafzimmergardinen. Ich warf einen Blick auf den Radiowecker auf meinem Nachttisch und sah, daß es nach neun war, fast schon halb zehn. Ich hatte mich verschlafen.

«Miss Carlyle?»

Ich lasse mich lieber mit «Frau» anreden, aber ich räusperte mich trotzdem zustimmend.

«Hier ist Taylor Baines. Ich bin Anwalt der Kanzlei Barlow, James und Hunt. Beauftragt von MGA/America.»

«Ja», sagte ich wieder, weil er aufgehört hatte zu reden.

«Es wäre gut, wenn wir uns einmal persönlich unterhalten könnten.»

«Über eine gewisse Sängerin?»

«Ja.»

Ich fragte: «Um wieviel Uhr?»

«Schaffen Sie es bis elf?»

«Wo?»

«Bacon Street Nummer eins. Zweiundzwanzigster Stock.»

Ich kritzelte es auf die Rückseite eines Briefumschlags.

«Elf Uhr», sagte ich. Sobald ich aufgelegt hatte, suchte ich das Telefonbuch und wählte die Nummer des *Four Winds*. Ich fragte nach Dee Willis statt nach Zimmer 812. Mit Sicherheit hatten weder Cop noch Doktor Dee in dem goldverbrämten Bett schlafen lassen. Der Empfang setzte mich darüber in Kenntnis, daß Miss Willis nicht zu sprechen sei. Ich versuchte es mit Jimmy Ranger und Hal Grady, erhielt jedoch den gleichen Bescheid – Funkstille aus Publicitygründen.

Ich fragte mich, wie Dee wohl heute morgen mit Brendas Tod zurechtkam. Ich prüfte mich selbst, wie ich damit zurechtkam, und stellte zu meiner Überraschung fest, daß ich wütend war. Wütend auf den Tod? Ganz schön vermessen von mir. Vermutlich wütend darüber, daß es außer Dee niemanden zu berühren schien. Was zum Teufel war los mit jemandem wie Jimmy Ranger, der in Brendas Tod anscheinend nur ein Hindernis für die Tournee sah? Und was war mit Hal? Oder Mimi, dem Groupie? Freddie? Und dann noch der coole Gitarrist Ron, der nicht aus der Ruhe zu bringen war. Ich sah sie noch alle vor mir, so tränenlos und unerschüttert, als ob sie einmal pro Monat ein Bandmitglied verlieren würden, als wäre Brenda irgendeine Plastikmodepuppe, eine Bühnendekoration, die ab und zu einen Akkord anschlug.

Ich schwang meine Füße auf den kühlen Holzfußboden und rief mir den Abend, an dem ich von Lorraines Tod gehört hatte, ins Gedächtnis zurück. Ich zog mich damals gerade für eine Fete an – ich habe das Kleid, das ich tragen wollte, noch heute irgendwo in einer Schublade –, und dann hatte ich mir weiter die Wimpern getuscht, die Strümpfe richtig gezogen, die Haare gekämmt – sorgfältig, sehr sorgfältig, als sei jeder einzelne Handgriff wichtig, ungemein wichtig, obwohl ich gar nicht mehr die Absicht hatte, zu der Fete zu gehen.

Ich habe erst sechs Stunden später geweint.

Vielleicht mußte man der Band nur Zeit lassen. Vielleicht hatten sie noch gar nicht begriffen, was passiert war.

Ich fragte mich, wie lange Brenda schon zur Gruppe gehört hatte. Wann war Dee unzufrieden mit ihrem Spiel geworden? Vielleicht war Brenda ein Neuerwerb. Vielleicht würde Dee schnell darüber hinwegkommen.

Aber was hatte sie bloß gemeint mit «Er war es; er will mich ruinieren»? Hatte Dunrobies Brief sie so nervös gemacht, daß sie Brenda mehr als sonst angeschrien hatte? War sie der Meinung, Davey hätte Brenda irgendwie dazu gebracht, eine Überdosis zu nehmen, einzig und allein zu dem Zweck, Dee einen Schrecken einzujagen?

Glaubte sie, Davey hätte einen Gin-Tonic vergiftet und an ihrem Bett stehenlassen, und dann sei Brenda vorbeigekommen und hätte ihn aus Versehen heruntergekippt? Eine Verwechslung hatte ich von vornherein ausgeschlossen. Zwei Kreise auf der Zeitschrift bedeuteten zwei Gläser, zwei Leute. Und jeder Dummkopf hatte die große, kräftig gebaute Brenda von der zarten Dee unterscheiden können.

Einen Punkt hatte Dee völlig klargemacht; sie wollte nicht mehr, daß ich Dunrobie weitersuchte.

Ich sann über den Anruf des Anwalts nach; in welchen Schwierigkeiten steckte Dee jetzt? Ich überlegte, welche Kombination von Alkohol und Drogen Brenda den Rest gegeben hatte.

Ich stolperte über den Flur zur Dusche, stellte mich unter den prickelnden Strahl und wusch mir das Haar, das es nötig hatte. Das Wasser wurde eiskalt, noch ehe ich mit dem Spülen fertig war.

Ich zog mich schnell an, wählte wieder das vertrauenerweckende marineblaue Kostüm, kombinierte es diesmal jedoch mit einer Seidenbluse, um der piekfeinen Adresse des Anwalts zu entsprechen. Der gepaspelte Kragen sah gut aus mit dem goldenen Medaillon von Tante Bea.

Meine diesjährige Devise in Sachen Mode lautet: Kleider kosten verflucht viel Geld, und die Suche nach billiger guter Kleidung kostet verflucht viel Zeit. Und hat man seine Traumgarderobe gefunden, wird sie von Waschmaschine und Trockner lebendigen Leibes aufgefressen, oder man rennt ständig zur Reinigung.

Ich besitze nicht allzu viele Klamotten. Meiner Ansicht nach kann man das gleiche Zeug immer wieder tragen, sofern man je nach Anlaß mal ein anderes Tuch trägt und Schuhe und Schmuck wechselt. Nicht, daß ich viel Schmuck besitze.

Glücklicherweise hat meine Mieterin Roz genug Glitzerkram für uns beide zusammen. Sie stand eben am Kühlschrank und dachte entweder über das Frühstück oder über den Sinn des Lebens nach. Ihr Haar, das sie öfter bleicht und färbt, als ich meins wasche, war kohlrabenschwarz mit einem weißen Streifen in der Mitte. Sie sah einem Skunk nicht unähnlich. Ich überlegte, ob sie wohl einen Fehler gemacht und sich nach halbgetaner Färbearbeit anders entschlossen hatte.

Beim Geräusch meiner Schritte drehte sie sich um. Ihr Halsschmuck, um einen zerrissenen Rollkragen drapiert, sah aus, als sei er aus den Verschlüssen von Bierdosen zusammengelötet. Jeder ihrer Finger war beringt. Ich bin an die sechs Ohrstecker an ihrem linken Ohr gewöhnt. Das rechte ist immer wieder anders. Heute baumelte etwas daran, was aussah wie zwei Neonelemente an winzigen Hühnerknochen.

Ich trage keine Ohrringe. Sie tun weh. Und ich finde sie einfach albern.

«Kannst du einen Job für mich übernehmen?» fragte ich. «Zwei Jobs?»

«Heute noch?»

«Wenn es geht.» Roz hat einen dichtgefüllten Terminkalender, unter anderem durch den Besuch mehrerer Rockclubs und das Malen von Bildern, die um so seltsamer sind, je länger man sie anschaut.

«Was denn?»

«Zuerst ruf bitte einen Schlosser an und laß die Schlösser auswechseln. Nicht gleich alle, sondern nur eins an jeder Tür.» Wenn der Dieb mir einen Besuch abstattete, woran ich starke Zweifel hatte, würde ich ihn gern auf frischer Tat ertappen.

«Mach ich», sagte Roz. «Und was noch?»

«Überwachung.»

«Ist langweilig», sagte sie und machte sich wieder ans Inspizieren des Kühlschranks.

«Gut bezahlt», erinnerte ich sie.

«Wahrscheinlich doch besser als Putzen.»

Danach zu urteilen, wie mein Haus aussieht, findet Roz offensichtlich alles andere besser als Putzen. Ich nehme mir immer vor, sie mir vorzuknöpfen und ihr die elementaren Grundlagen zu erklären, zum Beispiel daß man den Küchenfußboden erst fegt, bevor man ihn wischt, aber irgendwie kann ich mich nicht dazu aufraffen, mit der Lektion zu beginnen.

Ich gab ihr die Winter-Street-Adresse, sagte ihr, sich jedem an die Fersen zu heften, der das Gebäude mit einer roten Versandrolle in der Hand verließ, die Rolle nicht aus den Augen zu verlieren, die Autonummer von jedem aufzuschreiben, der mit der Rolle davonfuhr, dem betreffenden Auto zu folgen.

«Das könnte ich besser mit Lemon zusammen machen», unterbrach sie mich.

Lemon ist ihr Karatelehrer und gelegentlich ihr Liebhaber, gelegentlich, weil Roz kein monogamer Typ ist. Er besitzt einen dunkelgrünen Kombi, ein großartiges Beschattungsvehikel. Roz kann nicht fahren, und ich denke oft, sie nimmt nur deshalb weiter Selbstverteidigungsunterricht, um einen fahrbaren Untersatz zur Verfügung zu haben.

Ich sagte: «Aber macht keine Dummheiten im Wagen, solange die Versandrolle unterwegs ist.»

«Rot», sagte sie, «die entgeht mir nicht.»

Etwas Gutes hat ja Roz: Als Künstlerin kennt sie sich mit Farben aus.

Ich nahm die U-Bahn zur Beacon Street 1.

Während der Fahrt versuchte ich, den *Globe* zu lesen, ohne dem Fahrgast neben mir die Ellbogen in die Rippen zu stoßen oder jemandem im Gang in die Quere zu kommen. Brendas Tod hatte keine Beachtung gefunden, weder in den Todesanzeigen noch in den Stadtneuigkeiten. Ich fragte mich, wo die Baßfrau wohl herkam und wer als nächster Angehöriger benachrichtigt worden war.

Ich hörte zu lesen auf und schaute bedenklich meine schwärzlich gefärbten Hände an. Ich möchte schwören, daß die Druckqualität bei Zeitungen mit jedem Tag schlechter wird. Der Anwalt mit der netten britischen Stimme würde eine Überraschung erleben, wenn er mir die Hand schütteln wollte.

In der Eingangshalle des Hauses fand ich ein Café, ging

dem Schild «Toiletten» nach und schrubbte mir die Druckerschwärze von den Fingern. Dann eilte ich zu den Aufzügen und fuhr zum 22. Stock hoch.

18

Die ganze Sache ist etwas unangenehm», gestand mir Taylor Baines mit charmantem Lächeln, als er meine saubere Hand wieder losließ. Ich setzte mich in einen karamelfarbenen Ledersessel und blickte durch ein riesiges Panoramafenster auf den Bostoner Hafen. Das Meer sah so spiegelglatt und grün wie eine 7-Up-Flasche aus.

Er war ein kleiner, eleganter Mann Ende Vierzig, nach den Krähenfüßen in den Augenwinkeln zu urteilen, wirkte jedoch durch das silberne Haar noch älter. Untadelig in einen marineblauen Anzug mit feinen grauen Streifen gekleidet, aus dessen Ärmeln genau das richtige Käntchen weißer Manschetten hervorblitzte. Seine goldene Armbanduhr war so flach wie eine Münze.

Er saß an einem Schreibtisch, der doppelt so groß war wie mein Eßzimmertisch.

Er fragte mich, ob ich Kaffee haben wollte. Ich sagte ja, mit Sahne und Zucker bitte. Er plauderte mit mir, bis eine Frau mit einem Tablett und zwei Porzellantassen erschien, mit Untertassen und Silberlöffeln. Er ging nahtlos aufs Geschäftliche über, sobald sich die Tür hinter ihr geschlossen hatte.

«Ich vertrete MGM/America, die derzeit an Miss Dee Willis interessiert sind. Sie sind doch – äh – eine Freundin von ihr.»

Da das keine Frage war, antwortete ich auch nicht.

Taylor Baines rührte in seinem Kaffee herum und wartete darauf, daß ich ihn über meine Beziehung zu Dee aufklärte. Ein Mundwinkel zog sich leicht nach oben, als ich nichts sagte.

«Sie sind auch Privatdetektivin und im Besitz einer Lizenz des Bundesstaates Massachusetts», sagte er dann.

Ich nickte.

«Miss Willis hat sich der Polizei gegenüber etwas ungeschickt ausgedrückt, was den Vorfall in ihrem Hotel letzte Nacht betrifft, an dem ein Mitglied ihrer Band beteiligt war.»

Ich gab ein unverbindliches Geräusch von mir.

«Ich habe gehört, daß sie einerseits zu mitteilsam und andererseits zu verschlossen war bei ihren Gesprächen mit der Polizei und daß sie Gefahr läuft, sich und ihre Tournee, die ausschließlich von unserem Klienten finanziert wird, in – äh – gewisse Schwierigkeiten zu bringen.»

«Darf ich fragen, was sie angeblich der Polizei erzählt hat?»

Mein «angeblich» brachte wieder eine leichte Bewegung in die Mundwinkel des Anwalts. «Miss Willis hat geäußert, sie wüßte, daß der Tod kein Selbstmord war, aber mehr könnte sie ihnen nicht sagen. Mit anderen Worten: Sie weiß es, weil sie es weiß.»

«Vielleicht wird sie nicht allzu ernst genommen», gab ich zu bedenken. «Als ich noch Polizistin war, riefen uns oft medial begabte Leute an, um über das Wiedererscheinen von Elvis zu reden.»

«Ja schon, aber Miss Willis behauptet auch, daß sie die – äh – Leiche in Begleitung ihrer Mitmusiker aufgefunden hat und daß sie keine Ahnung hat, warum sie in ihrem Zimmer lag.»

Ich sagte nichts.

«Die Polizei sagt, sie hätten verschiedene Aussagen über

das Auffinden der Leiche erhalten. Soweit ich weiß, hat Miss Willis Sie vom Ort des Geschehens aus angerufen.»

Ich sagte wieder nichts.

«MGA/America ist sehr viel daran gelegen, daß die Tournee einen ungehinderten Verlauf nimmt.»

«Wenn Dee nicht zur Vernehmung dableiben muß, was spräche dann dagegen?»

Mr. Baines warf verstohlen einen Blick auf die Uhr. «Sie ist vorerst in ihrem Hotel. Der Empfang wird sagen, daß sie nicht erreichbar ist.»

Damit hatte er zweifellos recht. Ich trank meinen Kaffee aus, der sehr gut war, und stellte die zarte Tasse samt Untertasse auf eine Ecke seines Schreibtischs. «Und warum bin ich hier?»

«Ach ja», sagte er, «ich soll Ihnen versichern, daß MGA/America gern bereit ist, Ihre Auslagen für alle – äh – Dienste zu begleichen, die Sie der Künstlerin leisten.»

«Und was wollen sie als Gegenwert für das Geld?»

«Zuerst einmal wird gewünscht, daß Sie weiter für Miss Willis arbeiten.»

«Wer sagt denn, daß ich für Frau Willis arbeite?» sagte ich. «Wir sind alte Freunde.»

«Gute alte Freunde», sagte er.

«Allerdings», pflichtete ich ihm bei, «gute alte Freunde.»

Er sagte: «Ich habe meinen Klienten darauf hingewiesen, daß etwas Derartiges meines Erachtens Zeitverschwendung wäre.»

«Kein Problem», sagte ich ruhig. «Es wäre vielleicht schwierig gewesen, wenn ich für Frau Willis arbeiten würde, aber so nicht.»

«Aha», sagte er. «Das vereinfacht die Sache. Sie wären also frei für eine andere Tätigkeit?»

«Möglicherweise.»

«Miss Willis ist heute früh an jemanden bei MGA/America herangetreten und hat um ein Darlehen in beträchtlicher Höhe ersucht.»

«Darf ich fragen, wie hoch?»

«300000 Dollar. Als Vorschuß auf Einnahmen aus dem Plattenvertrag. Bis heute morgen waren die Vertragsverhandlungen eher schleppend. Doch jetzt scheint Miss Willis schnell zu einem Abschluß kommen zu wollen. Meinen Klienten wäre es nun, ehe sie etwas unterzeichnen, besonders Schecks in solcher Höhe, aus Sicherheitsgründen lieb, wenn jemand wie Sie zugegen wäre, um ein Auge auf Miss Willis zu halten, mit ihr zu reden und ihr vielleicht nahezubringen, bei ihren Gesprächen mit der Polizei etwas mehr Feingefühl an den Tag zu legen.»

«Ich könnte sie wohl kaum daran hindern, die Wahrheit zu sagen», bemerkte ich.

«Nein», sagte er mit dem Anflug eines Lächelns. «Aber wir meinen, das heißt, meine Klienten meinen, daß Miss Willis eine diskrete Freundin haben sollte, auf die sie sich in dieser schweren Zeit verlassen kann.»

«Eine Freundin können sie nicht kaufen», sagte ich. «Aber wenn ich gern mit jemandem von MGA/America über Frau Willis reden würde, an wen könnte ich mich dann wenden?»

«Sie können mich immer unter einer dieser Nummern erreichen», sagte er glatt und nahm ein dünnes Lederetui aus seiner Jackentasche. Wir tauschten unsere Geschäftskarten aus. Ich kam bei diesem Handel besser weg; seine Karte – dick, cremefarben, mit Prägedruck – kostete vermutlich dreimal soviel wie meine.

«Ich finde Ihre Aussicht wunderbar», sagte ich.

«Sollten Sie zufällig auf etwas stoßen, das die Polizei davon überzeugen würde, daß Miss Willis zum Zeitpunkt des

Todes von Miss Hunter anderswo war, würde MGA/America es sehr begrüßen, davon in Kenntnis gesetzt zu werden. Sind fünfhundert Dollar Vorschuß ausreichend?»

Ich nickte. «Gibt es eine Anzeige gegen Dee?»

«Nein.»

«Rechnen Sie denn damit?»

«Die Möglichkeit besteht immerhin.»

Rechts hinter seinem Kopf konnte ich einen Schleppdampfer sehen, der einen Frachter ins offene Meer hinauszog. Ich konnte den Namen am Bug nicht erkennen, er schien in kyrillischen Buchstaben geschrieben zu sein. Wenn ich ein Büro mit einer solchen Aussicht hätte, bekäme ich sicher keinen Strich getan.

19

Auf dem Weg durch den Park, während ich den gewundenen Pfaden von der Park Street Station zur Charles Street folgte, ging ich im Kopf alles noch einmal durch. Vor zwei Tagen hatte Dee sich noch hartnäckig geweigert, Dunrobie auch nur einen Cent zu bezahlen. Und an diesem Vormittag wollte sie einen Kredit aufnehmen – in genau der Höhe, die Dunrobie von ihr zu erpressen hoffte.

Was was lag dazwischen? Brendas Tod.

Taylor Baines' ernst geäußerte Anfrage klang wirklich danach, als sei jemand bei MGA/America ziemlich sicher, daß Dee in erheblichen Schwierigkeiten steckte, und hoffte, ich könnte ihr heraushelfen.

Oder jemand von MGA/America wollte herausfinden, ob

ihrem neuen Star das Wasser bis an die Knie oder bis an den Hals stand.

Jedenfalls war ich zur Schadensbegrenzung eingestellt worden, um jede schmutzige Sache zu berichten, die ich herausfand. So lautete die Botschaft der MGA/America, und Tylor Baines war ihr First-class-Botenjunge.

Ich fragte mich, wer die Plattenfirma wohl auf mich hingewiesen hatte.

Ich tätschelte den zusammengefalteten Scheck in meiner Tasche. Ich war froh, daß ich auf meine innere Stimme gehört und Roz losgeschickt hatte, ein Auge auf die Versandröhre zu halten. Jetzt konnte ich es mir leisten, Dees Kündigung zu ignorieren und weiter nach Davey Dunrobie zu suchen.

Ich ging schneller, zog in der sengenden Hitze die Jacke aus und legte sie gefaltet über den Arm. Ich wünschte, meine Seidenbluse hätte kurze Ärmel gehabt. Krempelt man bei Seide die Ärmel hoch, muß man hinterher die Knitter ausbügeln. Ich bin eine Katastrophe im Bügeln, und Roz ist nicht viel besser.

Etwas Gutes hat Roz als Hausgenossin: Ich komme nie in Versuchung, mir irgendwelche Kleidungsstücke von ihr zu leihen. Vielleicht konnte ich ganze Arbeit für Taylor Baines tun und mir sowohl eine Seidenbluse mit kurzen Ärmeln als auch eine neue Tasche leisten. Die Cops hatten meine Tasche auf keiner der in Frage kommenden Müllhalden gefunden. Wenn sie nicht bald auftauchte, mußte ich den furchtbaren Gang zum Straßenverkehrsamt antreten, um mir einen neuen Führerschein zu besorgen. Bis dahin hatte ich Baines' Geld womöglich längst für Autoreparaturen, Steuern und Katzenfutter verschwendet. Die kleinen Luxusartikel.

«Ich hätte einen Arzt rufen sollen. Sie war vielleicht noch nicht tot.» Und dann später: «Er war es. Er will mir angst machen.» Ich murmelte Dees Worte beim Gehen vor mich hin, genauso wie ich damals, als unsere *Cambridge Common*-Gruppe noch bestand, Lieder auswendig zu lernen pflegte. Es war durchaus in Ordnung, bei einer Probe einen Blick auf den Spickzettel zu werfen, ermahnten mich Lorraine oder Dee, aber bei der Aufführung mußte die Sache stehen.

Im Copley Square Park gibt es Telefonzellen in rauhen Mengen. Die Kunst ist nur, eine zu finden, die nicht außer Betrieb ist. Ich brauchte drei Anläufe, dann fand ich endlich eine, tippte meine eigene Nummer ein und betätigte die Fernabfrage für den Anrufbeantworter. Eine Männerstimme sagte, ich hätte meine Nummer auf seinem Anrufbeantworter hinterlassen und könnte ihn unter 555-9544 erreichen. Ich sah in meinem alten schwarzen Notizbuch nach, das ich nach Taylor Baines' Anruf in aller Eile in meine Tasche gestopft hatte. Angelas Nummer.

Ich durchwühlte meine Tasche nach einer weiteren Münze. Die Männerstimme, diesmal live, stellte sich als Roger Price vor und behauptete, keine Angela zu kennen. Er fragte, ob ich seine Nummer von *Together* hätte, einem örtlichen Kontaktdienst für Singles. Ich fragte ihn, ob er Davey Dunrobie kenne. Er fragte mich, ob ich Samstagabend auf einen Drink mit ihm ausgehen wolle. Sonntagnachmittag ginge auch. Er sagte, er sei «rein technisch» noch verheiratet, warte jedoch täglich auf seine Scheidung. Ich sagte auf Wiedersehen.

Dann stieg ich die drei Stufen zum Haupteingang der Bibliothek hinauf, hielt gleich auf die Telefonbuchabteilung zu und verlangte eine Ausgabe von Cole's numerisch geordnetem Telefonbuch. Ich schaute die nicht näher gekennzeichnete Nummer in meinem Notizbuch nach, den mit der tiefen, unbekümmerten Stimme vom Band, der noch nicht zurückgerufen hatte, und schrieb die dazugehörige Adresse in Charlestown in mein Büchlein. Der Straßenname weckte keine Erinnerungen bei mir. Das Telefon war auf den Namen

Joseph P. Jenson eingetragen. Auch dazu fiel mir nichts ein. Zurück am Münzfernsprecher, probierte ich die Nummer aus.

Wieder der verdammte Anrufbeantworter. Ich erfand etwas anderes, um in Kontakt zu bleiben.

Ich überlegte, ob ich Roz' Beschattungsaktion überprüfen sollte, kam aber zu dem Schluß, daß es ihr und Lemon doch zuzutrauen sein müßte, eine meterlange, knallrote Versandrolle aufzuspüren. Ich ging über die Boylston Street zur *Pizzeria Uno*, setzte mich an den letzten leeren Tisch und bestellte mir eine kleine Pizza mit Peperonis und Anchovis. Dann machte ich im Geiste eine Liste der wichtigsten Live-Musikschuppen der Gegend: *Ryles, Plough, Johnny D's, Harper's Ferry, Midnight the Kats, Tam, Nightstage* – alles Lokale, in denen Dee zu spielen pflegte, ehe sie groß rauskam. Treffpunkte, an denen sich vielleicht jemand an Dunrobie erinnern konnte, wo ein nüchterner Dunrobie vielleicht Arbeit suchen würde.

Eine junge Frau brachte mir Kaffee. Ich fragte Knall auf Fall, ob es schon zu spät sei, die Anchovis noch abzubestellen. Sie schaute mich ein bißchen seltsam an, sagte aber mit dem «Haben-wir-alles-schon-gehabt»-Tonfall der erfahrenen Kellnerin, es sei kein Problem. Ich ließ meine Jacke auf dem Stuhl liegen, damit mir niemand den Tisch wegnahm, und ging zum Münzfernsprecher im hinteren Teil des Restaurants.

Mooney war in seinem Büro. Ich sagte ihm, ich hätte bereits bestellt und ob wir uns zu einer Pizza im Stadtpark treffen könnten.

«Bloß keine Anchovis», sagte er.

«Kein Stück.»

«In zehn Minuten.»

Ich setzte mich wieder hin und listete auf einer zweiten Papierserviette weitere Musikbars auf. Als die Pizza kam, warfen schon zwei ältere Damen mit schweren Einkaufstaschen sehnsüchtige Blicke auf meinen Tisch. Ich bat die Kellnerin, die Pizza zum Mitnehmen zu verpacken, zwei alkoholfreie Getränke dazuzutun und mir die Rechnung zu bringen.

Sie kam all meinen Wünschen prompt nach. Die Pizza duftete knusprig und würzig aus dem Karton. Ich nahm ein paar zusätzliche Servietten von der Abholtheke und stopfte sie in meine Taschen. Die älteren Damen mit den Einkaufstaschen ließen sich an meinem Tisch nieder, noch bevor ich das Lokal verlassen hatte.

Ich komme besser mit Mooney klar, wenn ich ihn außerhalb der Wache treffe. Und viel besser, wenn ich etwas zu essen mitbringe.

Mooney gehört nicht zu der Sorte Ich-weiß-etwas-was-du-nicht-weißt-Cops, die nur zum Vergnügen Informationen zurückhalten. Das Problem ist, daß er Kooperation erwartet. Und im Hinterkopf habe ich immer die Befürchtung, daß er, wenn ich nicht mithalte – Gefälligkeit gegen Gefälligkeit –, persönliche Zuwendung als Gegenleistung für seine Hilfe haben will.

Er würde womöglich nie soweit gehen, aber ich will es nicht darauf ankommen lassen. Ich bemühe mich, bei dieser Aufrechnung immer einen Schritt voraus zu sein.

Wir trafen uns auf der Brücke und gingen die Stufen zu der Bank hinunter, die dem See am nächsten ist. Im Frühling ist sie sehr begehrt; bei der schwülen Hitze von heute hatten Mooney und ich keine Konkurrenz.

Auf der anderen Seite des Sees strich ein junger Mann eines der Schwanentretboote an und versah es mit der nötigen Schicht glänzender weißer Farbe. Der Vogel stand plump aus dem Wasser heraus und entblößte ungeziemend sein pedalbestücktes Innenleben. Die übrige Flotte glitt friedlich dahin, vollgeladen mit Touristen, die ihren in der Nähe stehenden kamerabewehrten Angehörigen zuwinkten.

«Besteht die Möglichkeit, daß bei der Bassistin eine Obduktion gemacht wird?» fragte ich, nachdem wir jeder ein Stück Pizza verschlungen hatten. Ich verfüttere die Kruste immer an die Eichhörnchen. Mooney ißt alles auf.

«Nicht mal mittags habe ich frei, was?»

«War ja nur 'ne Frage.»

«Es hat keiner eilig damit, jedenfalls nicht bei all den Schießereien und Messerstechereien. Wie ich hörte, werden wir bald zwei in jeder Schublade des Leichenschauhauses haben.»

Es war ein schlimmes Jahr, was Mord und Totschlag in Boston angeht. Die Drogenlieferungen nehmen allmählich ab, die großen Fische fressen die kleinen.

Mooney biß ein großes Stück Pizza ab, nahm einen Schluck Pepsi und sagte: «Jeder, mit dem ich gesprochen habe, sagt von der Bassistin, sie sei ‹launisch› gewesen. Natürlich rede ich von den Musikern, von den Leuten aus der Musikszene. Ich habe noch nicht mit einem einzigen gesprochen, den ich als normal bezeichnen würde. Außerdem heißt launisch noch längst nicht selbstmörderisch.»

«Familie?»

«Die Mutter hat angerufen, nachdem ihr die Ortspolizei die Nachricht überbracht hatte. Klang so wie jeder andere auch unter diesen Umständen. Kommt von Topeka in Kansas hergeflogen. Der Vater ist tot. Die Geschwister irgendwo verstreut.»

«Und die Arzneifläschchen auf dem Tisch?»

«Du verlangst ganz schön viel für das bißchen Pizza.»

«Immerhin habe ich keine Anchovis bestellt. Und vielleicht habe ich auch etwas für dich.»

«Vielleicht zählt nicht.»

Der Schwanenbootanstreicher war gerade mit einer Flügelspitze fertig und umkreiste sein Werk wohlgefällig.

Mooney sagte: «Eins von den Medikamenten war von der Toten. Gegen innere Unruhe. Serax. Leichtes Zeug. Das andere war auf Dee Willis ausgestellt. Dalmane. Dreißig Milligramm. Hat seine Richtigkeit. Wir wissen also, daß das Opfer einen Arzt aufgesucht hat, möglicherweise einen Psychiater. Ich habe jemanden darauf angesetzt, den Arzt zu finden. Und dann auch den L.A.-Doktor, der deiner Freundin Schlaftabletten für die Tour gegeben hat.»

«Aber –»

«Immer langsam. Es läßt sich bis dato nicht sagen, ob die Bassistin wirklich die Tabletten im Fläschchen geschluckt hat, richtig? Wir müssen auf den Toxikologen warten. So, und was hast du für mich?»

«Erinnerst du dich, daß wir darüber gesprochen haben, jemand müßte die Leiche in Dees Zimmer gebracht haben?»

«Ich habe einen Beamten am Empfang nachfragen lassen, aber keiner der Angestellten hat sich dazu bekannt, einen Zweitschlüssel für 812 ausgehändigt zu haben. Allerdings lügen Hotelangestellte gegenüber Beamten in Uniform immer, allein schon, um in Übung zu bleiben.»

Ich aß ein Stück Peperoni. Der junge Mann auf der anderen Seite des Sees umkreiste immer noch den Schwan und betrachtete ihn aus verschiedenen Blickwinkeln.

«Hast du die ganze Hotelwäsche der vergangenen Nacht überprüft?» fragte ich. «Oder die Managerin gebeten, dich über stark verschmutzte Bettwäsche, Handtücher usw. zu informieren?»

«Verflucht», sagte er, «ich habe nur Brendas Zimmer untersucht, nicht das ganze Hotel.»

«Ist es zu spät, um das jetzt noch nachzuholen?»

«Ich rufe gleich an, wenn ich zurück bin», sagte er.

«Und Brendas Loverboy?»

«Weißt du irgendwas von ihm, oder bin ich wieder dran?»

«Du bist dran, Mooney. Nimm noch ein Stück. Ich habe nicht soviel Hunger.»

«Du hast doch immer Hunger. Wir wissen nicht einmal den Namen des Freundes, nur Ray.»

Ich warf einer auf dem See schwimmenden Ente ein Stück Kruste zu. Mehrere Artgenossen erschienen aus dem Nichts und schlossen sich in V-Formation zusammen. «Großartig», sagte ich, «ein Typ namens Ray ohne Nachnamen hat bei diesem Fall gerade noch gefehlt.»

«Du wolltest mir was vom Park erzählen, stimmt's?» sagte Mooney.

«Du glaubst doch nicht, daß Dee irgend etwas mit Brendas Tod zu tun hat, Moon, oder?»

«Soll ich sie von der Verdächtigenliste streichen, nur weil sie deine Freundin ist?» fragte er.

«Und weil es keine Beweise gibt», sagte ich ruhig.

«Irgend jemand hat am Tatort alle Fingerabdrücke weggewischt. Bringt sie natürlich in Verdacht.»

«Wahrscheinlich sind ihr Manager und ihr Produzent etwas zu weit gegangen, um sie zu schützen, Mooney. Übertreibt ihr nicht ein bißchen?»

«Sie ist schließlich Dee Willis. Ich will nicht, daß sich irgendein Stadtrat oder der Bürgermeister bei diesem Fall darüber aufregt, wir würden die Reichen und Berühmten anders behandeln als die Armen.»

«Spricht etwas dafür, daß sie demnächst verhaftet wird?»

«Nicht bis zur Obduktion. Und wohl kaum noch vor dem Konzert. Sie bringt unserer Stadt was ein.»

«Gleiches Recht für alle», sagte ich.

«Ich freue mich, daß du Fragen stellst», sagte er.

«So?»

«Dabei kommt mir der Gedanke, daß du erheblich mehr weißt als ich.»

Ich drückte den Pizzakarton platt, damit er in die Tüte mit den leeren Pepsidosen paßte.

«Du wolltest mir was über den Park erzählen», sagte Mooney wieder.

Ich fragte mich, ob ich Dunrobie erwähnen sollte. Mooney konnte ihn womöglich schneller finden als ich.

«Sie suchte nach einem alten Freund», sagte ich, «einen Typ, den wir beide von früher her kannten, inzwischen ist er ziemlich heruntergekommen.»

«Das sind im allgemeinen die Freunde, die man nicht unbedingt wiederfinden will. Sie finden dich.»

«Na schön, jedenfalls will Dee ihn finden.»

«Verliebt?»

Ich tat so, als würde ich diese Möglichkeit in Betracht ziehen. «Eher Schuldgefühle. Sie hat's geschafft; er nicht.»

«Schuldgefühle sind was Komisches. Ein paar von meinen Leuten würden die Willis gern verhaften, nur weil sie sich so verdammt schuldbewußt verhält. Ich meine, warum rennt sie rum und jammert, sie hätte einen Arzt rufen sollen und Brenda hätte dann vielleicht noch gelebt? Das Schätzchen – Entschuldigung –, die Dame war schon seit Stunden tot.»

«Ja, ja», sagte ich langsam, «ich habe sie so was Ähnliches sagen hören, aber sie war gar nicht richtig bei sich, weißt du, sie schien gar nicht mehr zu wissen, was vor sich ging.»

«Schock?» fragte er. «Drogen?»

«Nein», sagte ich, «mehr, als sei sie in Gedanken woanders, als erinnere sie sich an etwas...»

«Weiter», sagte Mooney.

«Es kann völliger Quatsch sein, Mooney, aber Dee – Dee und ich – hatten eine Freundin, die Selbstmord begangen hat. Eine Frau – damals noch ein Mädchen –, Lorraine Holbrook.

Dee gehörte, soviel ich weiß, zu denen, die ihre Leiche entdeckten. Ich bin mir dessen aber nicht hundertprozentig sicher. Doch als sie mich jetzt anrief, klang Dee absolut schauerlich, als sei die Vergangenheit wieder über sie hereingebrochen –»

«LSD?» fragte Mooney.

«Ich spreche nicht von einer durch Drogen ausgelösten Halluzination. Ich meine nur, daß ein anderer Todesfall, ein ähnlicher Tod, sie niedergeschmettert hat und die Erinnerung an diese alte Sache wieder wachgerufen haben könnte.»

Lorraine, schoß es mir plötzlich durch den Kopf. «Sweet Lorraine». Der Titel eines Songs. Ein Lied.

«Was hast du denn eigentlich mit diesem ganzen verrückten Haufen zu tun?» fragte Mooney.

«Bitte?»

«Nicht, daß Cops keine verrückten Typen wären. Ich habe mich bloß gerade gewundert. Okay?»

Ich verzog keine Miene. «Meinst du, wie ich Dee kennengelernt habe? Durch die Musik. Dee und ich haben einmal in einer Gruppe zusammen gespielt. Wir sind von uralten Zeiten her alte Bluesfreundinnen.»

«Alte Bluesfreundinnen» sagte im Grunde überhaupt nichts. Für mich, die ich als junges Mädchen fast alles, was ich über Blues wußte, von alten Schallplatten gelernt hatte, war Dees Spiel eine Offenbarung und ein Vorbild. Es war so, als hätte ich als junge Malerin im Holland des 19. Jahrhunderts gelebt und von van Gogh, dem seltsamen Kauz von nebenan, etwas über Farbe gelernt.

Ich versuchte es noch einmal. «Ich habe sogar daran gedacht, Berufsmusikerin zu werden. Ich glaube nicht, daß ich jemals gut genug war, aber ich begleitete Dee, und durch sie klang auch mein Spiel verdammt gut. Sie hat bei Reverend Gary Davis gelernt. Weißt du, wer das ist?»

Ohne auf Mooneys Nein zu warten, sprach ich gleich weiter. «Einer der größten der alten Bluesleute. Sie war eine seiner letzten Schülerinnen; er hat ihr seine Gitarre hinterlassen, als er starb. Wenn Reverend Davis – ich habe ihn einmal spielen sehen – einem anderen Musiker höchstes Lob spenden wollte, pflegte er zu sagen: ‹Superflott gespielt.› Ich weiß noch jedes einzelne Mal, wann Dee das zu mir gesagt hat. Dann überlief mich regelrecht ein Frösteln.»

«Das klingt aber so, als wenn du überglücklich sein würdest, ihr einen Gefallen zu tun», sagte Mooney sanft.

«Hör zu, es gab mal eine Zeit, da hätte ich mein linkes Bein für Dee Willis hingegeben. Ich bewundere sie, ich liebe sie, und wahrscheinlich hasse ich sie auch. Aber das spielt überhaupt keine Rolle. Sie ist durch und durch Musikerin. Außer Musik zählt für sie eigentlich nichts.»

«Habt ihr zwei euch richtig nahegestanden?»

«Klar. Wir waren dicke Freundinnen.»

Mooney veränderte seine Haltung auf der Bank und starrte ein bräunliches Grasbüschel an. «Ist Dee – hat sie sich je an dich herangemacht?»

«Kommst du mir wieder damit?» sagte ich.

«Sieh mal, Carlotta, wir haben diese Brenda mit nacktem Hintern in Dees Bett gefunden. Ich will ja nicht behaupten – ach, Scheiße. Ich will einfach nur wissen: Hat sie sich je an dich rangemacht?»

«Wir haben uns gegenseitig die Füße massiert. Macht dich das heiß?»

«Wenn ich damals dabeigewesen wäre, vielleicht», sagte Mooney.

«Dee Willis hat immer auf Männer gestanden», sagte ich.

Er wischte sich das Gesicht mit einer Papierserviette ab, knüllte sie zu einem Ball zusammen und seufzte vorwurfsvoll. «Und mich hast du ihr nie vorgestellt.»

Ich sagte trocken: «Ich habe Dee einmal einen Typ vorgestellt.»

«Ach ja?»

«Meinen Exmann. Und das war auch der letzte, den ich ihr vorgestellt habe.»

Mooney grinste bis an die Ohren. «Ich wußte gar nicht, daß dir soviel an mir liegt», sagte er.

«Können wir jetzt gehen?»

«Noch eins. Ich habe zufällig einen Zettel auf Joanne Triolas Schreibtisch gesehen.»

Scheiße, dachte ich.

«Warum fragst du nach Mickey Manganero?»

«Ich habe ihn auf einer Party getroffen», sagte ich wahrheitsgetreu.

«Und jetzt soll die Triola ihn zwecks näherer Bekanntschaft für dich auschecken?»

«Mooney», sagte ich, «zu der Party hatte jeder Zugang, Dees Plattenfirma hat sie veranstaltet. Ich habe mich nur gefragt, was er dort macht, das ist alles.»

«Hast du gesehen, daß er mit Brenda gesprochen hat? Mit sonst jemandem?»

«Ja. Mit mir.»

«Er ist ein Dreckskerl», sagte Mooney.

«Darum habe ich Jo Triola angerufen und nicht die Boy Scouts», sagte ich.

«Hast du deinen Freund schon nach ihm gefragt?»

«Ich habe Sam lange nicht gesehen.»

«Gut», sagte Mooney.

«Hättest du lieber, wenn ich etwas mit Dee Willis laufen hätte?»

«Tsss», gab Mooney von sich, «du bist unmöglich.»

20

Das soll das heißen, du weißt nicht, wo die Versandrolle geblieben ist? Ein meterlanges knallrotes Papprohr? Autsch!» Heißes Fett vom Speck in der Pfanne spritzte mir über den Arm, da ich vergessen hatte, die Flamme rechtzeitig klein zu drehen.

«*As der moygen is leydik der moyekh oykh leydik.*» – «Hohler Magen, hohler Kopf.» Auch dieses Sprichwort hatte meine jüdische Großmutter an meine Mutter weitergegeben. Es mußte wohl wahr sein. Mein Kopf fühlte sich tatsächlich hohl an, als ich Roz zuhörte.

«Beruhige dich», murmelte Roz. Das pflegte meine Mutter auch oft zu sagen, auf jiddisch und auf englisch. Natürlich nicht, wenn ich Speck briet. Meine Mutter, Gott hab sie selig, hätte einen Herzanfall bekommen, wenn jemand in ihrer koscheren Küche Speck gebraten hätte.

Speck gehört zu meinen Lieblingsspeisen. Alles, was nicht koscher ist, gehört zu meinen Lieblingsspeisen. Ich frage mich manchmal, ob das ein Zeichen für eine unbewußte Abneigung gegen meine Mutter ist – oder nur für ein gesundes Geschmacksempfinden.

Lemon, dieser kluge Kampfkunstlehrer, sagte gar nichts.

«Sie verschwand drinnen», berichtete Roz, «825, der Postbote brachte sie.»

«Und?»

«Weg war sie.»

«Was meinst du mit ‹weg›?»

«Ich und Lemon, wir haben beide nach der roten Rolle Ausschau gehalten.»

«Ja, und?»

«Und dann kam irgend so ein Typ heraus mit einem großen

Karton, einem riesig großen braunen Karton. Wie von einem Fernsehapparat oder so was.»

«Nein!» sagte ich.

«Nachdem er abgefahren war, sagte Lemon, er fände, der Karton sei aber erstaunlich leicht gewesen für seine Größe.»

«Genau», sagte ich, während ich Speckscheiben aufspießte und wendete.

«Ich bin zu dem Bürodienst hochgegangen, und die Rolle war weg. Ein Typ hatte sie zwanzig Minuten vorher abgeholt.»

«Weiter», sagte ich.

«Hör auf, mir mit der Gabel vor der Nase herumzufuchteln!»

Ich senkte die Gabel. «Nun?»

«Nun, das ist ein privater Postdienst, nicht wahr?» sagte Roz abwehrend. «Zuerst wollten sie mir gar nichts sagen. Dann meinte eins von den Dingern, wahrscheinlich eine Neue, der Typ wäre schon halb mit der Rolle aus der Tür gewesen, hätte sich aber auf einmal herumgedreht und gefragt, ob er einen Karton kaufen könnte, groß genug für die Rolle. Er hat den größten gekauft, den wir haben.»

«Clever», sagte ich. «Verdammt clever.»

«Dann schrie das kraushaarige Weibsstück das Mädchen an: ‹Wir sprechen nie über unsere Kunden!› Ich wurde rausgeschmissen.»

Ich fragte: «Und er fuhr einfach auf und davon?»

«Mit einem Kleinlaster.» Roz starrte auf das schmutzige Linoleum. «Und wir haben nicht einmal die Autonummer aufgeschrieben. Wir waren nicht an einem Typen mit einem Fernsehapparat interessiert.»

«Bist du sicher, daß es ein Kerl war?»

«Tja, nicht hundertprozentig.»

«Wie sah er oder sie denn aus?»

«Trug eine Mütze. Ich habe ihn nur von hinten gesehen. Dünn. Mit Turnschuhen. Ich bin ziemlich sicher, daß es ein Mann war, aber beschwören könnte ich's nicht.»

«Hinkefuß?»

«Hä?»

«Hat der Kerl, das Mädchen, na wer auch immer, gehinkt? Ist er komisch gelaufen?»

Roz sah Lemon an. Er sah sie an. «Ich – äh – ich glaube nicht», sagte sie dann kleinlaut.

«Verflucht.» Ich drehte die Flamme kleiner, schlug zwei Eier direkt in die Pfanne, fischte mit der Fingerspitze ein Stückchen Schale heraus.

Meine Mutter pflegte zuerst jedes Ei einzeln in eine kleine Glasschüssel zu schlagen, damit, falls etwas Schale hineingeriet oder, was Gott verhüten mochte, ein faules Ei oder eins mit Blutstelle im Eigelb dabei war, sie nicht wieder von vorn anfangen mußte.

Ich hatte gehofft, Dunrobie würde unbedacht in die Falle tappen und meine Liste von Musiklokalen – meine heutige Abendunterhaltung – überflüssig machen.

«Es tut mir aufrichtig leid.» Endlich sagte Lemon auch mal etwas, wobei er mit seinen hängenden Schultern zuckte. «Ich will die Zeit auch nicht bezahlt haben. Dabei kannst du mir glauben, das Geschäft läuft schlecht.»

Lemons «Geschäft» besteht außer im freiberuflichen Karateunterricht im Jonglieren und Hut-Herumreichen am Harvard Square. Das Hut-Herumreichen war nie lukrativ.

«Gehst du heute abend aus?» fragte ich Roz.

«Ja.»

«Gut.» Es wäre auch schade darum gewesen, wenn sie sich nur für mich so feingemacht hätte. Sie hatte ein phosphoreszierend limettengrünes T-Shirt an mit der Aufschrift: «Sailors get blown offshore». Dazu trug sie knallrosa Lycra-Leggins und orangefarbene hochhackige Schuhe. Diese Kombination paßte gut zu ihrem skunkgestreiften Haar.

«Und?»

«*The Rat*?» erkundigte ich mich und nannte einen ihrer Lieblingsschuppen am Kenmore Square, wo Gruppen mit solchen Namen wie «Slimeball Slugs on Meth» vor einem Publikum auftraten, das mit Hundeketten bekleidet war.

«*Rat*, *Roxy* und ein paar andere.»

Ich fragte: «Kannst du dich ein bißchen umhören nach einem Gitarristen namens Davey? Einsachtzig, weiß, mager. Schwerer Trinker. Drogenfreak. Wenn du einen Treffer landest, stell fest, ob sie seinen Nachnamen kennen.»

«Und der wäre?»

«Dunrobie. Aber behalt's für dich.»

«Dann arbeite ich also heute abend für dich?»

Ich zog ungläubig eine Augenbraue hoch. «Du willst, daß ich dich bezahle?» Ich konnte es ihr nicht verübeln, daß sie fragte. Die einzige Möglichkeit, mich zum Besuch eines dieser Lokale zu bewegen, wäre eine entsprechende Bezahlung. «Vergiß es», sagte ich.

«He», sagte sie jetzt, «ist doch einen Versuch wert. Keine Sorge. Ich frag nach dem Typen. Um die Panne von heute morgen wieder wettzumachen, okay?»

Ich ließ die Eier vorsichtig aus der Pfanne gleiten, wobei sie beide entzweigingen.

Und ich vergaß ganz, sie nach den Schlössern zu fragen.

21

Ich zog mich mehrere Male um, bis ich endlich das gefunden hatte, was für einen Zug durch diverse Bars das Passende war. Ich wollte ansprechbar aussehen, aber nicht so, als wenn ich's nötig hätte. Vor allem wollte ich nicht so aussehen, als würde ich anschaffen gehen, und Prostituierte sind kaum einzuordnen, da sie sich nicht an die Vorstellungen halten, die Fernsehregisseure von ihrem Äußeren haben.

Wenn Männer ohne Begleitung Bars betreten, heben sich nicht allzu viele Augenbrauen, aber als alleinstehende Frau muß man sich zu seinem Schutz ein bißchen was einfallen lassen. Die Kleidung einer Kellnerin wäre ideal. Oder eine Nonnentracht von der altmodischen Sorte, die alles verhüllt, natürlich mit Schleier.

Fehlt eine solche Rüstung, vermeidet man Ärger am besten dadurch, daß man mit Gefolge erscheint. Ich erwog meine Möglichkeiten. Mooney wäre entzückt, wenn er nicht gerade arbeitete. Aber Mooney sieht zu sehr nach dem aus, was er ist, und in seiner Gegenwart bekommt auch das willigste Klatschmaul leicht die Maulsperre. Meine zweite Möglichkeit war Sam Gianelli.

Ich habe Sam kennengelernt, als ich zum erstenmal ein Taxi für *Green & White* fuhr, noch zu Collegezeiten. Er stellte mich ein und lehrte mich vielerlei, wie zum Beispiel, daß man nie mit seinem Chef schlafen sollte. Ich stamme aus einer Polizistenfamilie; er stammt von Gangstern ab, und sein Papa ist ein stadtbekannter Mafioso. Das einzige, was wir gemeinsam haben, ist die alte Sache zwischen Mann und Frau, die ich nie begreifen werde. Sicher gibt es tausend Kerle, die besser für mich wären als ausgerechnet Sam Gianelli.

Was ich genau jetzt hätte brauchen können, wäre ein

zwanzigjähriger Leibwächtertyp, eiserner Junggeselle und ohne Absichten. Erholsam.

Was Sam braucht, ist eine unterwürfige italienische katholische Jungfrau, garantiert fruchtbar, damit Papa Gianelli einen Haufen Enkelkinder bekommt.

Wir waren beide schon einmal verheiratet. Ich war nach Cal davon geheilt; nie wieder. Sam hingegen ist gerade aus Italien zurückgekehrt, wo er die alte Verwandtschaft der Familie auf dem Land besucht hat. Einer der überraschenden Punkte auf seiner Tagesordnung war ein Besuch im Vatikan zwecks Annullierung seiner Ehe. Papa hatte das arrangiert; er glaubt noch fester an die Ehe als Sam.

Wenn ich als halbjüdische Geschiedene, die ich bin, tatsächlich Sam heiraten wollte, würde sein Vater mich bestimmt erdrosseln, zur Sicherheit auch noch erschießen und schließlich ins Bostoner Hafenbecken werfen lassen.

Ich beschloß, allein loszuziehen. Ich rief mir ein Taxi. Das ist billiger als ein Strafzettel oder Parkplatz.

Midnight the Kat's war die vierte Bar, die ich aufsuchte, nach *Harper's Ferry*, *Ryles* und *Dixie's*. Ich hatte mit Bier angefangen und war immer noch nüchtern, weil ich längst zu einem Clubsoda mit einem Spritzer Zitronensaft übergegangen war, einem Drink, der gut als Wodka-Tonic durchgehen kann.

Das *Midnight* ist in der Nähe der Auditorium Station. Ich kenne es noch aus der Zeit, als es *Vanity* hieß, das war vor langer Zeit, aber ich bin auch sehr jung zur Bluesszene gestoßen. Das *Vanity* war es, wo ich Reverend Gary Davis gehört habe, den unvergleichlichen Bluespriester in Person. Damals war er schon ein alter Mann. Dee hatte mir die Karten besorgt. Sie war seine Schülerin für fünf Dollar die Stunde, die im voraus zu zahlen waren, und die Stunde konnte den ganzen Tag andauern, wenn der Lehrer mit seinem Schüler zufrieden war.

Das *Midnight* ist halb Kneipe, halb Musikbar mit Bühne. Zuerst kommt man in die Kneipe, die mit Zigarettenrauch geschwängert ist, und geht dann drei breite Stufen zur Musikbar mit ihrem Holzdielenboden und wackeligen Tischen hinunter. Auf dem Schild über der Tür steht, daß die Feuerwehr 55 Personen zuläßt. Ich habe sie nie gezählt, aber ich denke, daß das Management jemanden schmiert, zumindest am Wochenende. Die Superstars kriegt man nicht in einen so kleinen Saal, nicht einmal die zweite Garde. Nur Leute auf dem Weg nach oben oder unten. Manche sind verdammt gut, und die Besten sind oft die auf dem Weg nach unten.

Ich ließ zum viertenmal meinen Regenmantel von den Schultern gleiten. Ich hatte mich wie gewöhnlich dafür entschieden, mich unauffällig anzuziehen. Die meisten meiner Schuhe haben flache Absätze, da ich meine 1,85 Meter nicht noch betonen möchte. In guten beigen Hosen, mit türkisfarbener Bluse und dezenter Weste kombiniert, dazu eine Goldkette um den Hals, sah ich, in meinen Augen wenigstens, wie eine Anlageberaterin oder Anwältin aus. Wie jemand, der zu früh erschienen war und nun auf die anderen wartete.

Ich schaute deutlich sichtbar auf die Uhr, um meiner Rolle zu entsprechen, und verglich sie mit der Wanduhr. Zehn vor zwölf. Dann nahm ich mit einem Seufzer an der Bar Platz. Ich bestellte bei einem Mann mit haarigen Armen und einer Ankertätowierung mein Clubsoda. Im Fernsehen lief eine Sportsendung, aber das Spiel der Red Soxs war wegen Regen unterbrochen, und die Schiedsrichter wollten es um ein Uhr abbrechen, falls der Regen anhielt. Der Sportreporter wurde von der Musik übertönt, einer gefühlsduseligen Version von «Kind Woman». Hinter der Bar befand sich der Schaltkasten zur Kontrolle der Bühnenverstärker und der übrigen Tontechnik. Lichter blitzten im Einklang mit dem An- und Abschwellen der Musik.

Die Bühne war eine unregelmäßig geformte Plattform in der hintersten Ecke des Raums und wurde von drei kleinen Scheinwerfern beleuchtet, die an einem tiefhängenden Stahlrohr befestigt waren. Kabelschlaufen ringelten sich um das Rohr herum und verschwanden in der abgehängten Decke.

Ich fragte den Barkeeper mit den haarigen Armen, wer heute nacht spielte. Er warf sich in Positur und schaute auf einem Aushang an der Wand hinter sich nach, einem Kalender mit so kleiner Schrift, daß er die Augen zusammenkneifen mußte.

«*Windshear*», sagte er. «Neue Gruppe. Der erste Auftritt kommt gleich. Fängt in ungefähr 15 bis 20 Minuten an.»

Ich nippte an meinem Getränk und betrachtete die Leute, bis ein junger Mann kam, an den Mikrofonen herumfummelte, um sicherzustellen, daß die Kabel alle in den richtigen Buchsen steckten, und die Boxen zu beiden Seiten der Bühne überprüfte.

Er hatte lange, zu einem Pferdeschwanz zusammengebundene Haare und trug schwarze Jeans und ein verwaschenes schwarzes T-Shirt. Er kam mir bekannt vor, aber das lag wohl daran, daß ich in den letzten vier Bars mit jemand ähnlichem wie ihm gesprochen hatte.

Das Publikum hatte gewechselt. Jetzt waren nicht mehr die Büroflüchtlinge der ersten Stunden da, sondern jüngere Leute, die mehr zum Anschauen als passend für die stickige Augustnacht gekleidet waren. An der Bar saßen ein paar entschlossene Trinker, vielleicht Geschäftsleute, die fern von zu Hause waren, doch niemand war offenkundig voll. Einige Stammgäste nannten den Barkeeper «Artie».

Der Pferdeschwanztyp brachte eine Gitarre heraus und stellte sie links auf der Bühne auf einen Ständer.

Ich stand auf, um mir das Instrument anzusehen.

«He», sagte er, «Vorsicht.»

«Ist das ein *DeArmond*-Pick-up?» fragte ich und trat einen Schritt von der Gitarre zurück, einer guten alten *Gibson* SJN, nachträglich mit elektrischem Pick-up ausgerüstet.

«Ja», sagte der Typ.

«Deine?»

«Schön wär's.»

«Gehörst du zur Band oder zum Haus?»

«Band», erwiderte er und plusterte sich ein wenig auf. «Ich bin am Keyboard. Spiel den Synth, den Mini-Moog, alles.»

«Ich Gitarre.»

«Hier in der Gegend?»

«Ja. Hier und da.»

«Haste auch so 'n schönes Teil?»

«'n gutes», sagte ich.

Wir sprachen über Marken und Leute, die wir kannten, bis ich sein Vertrauen hatte. Ich fragte ihn, ob er Chris Smither im *Johnny D's* gehört hätte und wann die Gruppe *Zydeco* das letzte Mal hier war, und dann fragte ich ihn, ob er einen Davey kennen würde, der eine große alte *Gibson Hummingbird* spielte.

Wenn Davey irgend etwas aus seinem Voralkoholikerleben behalten hatte, dann das. Er war in diese Gitarre vernarrt.

Vielleicht mußte ich Pfandleihen und Läden für Gebrauchtinstrumente abklappern...

«He», sagte der Typ, «soll das ein Witz sein?»

«Nein.»

«Ich kenne einen, der eine *Hummingbird* spielt, aber keinen Davey.»

«Und wer ist das?»

«Spielt vorwiegend Baß», sagte er. «Cal. Der Nachname klingt irgendwie französisch. Er gehört zur Band.»

22

Ich bestellte einen schnellen doppelten Bourbon bei dem haarigen Barmann und trug ihn zum kleinsten Tisch, den ich finden konnte. Einen der zwei Stühle schob ich zu einem Sechsertisch hinüber, in der Hoffnung, daß auch sieben dort sitzen könnten und ich meine Ruhe hätte. Pflanz deinen Hintern an einen Tisch, wo ein zweiter leerer Stuhl steht, und irgendein Typ kommt zum Plaudern an. Es ist fast schon eine formelle Einladung.

Ich nahm einen Schluck Whiskey. Ich wollte allein sein, wenn das Licht ausging, und nicht vollkommen nüchtern.

Auch wenn er eine Schönheitsoperation hinter sich gehabt hätte, ich hätte ihn wiedererkannt. Ich brauchte nur die Hände am Baß zu sehen, nur die Hände, und ich würde sie erkennen.

Zu meiner Überraschung hatte er sich kaum verändert. Sein Haar war kurz, der Bart ab. Warum hatte er bloß den Schnurrbart behalten? Unwichtige Frage.

Wie hatte ich annehmen können, ich wüßte es, wenn er wieder in der Stadt wäre? Wie hatte ich annehmen können, Dee würde Bescheid wissen und es mir sagen? «Er ist schon lange weg», hatte sie gesagt, das war alles. Den Rest hatte ich selbst dazugedichtet, hatte eine eigene Geschichte gestrickt, die mir paßte: daß er auf Tournee abgesprungen war und sich an der Westküste niedergelassen hatte. Warum hatte ich ihn denn in Kalifornien angesiedelt? Vielleicht hatte er ein-, zweimal davon gesprochen, daß er gern nach Los Angeles gehen, Aufnahmen machen und sich in der Sonne aalen würde.

Ich bestellte bei einer Kellnerin mit taillenlangem braunem Haar noch einen Drink. Ich brauchte eine Weile, bis sie mich überhaupt wahrnahm. Sie hatte nur Augen für die Band und vor allem für Cal. Ich bin nie darüber hinweggekommen in der kurzen Zeit unserer Ehe, über die Art und Weise, wie Frauen ihn anstarren, genauso, wie ich ihn jetzt anstarrte.

Er trug ein schwarzes kurzärmeliges T-Shirt, so eng, daß sich Muskeln und Rippen abzeichneten. Ich musterte seine Arme sorgfältig. Er hatte zum Schluß nie mehr kurze Ärmel getragen, jedenfalls nicht, seit er Kokain fixte. Er hielt den linken Arm immer noch merkwürdig, unbeholfen, um mehr Daumenreichweite zu haben, wie er immer sagte, mehr Kraft im Griff. Bei seinem ersten Solo fiel das Scheinwerferlicht auf die Perlmutteinlage auf seinem Baß. Es war der gleiche Baß, den er immer gehabt hatte. Ich war erstaunt, daß er ihn nicht versetzt hatte, um Dope dafür zu kaufen.

Es war, als spielte er allein für sich im Schlafzimmer. So spielte er immer, so, als wäre er allein auf einer einsamen Insel, nur er und sein Song. Er hatte die Augen halb offen, hätte aber ebensogut blind sein können. Er sah die Kellnerin gar nicht. Er sah mich nicht. Er ging ganz in der Musik auf.

Ich hörte mir die drei langen Auftritte der Band bis zum Ende an. Der Leadgitarrist, ein Typ mit einem Taschentuchstirnband und dünner Tenorstimme, war bei weitem nicht so gut, er war zu sehr in seine Technik vernarrt. Er betätigte unentwegt das Whammy-Pedal, verzerrte die Töne und ließ Klänge auf und ab heulen, die eigentlich nicht heulen sollten. Er gehörte zu der Sorte von Gitarristen, die gern ihre Vierundsechzigstelnoten vorführen, obwohl Sechzehntel für das Stück reichen.

Windshead hatte keinen Eindruck auf mich gemacht; sie hatten noch keinen Sound gefunden, nur vier Musiker: Gitarre, Baß, Keyboard und Drums. Kein Blitz schlug ein. Sie spielten üblichen Blues und klassischen Rock 'n' Roll.

Nichts Heißes bis zum letzten Solo von Cal, und da war ich mir nicht sicher, ob auch das übrige Publikum den plötzlichen Temperaturanstieg merkte oder ob die Glut bei mir anfing und aufhörte, die mir langsam von den Zehenspitzen bis in die Wangen stieg. Ich glaube längst nicht mehr an den Märchenprinzen, aber wenn meiner doch einmal dasteht, wird er mit Sicherheit keine Glaspantöffelchen tragen oder auf einem weißen Roß reiten. Er wird Baß spielen wie Cal Therieux. Volltönend in einem rauhen Bariton singen und immer jeden Ton treffen.

Ich versuchte, mich wieder aufs Geschäft zu konzentrieren, und fragte mich, wann Cal wohl Daveys alte *Hummingbird* erstanden hatte.

Schwer zu sagen, es sei denn, ich fragte ihn.

23

Gegen Ende des letzten Auftritts wurde mir bewußt, daß ich überlegte, was der Knigge einem hinsichtlich eines geschäftlichen Gesprächs mit einem Exehemann raten würde.

Wahrscheinlich, ihn nicht bei einem Auftritt zu beobachten, wenn einen sein Spiel noch immer antörnt. Ich versuchte, nicht auf Cals Hände zu achten, was unmöglich war.

Als die Zugabe unter spärlichem Applaus zu Ende ging, drängten sich die letzten Zuhörer durch eine Dunstglocke aus Zigarettenrauch hinaus, blieben am Ausgang stehen und machten ihre Regenschirme auf. Ich lauschte darauf, wie der Regen auf den Bürgersteig prasselte. Die Kellnerin gähnte, als sie meinen Tisch abräumte.

Cal stritt sich mit dem Leadgitarristen. Er streckte den Arm aus, zog die A-Saite des Typen an und schnitt eine Grimasse bei dem schrägen Klang. Der Keyboardmann mit dem Pferdeschwanz warf mir einen Blick zu, als ich dastand, und raunte Cal etwas zu, der daraufhin den Blick zu mir wandte und dabei die Augen gegen das grelle Scheinwerferlicht beschattete.

«Carly?»

Niemand nennt mich Carly. Niemand hat das je getan, nur Cal.

«Hi», sagte ich und atmete tief aus.

Es gab eine Pause. Er hatte auch nicht gelesen, was im Knigge über ein Gespräch mit einer Exehefrau steht.

«Wie geht's dir denn?» fragte er schließlich und brauchte doppelt so lange wie nötig, um seinen Gitarrengurt auszuhaken. Er war aus fein bearbeitetem Leder. Ein Geschenk von mir.

«Gut.» Ich ging die zwei Stufen zur Bühne hoch und achtete genau darauf, nicht über ein Kabel zu stolpern. «Und dir?»

«Gut.»

Wieder eine Pause. Cal verstaute seinen Baß in einem Koffer.

«Darf ich dich zu einem Drink einladen?» fragte ich.

«Nein.»

«Wirklich nein?» fragte ich wieder.

«Jedenfalls nicht hier», sagte er. «Hier wird so schnell abgeschlossen, daß ich manchmal noch den Fuß in der Tür habe.» Dann senkte er die Stimme, aber so, daß der neugierige Keyboardspieler es nicht mitbekam. «Aber auch nirgendwo anders.»

Mit pikierter Stimme sagte ich: «Das letzte Mal, als wir uns gesehen haben, hast du keinen Drink ausgeschlagen.»

«Na ja, gut, aber jetzt bin ich trocken und clean», sagte er. «Absolut. Seit zwei Jahren und zwei Monaten.»

«Toll», sagte ich und meinte es auch. «Hör zu, das mit dem Drink ist mir egal. Ich möchte mit dir reden.»

«Hier nicht. Und auch nicht bei mir.»

Ich überlegte, ob er mit jemandem zusammenlebte oder sogar verheiratet war.

«Deine Nummer steht nicht im Telefonbuch.»

«Ich habe kein Telefon», sagte er.

«Ich wünschte, ich hätte gewußt, daß du in der Stadt bist. Hätte mir das Leben leichter gemacht», sagte ich.

«Ja, aber das ist doch nicht meine Sache, oder?»

Zwei Kellner stapelten die Stühle auf die Tische. Ebenso schnell, wie sie sie hochstellten, fegte die Kellnerin darunter her. Der Barkeeper sah auf die Uhr.

Es gibt nicht allzu viele Bars in Boston, die man um zwei Uhr morgens aufsuchen könnte. Wir sind hier nicht in New Orleans.

«Vielleicht könnten wir einen Spaziergang machen», schlug ich vor.

«Na schön.»

Ich gehe gern nachts spazieren. Regen hält mich nicht ab. Ein Wolkenbruch schon. Der Wind trieb Wasser vom Bürgersteig in meine Schuhe und verwandelte meinen Regenschirm in ein unnützes Segel. Cal, ohne Schirm oder Regenmantel, zog den Reißverschluß seiner Jeansjacke zu und steckte die Hand, die den Baß nicht umklammerte, in die Tasche.

«Kennst du irgendein Lokal, das noch offen ist?» brüllte ich gegen den Sturm an. «Wo es Doughnuts gibt? Oder was zu essen? In allen durchgehend geöffneten Lokalen, die ich kenne, hängen Cops rum.»

«*Du* willst mit mir reden», sagte Cal, dem Regen vom Kinn tropfte, teilnahmslos.

Ich versuche immer, aus reiner Firmentreue ein *Green & White*-Taxi anzuwinken, aber diesmal nahm ich das erste beste, eins von den Gelben, an dessen Steuer ein Haitianer saß, der mit halber Geschwindigkeit daherzuckelte.

Cal, der mit mir auf dem Rücksitz saß, seine Baßgitarre zwischen den gespreizten Beinen, kam mir wie ein Fremder vor; alles, was mir noch von unserer Ehe in Erinnerung war, erschien mir wie etwas, das ich in einem Buch gelesen hatte, als wäre es jemand anderem passiert.

Ich nannte dem Taxifahrer meine Adresse.

«Wie bist du denn clean geworden?» fragte ich.

«Durch AA.»

«Ich dachte immer, bei den Anonymen Alkoholikern müßte man an Gott glauben.»

«An eine höhere Macht. Hat mich zu Anfang etwas gestört, aber die Wahl war eigentlich recht einfach: Glaub an was oder ende in irgendeinem stinkenden Loch mit einer Nadel im Arm. Aids hat mich absolut in Panik gebracht. Ich bin immer davon ausgegangen, daß ich jung sterbe, aber so auch wieder nicht.»

«Lieber ein Motorradunfall», bemerkte ich mit hochgezogener Augenbraue.

«Ja», sagte er, «mit Glanz und Gloria. James Dean. Dick Fariña. Statt dessen bin ich zu den Anonymen Alkoholikern gegangen.»

«Toll», wiederholte ich.

«Und spiele Baß mit jedem, der dafür bezahlt.»

Für die restliche Fahrtdauer sprachen wir nicht mehr. Die Scheibenwischer schlugen in einem gleichmäßigen Rhythmus hin und her. Ich bezahlte den Fahrpreis.

Ich hatte meine Zweitschlüssel in der Gesäßtasche. Mein Haar war völlig durchweicht, als ich endlich alle Schlösser aufhatte.

«Ja», sagte Cal und tropfte den Dielenteppich naß. «Daran erinnere ich mich noch. Schön hier. Groß.»

Ich stellte meinen Regenschirm in den Ständer und schlüpfte aus meinen durchnäßten Schuhen.

«Kann ich auch meine Schuhe ausziehen?» fragte Cal.

«Klar», sagte ich.

«Kann ich die Gitarre hier stehenlassen? Der Kasten ist naß.»

«Laß sie da», sagte ich. «Ich hole Handtücher. Bin gleich zurück.»

«Deine Tante hätte Zeter und Mordio geschrien bei all dem Wasser auf dem Fußboden.»

«Stimmt, aber ich bin nicht meine Tante.»

Ich raste nach oben zum Wäscheschrank und zerrte zwei türkisfarbene Handtücher heraus. Ich bückte mich, um eins davon wie einen Turban um meinen Kopf zu schlingen, und ging zum Badezimmer.

Es war das erste, worauf mein Blick fiel, als ich durch die Tür trat. Quer über den Spiegel hatte jemand in krakeligen Druckbuchstaben blutrot die Worte «Halt dich raus» geschrieben. Lippenstift, stellte ich fest. Der Fußboden war übersät mit zerbrochenen Arzneifläschchen und den verschiedensten Tabletten. Hustentropfen liefen über die Fliesen.

Ich rannte hinunter.

«In Handtüchern hast du schon immer gut ausgesehen», sagte Cal.

Ich hastete an ihm vorbei ins Wohnzimmer. Das Sofa war umgekippt worden; jetzt war das eine wackelige Bein doch abgebrochen. Cal muß mir gefolgt sein. Ich hörte, wie er nach Luft schnappte.

«Ruf die 911», sagte ich.

«Womöglich ist noch jemand hier.»

«Ruf die 911», wiederholte ich.

«Was zum Teufel hast du denn mit dem Ding da vor?»

Während er wählte, hatte ich die obere linke Schublade meines Schreibtisches aufgezogen und meine .38er aus ihrer Unterhemdhülle gewickelt.

«Ich wollte nur sicher sein, daß sie nicht gestohlen worden ist», schnauzte ich.

«Fehlt irgendwas?» fragte er.

Ich drehte mich langsam im Kreis, die .38er auf den Fußboden gerichtet. Tante Beas Beistelltische aus Mahagoni waren zu Bruch gegangen. Der alte Perserteppich sah aus, als wäre ein neues Muster auf ihm erblüht. Die leeren Gläser in der Nähe – Erdnußbutter, Senf, Ketchup – ließen darauf schließen, womit der Künstler sein Werk vollbracht hatte. Das Zimmer stank; es kam wohl noch schlimmer. Urin. Vielleicht sogar Kot.

«T. C.!» rief ich, während Cal der Polizei von Cambridge meine Adresse durchgab.

Ich sprintete nach oben, die Waffe umklammert. Es gibt nicht viel, was mir in diesem Haus am Herzen liegt. Aber T. C., mein Kater, gehört dazu. Komisch, daß ich zuerst an ihn und nicht an Roz dachte. Vielleicht auch ganz normal. Roz mit ihrem Karatetraining kann selbst auf sich aufpassen. Und Roz war außerdem diejenige, die die verdammten Schlösser an der Tür auswechseln sollte.

Ich suchte Zimmer für Zimmer ab und war mir bewußt, daß das den Cops überlassen bleiben sollte, daß ich jede nötige Vorsicht vermissen ließ. Mir war nicht mehr nach Vorsicht. Mir war danach, denjenigen zu fassen, der Tante Beas sorgsam polierte Beistelltische in Stücke gehauen und ihren hochgeschätzten Perser in einen wertlosen Lappen verwandelt hatte – ihn zu fassen und ihm weh zu tun.

Nicht zu töten. Ihm weh zu tun. Und zwar sehr.

Ich hörte ein Geräusch unten auf der Treppe und drehte mich auf dem Absatz herum. «Carly, sie sind auf dem Weg.»

«In zehn Minuten da, richtig?» Das sagen sie immer.

«Kannst du mir einen Gefallen tun?»

«Was denn?»

«Leg die Kanone weg.»

«Du mir auch?»

«Ja?»

«Nenn mich Carlotta.»

«Du hast die Kanone, ich nenne dich, wie du willst.»

Ich ließ sie sinken; ich war wütend und kam mir blöd vor. «Verflucht noch mal», sagte ich, «verfluchte Scheiße.»

T. C. kam aus dem Wäscheschrank gesprungen und flitzte zu mir herüber. Er maunzte und kratzte nicht einmal, als ich ihn hochnahm.

«Komm runter», sagte Cal, «ich lade dich zu einem Drink ein.»

24

Die Cops trafen erst nach zwanzig Minuten ein. Sie kamen zu zweit, ein sogenanntes Salz-und-Pfeffer-Team, einer schwarz, der andere weiß. Sie hätten auch Dick und Doof heißen können. Der Weiße war so fett, daß ich mich fragte, wieso er nicht schon bei der Musterung durchgefallen war, es sei denn, sie hatten ihn mit seinem dünnen Partner zusammen gewogen und durch zwei geteilt. Sie ließen Cal und mich draußen im Regen warten, während sie, genauso wie ich, schon mit gezogenem Revolver Zimmer für Zimmer durchsuchten. In sich hineinlachend, kamen sie wieder herunter, als sei es das Lustigste, was sie in dieser Nacht erlebt hatten.

Nachdem sie überall schmutzige Stiefelabdrücke hinterlassen hatten, riefen sie uns in mein Wohnzimmer. Der Dicke zog ein Formular hervor und gab es dem Dünnen, der es auszufüllen begann.

Ich hatte nichts anderes erwartet. Es war spät. Und für sie war es nichts weiter als ein ganz normaler Einbruch. Einbrecher mögen die Gegend.

«Nehmen Sie die Fingerabdrücke nicht auf?» fragte Cal. «Keine Fotos? Haben Sie den Spiegel im Badezimmer gesehen? Himmel noch mal, sie ist bedroht worden!»

«Zeugen?» fragte der dicke Polizist ruhig und sah Cal gerade in die Augen.

«Der Kater», sagte ich. «Er war im Schrank versteckt.» Der hastig getrunkene große Schluck Scotch tat mit dem früheren doppelten Bourbon und dem noch früheren Bier zusammen seine Wirkung.

«Freund? Ehemann?» fragte der dünne Polizist mit einem Nicken in Cals Richtung.

«Ja», sagte Cal widerwillig. «Ex.»

«Haben Sie irgend etwas hiermit zu tun?» fragte der dicke Polizist.

«Um genau zu sein, nein, habe ich nicht.»

«Manche Typen sind so, sie arrangieren so was. Wollen der kleinen Frau beweisen, daß sie's allein nicht schafft.»

«Ist das die Art, wie Sie Leuten helfen, mit ein bißchen Groschenblattpsychologie?» wollte Cal wissen.

«Hat irgend jemand Grund, auf Sie sauer zu sein?» fragte mich der schwarze Cop. «Haben Sie jemanden gefeuert? Jemandem auf die Füße getreten?»

«Ich?» fragte ich unschuldig zurück. «Ich, die kleine Frau?»

«Es waren Jugendliche», sagte der Dickwanst beschwichtigend. «Das machen sie immer. Haben den Lippenstiftgag wahrscheinlich im Fernsehen gesehen. Ein Wunder, daß sie drei Wörter richtig geschrieben haben. Erdnußbutter und Marmelade auf dem Teppich. Auch Scheiße, falls sie nicht vom Kater ist. Die Gören haben keinerlei Respekt vor Privateigentum.»

«Glassplitter», bemerkte der schwarze Polizist kopfschüttelnd und schlurfte durchs Wohnzimmer. «Die haben wahrscheinlich einen Stein in Ihr Fenster geschmissen und sind eingestiegen. Gute Schlösser, die konnten sie nicht aufkriegen. Die Fenster müssen Sie wohl für heute nacht vernageln lassen. Kennen Sie den 24-Stunden-Notdienst?»

«Ja», sagte ich und fragte mich, ob einer der Cops wenigstens irgend etwas an dem Einbruch merkwürdig finden würde.

«Ihre Versicherung kommt wahrscheinlich für den Glasbruch auf», sagte der Weiße. «Machen Sie Fotos.»

«Tu ich», erwiderte ich. Ich wollte sie plötzlich nur noch aus dem Haus haben. Ich brauchte Zeit zum Nachdenken. «Gute Nacht. Danke dafür, daß Sie so schnell gekommen sind», sagte ich.

Cal starrte mich an, als wäre ich geistesgestört.

«Tut mir leid, daß das passiert ist», sagte der schwarze Cop. «Machen Sie 'ne Liste von allen gestohlenen Gegenständen und reichen Sie sie im Revier ein. Und eine Fotokopie davon für Ihre Versicherung.»

Ich sagte noch irgend etwas über das lausige Wetter und all die widerlichen Kerle, die in einer Nacht wie dieser unterwegs seien.

Solange es die Hitze vertreiben würde, hätten sie nichts dagegen, sagten sie. Dann machten sie sich davon.

«Was ist hier eigentlich los, Carly?» fragte Cal und durchbohrte mich förmlich mit seinem Blick.

«Carlotta», verbesserte ich ihn geistesabwesend. «Hör

mal, willst du nicht nach Hause gehen? Wir können morgen weiterreden.»

«Ich stehe viel zu sehr unter Strom, um jetzt nach Hause zu gehen. Ich helfe dir, das Glas aufzulesen.»

«Ach ja», sagte ich, «das Glas.»

«Was ist damit?»

«Siehst du viel Glas in diesem Zimmer?»

«Nee.»

«Das liegt daran, daß die Fenster von innen eingeschlagen wurden.»

«Von innen?» wiederholte Cal.

«Ja», sagte ich. «‹Aber wie sind die kleinen Bösewichte denn hier reingekommen?› haben die Cops gefragt.»

«Haben sie nicht.»

«Stimmt, aber wenn sie's getan hätten, hätte ich es ihnen sagen können.»

«Sag's mir.»

«Sie hatten meine Wohnungsschlüssel.»

«Vielleicht solltest du die Cops zurückrufen», sagte Cal nach einer langen Pause.

«Vielleicht solltest du nach Hause gehen», sagte ich.

«Und du solltest den 24-Stunden-Notdienst anrufen.»

Ich hatte die Cops angelogen. Ich kannte keinen 24-Stunden-Notdienst zum Fenstervernageln. Ich kenne Gloria, die den Taxifunk bei *G & W* managt. Und Gloria hat drei Brüder, von denen der jüngste aus der Footballnationalmannschaft geflogen ist, weil er zu rüpelhaft spielte. Sie erledigen alles zu jeder Stunde. Ich erkundige mich nie allzu genau nach ihrer derzeitigen Arbeitsstelle.

Ein SOS an Gloria, und sie kamen. Sie nagelten die Fenster mit zentimeterdickem Sperrholz zu, fluchten auf das Sauwetter und sagten mir, am Morgen käme einer mit dem Glas.

Ich spendierte ihnen den Rest der Flasche Scotch von Roz. Ich fand, daß sie mir das schuldig war, weil sie die Schlösser nicht gleich hatte auswechseln lassen. Während die Brüder hämmerten, half Cal mir bei der Inventur und beim Saubermachen. Nicht, daß noch viel zu machen gewesen wäre. Der Teppich mußte in die Reinigung. Wir kamen zu dem Schluß, daß es mehr schaden als nützen würde, ihn mit Hausmittelchen zu behandeln, deshalb rollten wir ihn mit dem ganzen Dreck zusammen und stellten ihn aufrecht in den Hausflur.

Ich fütterte den Kater. Seine Fancy-Feast-Dosen waren unberührt geblieben, und ich fühlte mich gleich besser, als ich sah, wie er sich, ein Sinnbild der Ruhe, in seiner ganz speziellen Ecke niederließ.

Eine Fünfpfundtüte Mehl war mitten auf dem Küchenfußboden ausgeleert worden. Der Angreifer – genauso stellte ich ihn mir vor, als Angreifer – hatte noch zwei Dosen Kirschen und eine große Plastikflasche Ahornsirup über den Mehlhaufen geschüttet. Dann war er mit dem Besen hindurchgefahren, um das klebrige Zeug gut zu verteilen, ehe es fest wurde.

Im Wohnzimmer hing Cals Jeansjacke am Garderobenständer, seine nassen Socken über der kalten Heizung. Wegen der Glasscherben hatte er seine Schuhe wieder angezogen. Er hatte das Sofa auf die restlichen Beine gestellt. Das türkise Handtuch hatte er wie ein Boxer über die Schultern gelegt; sein Haar war naß und strähnig von Regen oder Schweiß. Er hielt mein silbergerahmtes Foto von Paolina in den großen Händen, las die Glassplitter davon ab und wandte sich mit fragendem Blick an mich.

«Meine kleine Schwester», erklärte ich.

«Ich dachte schon, sie wäre deine Tochter.»

«Von der Big-Sisters-Organisation.»

Er stellte das Foto wieder hin und glitt vorsichtig mit der

Hand über den hölzernen Kaminsims. «Du bist nicht verheiratet?» fragte er.

«Nein. Und du?» fragte ich zurück.

«Nein.»

Er begann, einen weiteren Müllsack mit Trümmern zu füllen. Ich mußte daran denken, wie er nach Konzerten war – durch Adrenalinüberschuß in natürlicher Hochstimmung. Deshalb würde er trinken, hatte er mir gesagt. Deshalb nähme er Drogen. Er mußte da runterkommen, mußte wieder vom Konzert-High runterkommen. Er war zu aufgedreht, um schlafen zu können, und doch müde, so müde.

«Passiert dir das oft?» fragte er.

«Nein.»

«Und ich dachte, *ich* hätte einen Scheißjob», sagte er.

«Setz dich», sagte ich.

«Nein. Nein, es geht schon. Vielleicht sollte ich einen Nachtjob als Gebäudereiniger annehmen, wenn ich mit dieser miserablen Band gespielt habe. Die Gruppe ist erst seit knapp einem Monat zusammen, und schon jetzt bin ich sie leid. Roger, der Leadgitarrist, könnte nicht mal in einem Waschbretttrio bestehen.»

Ich mochte nicht sitzen, während er auf und ab ging, und so hob ich die Scherben eines Tonkruges auf und warf sie in eine Tragetasche. Zumindest hatte niemand die Polster aufgeschlitzt. Warum auch? Niemand hatte versucht, hier etwas zu finden. Sie wollten mich bloß abschrecken.

Von was?

«Dein Solo im dritten Auftritt war gut», sagte ich zu Cal, dankbar für seine Hilfe und seine Gesellschaft. Roz war noch nicht von ihrer Kneipentour zurück. Vielleicht kam sie auch gar nicht. Jedenfalls nicht vor Tagesanbruch.

«Ja», sagte er. «Wenigstens einmal in der Nacht was Richtiges.»

«Du könntest doch eine bessere Gruppe finden», meinte ich.

«Aber sicher. Die Leute suchen ja auch alle einen Exdrogie als Bassisten», sagte er. «Sie stehen Schlange. Spielst du viel?»

«Nur zum Üben», sagte ich.

«Hast du immer noch deine *National*?»

«Unter dem Bett», erwiderte ich. Und wünschte, ich hätte das Wort «Bett» nicht erwähnt. Es klang in meinen Ohren lauter, als es sollte.

«Ich spiel dir was vor», sagte er etwas zu beiläufig.

«Hier geht's ums Geschäft, Cal. Diese ganze Schweinerei, dieser Einbruch, das hat was mit einem Fall zu tun, an dem ich gerade arbeite.»

«Soll das heißen, es hat was mit mir zu tun?»

«Du kannst mir vielleicht helfen.»

«Warum sollte ich?»

«Aus alter Freundschaft», sagte ich.

Er hockte sich nieder und warf Porzellanscherben in einen Sack. «Weißt du noch, wie wir uns hier reingeschlichen haben, als deine Tante noch lebte? Bevor wir geheiratet haben? Sie wußte, was wir vorhatten, die gute alte Bea. Sie war nicht so blöd.»

«Ja», sagte ich, «ich wußte, daß sie es wußte, und sie wußte, daß ich wußte, daß sie es wußte, aber wir mußten ja den Schein wahren, stimmt's? So 'ne Art Generationsproblem.»

Er stand auf. «Hast du irgendwelche älteren Generationen im Haus?»

«Nein.»

«Schön, wollen wir tanzen?» Er drehte sich abrupt zu mir um und stieß die Worte geradezu herausfordernd hervor.

Das waren die ersten Worte, die er zu mir gesagt hat, am

Tag nach meinem 19. Geburtstag. Wir waren in einem Konzert. Niemand tanzte. Es gab nicht einmal eine Tanzfläche.

In unserer Sprache der Verliebten wurde dieses «wollen wir tanzen» ein Kürzel für etwas viel Intimeres.

«Hier mittendrin?»

«Niemand ist verletzt worden, nicht einmal der Kater. Das sollten wir feiern.»

«Ich könnte mir denken, daß du seit mir viel getanzt hast», sagte ich.

«Ich könnte mir denken, du auch», sagte er. «Ich bin gesund. Geprüft und attestiert.»

«Ich auch», sagte ich, «kerngesund.»

«Ich benutze Kondome, falls es gewünscht wird.»

«Wartet zu Hause jemand auf dich, Cal?»

«Nur Ratten und Kakerlaken.»

«Keine Frau, die uns beide morgen früh haßt?»

«Nein.»

«Schwörst du's?»

Er berührte meine Wange mit schwieligen Fingerspitzen, und das Gefühl breitete sich aus bis zum Nacken und explodierte.

«Ich muß Davey Dunrobie finden», sagte ich.

«Heute nacht noch?» fragte er sanft, den Mund nur Zentimeter von meinem entfernt. «Jetzt sofort?»

«Nein.»

25

Ich wachte langsam auf und wunderte mich, warum mir so warm war. In einer schwülen Augustnacht pflegte ich nicht einmal ein T-Shirt im Bett zu tragen, geschweige denn mich mit der Steppdecke zuzudecken. Noch halb im Schlaf versuchte ich, das schwere Gewicht beiseite zu schieben.

Ah. Ich hielt mitten im Schieben inne. Keine Steppdecke. Ein Mann...

Vom Whisky der vergangenen Nacht war meine Zunge pelzig. In heißen Sommernächten schlafen Sam und ich in seinem Apartment am Charles River Park in vollklimatisierter Glückseligkeit.

Nicht Sam, sondern Cal, mein Exmann.

Cal, mein Exmann, bewegte sich, stöhnte im Schlaf und rollte sich auf das Kissen neben mir. Ich streckte mich vorsichtig. Wie ich feststellen konnte, fühlte sich außer meiner Zunge alles großartig an.

«Schlaf nie mit deinem Exehemann.»

Ich tröstete mich mit dem Gedanken, daß meine Großmutter auch nicht im Traum auf eine solche Situation gekommen wäre und deshalb auch kein passendes jiddisches Sprichwort an meine Mom weitergegeben haben konnte.

Meine Weste baumelte von einer Stuhllehne. Meine Strumpfhose steckte am Griff der Nachttischschublade. Unsere übrigen Kleidungsstücke lagen über den Fußboden verstreut. Meine Schuhe waren nicht zu sehen.

Der Regen. Nasse Schuhe im Hausflur. Nein. Wir hatten unsere Schuhe wieder angezogen wegen der Glasscherben.

Das Glas! Ich setzte mich schnell auf. Verdammt, wie spät mochte es sein? Ob wohl jeden Augenblick ein Lastwagen voller Glaser hier eintraf?

Cal ächzte leise und zerrte am Laken. Ich berührte seinen Arm. Sein Körper mit den schmalen Schultern war gut gealtert; er war magerer, fester. Letzte Nacht hatte meine forschende Hand eine Narbe unterhalb seines flachen Bauches ertastet.

Von einer Blinddarmoperation oder Kneipenschlägerei. Ich würde ihn mal fragen müssen.

Ich ließ mich sachte nackt aus dem Bett gleiten, ging zum Telefon hinüber und wählte in aller Eile. Ich sprach leise, war jedoch ziemlich sicher, daß diese Vorsichtsmaßnahme unnötig war. Der Cal von früher konnte selbst ein Gewitter verschlafen.

«Mooney?» Ich hatte Glück; schon beim zweiten Klingeln war er dran.

«Ja?»

«Gehst du eigentlich nie nach Hause?»

«Woher kommt dieses plötzliche Interesse an meinem Privatleben?»

Ich wechselte schnell das Thema. «Irgend etwas Neues mit der Obduktion der Bassistin?» Wenn sich die Cops mit einem Selbstmord zufriedengeben, bestand meines Erachtens kein Grund, etwas aufzurühren, eingeschlagene Fenster hin und her.

«Sieht nicht gut aus für deine Freundin.»

«Was soll das heißen?»

Ich konnte Papier rascheln hören. «Ich werde es dir aus dem Bericht der Pathologie in die Umgangssprache übersetzen», murmelte er. «Ah, hier ist es. Sieht so aus, als hätte es unser Opfer – Hunter, Brenda Alice, weiß, ledig – dreifach erwischt: durch Schnaps, durch Tabletten und, um ganz sicherzugehen, durch eine Injektion. Irgendwas Speedartiges, Kokain oder Heroin. Und das Irre ist, daß wir kein Gerät gefunden haben – keine Nadel, keine Spritze. Fassen wir also zusammen: Wir haben sie in Dee Willis' Bett gefunden, tot. Und wir haben Dee Willis, die zuerst am Tatort erschienen ist, und einen Haufen Leute, die hinterher dazukamen und uns etwas vorgelogen haben, um sie davon abzuhalten, sich zu belasten. Es könnte ein Unfall gewesen sein, aber, Teufel auch, kann gut sein, daß sie das Mädchen umgebracht hat. Was haben sie dem Mädchen aufgebrummt, das John Belushi den goldenen Schuß verpaßte? Mildernde Umstände?»

«Die Frau hatte nun wirklich Probleme und ein Vorstrafenregister wegen Drogenbesitzes so lang wie mein Arm, Mooney. Sie hat alles gestanden. Hast du in Dees Gitarrenkoffer eine Nadel gefunden?»

«Sie hatte reichlich Zeit, sie verschwinden zu lassen.»

Ich saß auf der Frisierkommode, die Zehenspitzen auf den Fußboden gestemmt. «Hör mal, Mooney. Bei mir ist gestern abend jemand eingebrochen.»

Ich hielt den Telefonhörer weit vom Ohr ab in Erwartung eines Wutausbruchs. Mooney hält nichts davon, daß Frauen allein leben. Als sein Vater starb, verkaufte seine Mom sofort die Familienbehausung in Southie und zog zu ihrem geliebten Sohn.

Mooney setzte polternd an, beschloß dann aber doch, seine Meinung für sich zu behalten, Gott segne ihn. Er sagte: «Bist du okay?» in so sanftem Ton, daß ich es beinahe überhört hätte. Ich starrte mein Bett an und Cals knochigen Fuß, der unter der Decke hervorguckte.

«Alles in Ordnung.» Ich preßte den Hörer ans Ohr und versuchte, das Lächeln aus meiner Stimme zu verscheuchen. «Ich sage es dir nur, weil es kein üblicher Einbruch war. Mir ist im *Berklee Center* meine Tasche geklaut worden. Jemand hat meine Schlüssel benutzt, um hier einzudringen und alles zu verwüsten.»

«Hast du den Taschendiebstahl gemeldet?»

«Nicht direkt. Ich habe Joanne Triola angerufen und sie gebeten, mich zu benachrichtigen, wenn meine Tasche auf irgendeinem Müllplatz auftaucht. Ich hatte nicht mehr als zehn Dollar dabei.»

«Kaum zu glauben, daß du nicht sofort die Schlösser hast auswechseln lassen!»

«Roz sollte sich darum kümmern. Und sag nicht, kaum zu glauben, daß ich mich auf Roz verlassen habe. Ich kann es selbst kaum glauben, daß ich mich auf Roz verlassen habe. Das nächste Mal, wenn ich sie sehe, werde ich sie mir schnappen und ihr das Haar in dem Lilagraublau von alten Damen färben – aber erst, wenn ich ihr einiges davon ausgerissen habe.»

«Du hast verdammtes Glück gehabt, daß du nicht zu Hause warst.»

«Jemand hat eine Nachricht auf meinem Spiegel hinterlassen: ‹Halt dich raus›.»

«Höflich», sagte Money, «normalerweise schreiben sie unflätiges Zeug. Und du meinst, das hat was mit dem Willis-Fall zu tun?»

«Ich wüßte nicht, wo ich mich sonst raushalten sollte.»

«Ich komm rüber.»

«Nein», sagte ich hastig.

«Ist dieser Gianelli bei dir?»

Ich sollte nie mit Mooney telefonieren, wenn ich nackt bin. Manchmal könnte ich schwören, daß er durch die Leitung sehen kann. «Nein», sagte ich wahrheitsgetreu.

«Dann komme ich.»

«Mooney, verschwende bitte nicht deine Zeit. Setz lieber deine beste Spürnase ein und sieh, ob du einen Typ namens David Dunrobie finden kannst.» Ich buchstabierte den Namen. «Er ist ein alter Freund, nach dem Dee in dem Park suchte. Und dann versuch mal, eine alte Akte zu finden – ist unter Umständen ganz schön schwierig, wenn nicht gar unmöglich. Einen Selbstmord oder Unfall. Überdosis. Die Freundin, von der ich dir erzählt habe. 1978 – ja, brüll nicht so. Ich weiß, aber ich kann nichts dafür. Am 28. Oktober 1978. Lorraine Holbrook.»

«Sweet Lorraine». Ich war fast sicher, daß das einer der Titel im Brief des Anwalts war und daß Davey behauptet hatte, Dees berühmter Song «For Tonight» sei in Wirklichkeit sein Lied «Sweet Lorraine».

«Wohnte in Jamaica Plain», fügte ich hinzu.

«Straße?»

«Irgendwas mit Addison. Vielleicht Addison Court oder Addison Lane.»

«Vielleicht?» sagte Mooney.

«Klingt, als ob's stimmt. Sag mal, Mooney, meinst du, damals hätten sie, obwohl Selbstmord mit Alkohol und Tabletten angenommen wurde, nach Nadeleinstichen gesucht?»

«1978? Nicht, wenn sie nicht den Verdacht hatten, daß die Lady Heroin gefixt hat. Speedballs sind erst in Mode gekommen, nachdem Belushi abgetreten ist. Jetzt macht jeder gute Gerichtsmediziner einen Routine-Check.»

«Stehst du unter Druck, Dee einzulochen? Schlagzeilen zu machen?»

«Nichts, was ich nicht hinkriegen könnte. Aber reden wir Klartext: Du meinst also, die Willis hätte vielleicht beide Frauen getötet. Auf die gleiche Weise?»

«Nein, Moon, das meine ich überhaupt nicht.»

«Na schön, was meinst du dann?»

«Sei nicht so aggressiv. Ich glaube nur, daß es interessant sein könnte, der Spur nachzugehen, sonst nichts. Und jetzt tschüs.»

Cal hatte die Augen auf, als ich mich auf das Bett setzte.

«Hast du heimlich gelauscht?» fragte ich.

«Ich begaffe auch gern nackte Damen.»

Ich schob ein Rory-Block-Band in das Kassettengerät, stellte die Lautstärke richtig ein und ringelte mich dicht neben ihm zusammen. «Ist das alles, was du mit ihnen machst?» fragte ich und klimperte mit den Augenlidern.

Wir mußten beide lachen. Er langte zu mir herüber.

Block sang: «Send the man back home», und wir liebten uns wieder – schöner als in der vergangenen Nacht, wenn auch nicht so leidenschaftlich. Cal hatte nach mir offenbar ein bißchen was dazugelernt.

Ich achtete darauf, daß er ein Kondom benutzte. Teufel noch mal, dachte ich, wenn du dem Kerl schon nicht trauen konntest, der dich vor zehn Jahren hat sitzenlassen, wem dann?

Ich blieb oben, um Rhythmus und Tiefe zu steuern. Seine schwieligen Finger berührten meine Brüste. Ich fragte mich, ob er es auch heute morgen noch schöner fand, weniger nahkampfmäßig. Vergangene Nacht hatte ich überlegt, wann er wohl die letzte Frau gehabt hatte.

Nachher wedelte ich mit dem obersten Laken über unseren verschwitzten Körpern wie mit einem riesigen Ventilator. Auf einen Ellbogen aufgestützt, strich er mir mit dem Zeigefinger über den Rücken meiner dreimal gebrochenen Nase. «Warum hast du eigentlich nicht wieder geheiratet?» fragte er. Ich schloß die Augen und vergaß die Glaser, die Uhrzeit und das Chaos unten.

«Weil ich im Bett keine Leuchte bin», sagte ich.

«Hat mich glatt getäuscht, all die Schreie und die Zuckungen.»

Ich hörte zu, wie Block gegen Ende des «Foreign Lander» mit hoher Stimme a capella sang:

«I've conquered all my enemies,
from land and o'er the sea.
But you, my dearest new love,
your beauty has conquered me.» *

Cal sagte: «Gute Anlage.»

«Wundert dich das?»

«Nein.»

Ich konnte seine vorige Frage nicht einfach so stehenlassen. «Warum ich nicht wieder geheiratet habe? Numero eins: Wegen dir. Du hast mir die Institution der Ehe verleidet, als ob meine Eltern nicht schon ihr Bestes getan hätten. Numero zwei: Ich hasse Kompromisse.» Mein Blick fiel auf meinen Gitarrenkasten, der offen auf dem Fußboden lag. «Drei: Ich erinnere mich noch schwach, daß du mir letzte Nacht ein Lied gespielt hast.»

«Du mußt betrunken gewesen sein.»

«Na komm. Was hast du gespielt?»

«Make me a pallet on your floor», gab er schüchtern zu. «‹Mach mir ein Lager auf dem Boden› schien mir irgendwie passend zu sein. Steh doch jetzt nicht auf!»

«Es ist schon spät», sagte ich.

«Wir duschen zusammen. Ich schrubb dir den Rücken.»

Im Bad sang er mir etwas vor, während ich zur Eile trieb und während er versuchte, mich aufzuhalten. Wir probierten ein etwas schräges «Make me a pallet» zusammen; Cal sang den Baß und seifte mir dabei die Schultern ein, und ich übernahm die Melodie.

* All meine Feinde hab ich besiegt,
an Land und auf der See.
Doch du, meine junge Liebste,
deine Schönheit hat mich besiegt.

«Don't you ever turn a stranger from your door,
don't you ever turn a stranger from your door,
for the day may come you'll be a stranger too,
just looking for a pallet on the floor.» *

«Ich muß an die Arbeit», sagte ich fest, als Cals Hände wieder über meine Brüste glitten.

«Gönn dir mal 'ne Pause, Carly. Und mir auch. Entspann dich.» Er kuschelte sich dichter heran und preßte mir die Lippen auf den Nacken.

Ich holte tief Luft. «An die Arbeit», wiederholte ich, «sofort.»

«Na schön, Lady», sagte er. «Spülgang.»

Ich zog den Duschvorhang auf und stieg zuerst hinaus.

Cal rubbelte sein Haar mit dem Handtuch trocken und beobachtete mich, wie ich vor dem beschlagenen Spiegel meinen BH anzog. «Schläfst du mit jedem, von dem du etwas wissen willst?»

«Aber sicher», sagte ich völlig ungerührt, «und sie sagen mir immer die absolute Wahrheit.»

«Was für absolute Wahrheiten weiß ich denn?»

«Fang mal bei Davey Dunrobie an», sagte ich.

«Du hast mit ihm geschlafen. Das ist die absolute Wahrheit, wie ich weiß. Er hat es mir erzählt.»

Ich sagte: «Und du hast mit Dee Willis geschlafen. Himmel, du hast mit jeder Frau geschlafen, die dich je beim Spielen bewundert hat.»

Er machte einen Rückzieher und sagte: «Was ist denn mit Davey?»

* Weise nie einen Fremden von der Tür,
weise nie einen Fremden von der Tür.
Es kommt vielleicht der Tag, und du bist fremd
und suchst nichts weiter als ein Lager auf dem Boden.

«Das wollte ich gerne von dir wissen.»

«Wir haben es zusammen bei den Anonymen Alkoholikern versucht, aber er kam damit nicht zurecht. Deshalb hat sich das Verhältnis abgekühlt. Eine der Regeln: Du kannst nicht clean werden, wenn du mit Junkies rumhängst.»

«Wann hast du ihn das letzte Mal gesehen?»

«Mein Gott, vor Jahren. Ist mindestens drei Jahre her.»

«Wo wohnte er?»

«In irgendeiner Kommune. Mission Hill.»

«Was Religiöses?» Es gibt eine Menge Sekten in dem Stadtteil.

«Vegetarismus und Alkohol. Reggae-Szene.»

«Fallen dir noch irgendwelche Namen ein?»

«Tut mir leid, nein. Vielleicht mit der Zeit wieder. Ein Malcolm Soundso war dabei.»

«Hat Davey je Songs geschrieben? Als er noch mit Dee zusammen spielte?»

«Warum?»

Ich hatte keine Lust, es ihm zu erzählen, darum wechselte ich das Thema. «Warum hast du Dee verlassen?»

«Ich dachte, du wolltest was über Davey wissen.»

«Also warum?»

Er steckte sein Portemonnaie in die hintere Hosentasche. «Ich habe sie nicht verlassen. Sie hat mich rausgeschmissen.»

Ich musterte prüfend sein Gesicht im Spiegel.

«Zu abgedröhnt und zu besoffen, um zu merken, wann ich's gut hatte», fuhr er fort. «Und ich meine nicht mit Dee. Zu dem Zeitpunkt haben wir längst nicht mehr miteinander geschlafen. Aber weißt du, Carly, ich könnte mich selbst ständig in den Hintern treten, daß ich damals versagt habe. Dee – was immer das ist, dieses gewisse Etwas des Bandleaders – sie hat es. Sie läßt dich los, gibt dir reichlich Raum zum Atmen und holt dich wieder ein wie einen Fisch an der Angel. Sie arbeitet frei, aber sie steht mit beiden Beinen auf dem Boden. Sie ist einfach im Blues *zu Hause*. Sie weiß, wo die Musik anfängt und wo sie aufhört.»

Meines Wissens hatte ich Cal noch nie soviel an einem Streifen reden hören. Ich überlegte, ob er wohl wußte, daß Dee einen Baß brauchte.

«Jetzt hast du deinen Polizistenblick», sagte er, «an den Blick erinnere ich mich noch.»

Ich sagte: «Erzähl mir von diesem Malcolm Soundso.»

«Eine Art Guru oben auf dem Berg. Ich könnte wiederfinden, wo er wohnte. Wir haben da ein paar Feste gefeiert, Wahnsinnsfeste. Wenn ich's mir recht überlege, müßte ich es finden können. Aber vielleicht kann ich's nur finden, wenn ich stoned bin.»

«Versuchen wir's einmal so», sagte ich. «Jetzt. Wo du clean bist.»

«Carly», sagte er, «bin ich clean gut?»

«Gut worin?»

«In dem, was ich mache.»

«Im Baßspielen oder im Bett?»

«Yeah», sagte er.

«Du hältst dich zurück, Cal», sagte ich, drehte mich zum Spiegel um und bürstete mir kräftig die Haare. «In allem, außer in der Musik. Wieso fragst du?»

26

Unten waren die Glaser angekommen, und Lemon half ihnen, die großen Glasscheiben mit Hilfe riesiger Saugnäpfe an die richtige Stelle zu bringen. Roz, so zerknirscht wie noch nie, war dabei, den Küchenfußboden mit etwas zu schrubben, das aussah wie ein paar Farbschaber. Schrubber und Eimer standen in einer Ecke. Ihr skunkgestreiftes Haar war zu einem Turban geschlungen.

«Ich bleibe gleich auf Knien liegen», sagte sie, «ich habe die Schlösser vergessen. Es tut mir leid.»

Ich kann es hassen, wenn sich Leute schon bei mir entschuldigen, noch ehe ich die Chance hatte, sie anzubrüllen.

«Hi», sagte Roz zu Cal und wechselte geschickt das Thema. «Kennen wir uns?»

«Ich bin der Exgatte», sagte Cal.

Roz' Augenbrauen zuckten halb nach oben, aber sie sagte keinen Ton.

Ich ging auf Zehenspitzen durch das Desaster und öffnete den Kühlschrank. Cal folgte mir, betrachtete zweifelnd den Inhalt und bekundete eifrig Zustimmung, als ich vorschlug, unterwegs zum Mission Hill etwas aufzugabeln.

Charlie's Kitchen am Harvard Square macht gute Spiegeleier, aber Cal und ich sind früher oft dort eingekehrt, und ich wollte keine Erinnerungen als Beilage haben. Wir erstanden eine Tüte voll Eier-McMuffins im Drive-in-McDonald's am Fenway Park. Nichts, um dabei sentimental zu werden, aber es ging schnell.

Mission Hill ist ein gemischtes Viertel in einer Stadt, die sonst nach Hautfarben aufgeteilt ist. Weiße Anwohner sagen meist, sie wohnten in der Nähe von Brigham, womit sie das Brigham- und Frauenhospital meinen, jenen Riesenblock, der aus der Verschmelzung der Entbindungsklinik für Frauen mit dem Brigham-Krankenhaus entstanden ist. Schwarze Anwohner sagen, sie wohnten auf dem Hill. Eine Zeitlang versuchte die Stadtverwaltung, das Viertel in Parker Hill/ Fenway umzubenennen, um es irgendwie aufzuwerten. Zwischen Boston und Brookline eingeklemmt und mit Roxbury in nächster Nachbarschaft, hat der Hill einen schlechten Ruf. Ich achte immer darauf, daß die Türen an meiner Taxe abgeschlossen sind, wenn ich eine nächtliche Fuhre zum Hill habe.

«Fährst du inzwischen?» fragte ich Cal, als wir langsam die Huntington Avenue hinunterfuhren und dabei den Straßenbahnschienen auswichen.

«Ich hab's gelernt, aber ich habe kein Auto.»

«Fährst du Automatik oder Handschaltung?»

«Automatik.»

Im Grunde bin ich der Meinung, daß jemand, der nur Automatik fährt, gar nicht Auto fahren kann. Ich sagte: «Hast du noch Kontakt zu irgend jemand aus der Zeit damals?»

«Ich lese nur ab und zu etwas von Dee in der Zeitung. Denny lebt in England, glaube ich.»

«Ich hatte die allergrößten Schwierigkeiten, Leute wieder aufzuspüren.»

«Das wundert mich nicht», sagte Cal, «wir haben uns ja auch nach Lorraines Tod in alle Winde verstreut.»

«Ja.»

«Jeff hat sich freiwillig ins *McLean's* begeben. Ich vermute, daß er Angst hatte, er könnte vielleicht auch versuchen, sich umzubringen.»

«Ich weiß Jeffs Nachnamen nicht mehr.»

«Welch, glaube ich. Ich frage mich, ob er noch lebt. Ist mit seinem Auto gegen einen Betonpfeiler gefahren, habe ich gehört. Vielleicht hatte er was für Krankenhäuser übrig.»

Ich schoß um einen langsamen VW herum und bog wieder auf die rechte Fahrbahn ein.

«Wenn Lorraine sich nicht umgebracht hätte», sagte Cal mit einem seitenlangen Blick auf mich, «wären wir womöglich noch immer verheiratet. Ich hätte eine geregelte Arbeit. Als anständiger Reporter, Vertreter oder Buchhalter. Vielleicht hätten wir sogar Kinder.»

Ich wurde von einer roten Ampel aufgehalten, die eigentlich noch auf Gelb stand. Ich wäre durchgesaust, aber der Typ vor mir hatte gebremst. «Schiebst du das alles Lorraine in die Schuhe?»

«Du nicht? Ich erinnere mich so genau an die Woche, als sei es gestern gewesen. Sogar noch besser. Die Leichenhalle. All die gelben Chrysanthemen. Ich weiß noch, daß ich dachte: Wenn das Leben in einer Minute zu Ende sein kann – so verdammt schnell und ohne die leiseste Warnung –, solltest du das, was du tun willst, lieber gleich tun, Calvin, noch in dieser Minute. Denn du hast vielleicht keine weitere Minute mehr.»

Ich hörte Cal zu und hielt Ausschau nach Schlaglöchern von einer Größe, daß sie meinen Toyota geschluckt hätten, aber meine Gedanken schweiften von Lorraine zu Brenda und von Brenda zu Lorraine. Die eine tot aufgefunden in einem Rattenloch von Apartment; die andere tot aufgefunden in einer schicken Hotelsuite. Alkohol und Tabletten. Und eine Spritze.

«Hat Dee je harte Drogen genommen, als du mit ihr zusammen warst? Gefixt?»

«Ich glaube nicht», erwiderte Cal. «Die halbe Zeit war ich so abgedröhnt, daß ich nicht mehr ganz mitbekam, was andere machten. Ich weiß nicht mal sicher, was ich selbst gemacht habe.»

Dees seltsam dünne Stimme am Telefon fiel mir wieder ein,

die so weit entfernt klang und sagte: «Ich hätte einen Arzt rufen sollen. Vielleicht lebte sie noch.»

Cal ließ mich die Huntington hinauf- und hinunterfahren. was nicht so einfach war bei all den Schlaglöchern und Straßenbahnschienen. Er murmelte fortwährend etwas vor sich hin und klagte, zu Fuß könnte er's doch besser finden. Ich fuhr die Straßenbahnstrecke lang, hielt an allen Haltestellen und hakte nach. Erinnerst du dich noch an diese Reinigung? Kommt dir dieser Getränkeladen bekannt vor?

«Hör auf damit», sagte Cal, «es wird mir schon wieder einfallen.»

Er sagte mir, ich solle am Parker-Hill-Krankenhaus links abbiegen. Wir fuhren durch Einbahnstraßen, vorbei an einem Schotterparkplatz, einem heruntergekommenen Spielplatz und einer Baustelle.

«Diese Bäume», sagte er langsam, «ich kann mich, glaube ich, dumpf erinnern, daß ich mal mit Davey zusammen war und hinter diesen Bäumen pinkeln gegangen bin.»

«Ausgerechnet hinter *diesen* Bäumen?» fragte ich zweifelnd. Für mich hatten sie nichts Besonderes an sich.

«Sie stinken. Ailanthus. Stadtbäume. Sie sind nicht kaputtzukriegen. Sie wachsen sogar durch Beton. Fahr hier links rum.»

«Okay.»

«Eins von diesen Häusern», sagte er. «Auf jeden Fall irgend etwas in diesem Häuserblock.»

«Danke», sagte ich, «wunderbar.» Ich lavierte das Auto in eine enge Parklücke. «Dann wollen wir mal.»

«Was hast du denn vor?» fragte Cal.

«An die Türen hämmern und fragen, ob sich jemand an Davey erinnert.»

«Mietest du dir einen bewaffneten Leibwächter?» sagte er und sah sich voller Unbehagen um.

«Ich habe schon schlimmere Viertel als dies hier durchgekämmt», sagte ich ärgerlich.

«Ja, schon», sagte er, «aber heute siehst du so aus, als hättest du die ganze Nacht das gemacht, was du gemacht hast. Du siehst nicht wie eine Polizistin aus.»

«Bumsen Polizisten etwa nicht?» sagte ich.

«Schrei nicht so. Darf ich mitkommen? Vielleicht erkenne ich jemanden wieder. Ich glaube, an diesen Malcolm würde ich mich erinnern.»

Ich war mir nicht sicher, ob er wirklich mitgehen wollte. Ich glaube, wir wußten einfach beide nicht, wie wir uns voneinander verabschieden sollten. «Ich ruf dich an» erschien mir weder passend noch ehrlich. «Ich ruf nicht an» schien doch zu hart.

Er übernahm eine Straßenseite, ich die andere. Auf meiner Seite waren dreistöckige verwitterte graue Häuser, von denen der Bürgersteig etwa einen halben Meter Abstand hatte, gerade genug für bräunliche Grasbüschel und hier und da einen halbvertrockneten Strauch. Auf Cals Seite waren gelbe Backsteinmietshäuser, größer und nahtlos mit dem Bürgersteig verbunden.

Die Leute öffneten nur zögernd die Tür, und ich konnte es ihnen nicht verdenken. Ich fragte durch zentimeterenge Schlitze nach Dunrobie. Ich fragte nach Malcolm. Ich fragte, ob es eine vegetarische Kommune in der Gegend gäbe.

Als ich mit dem Häuserblock durch war, hatte ich nicht den kleinsten Hinweis. Cal und ich trafen uns an der Ecke.

«Hast du was herausgefunden?» fragte er.

«Nein», erwiderte ich.

«Ich weiß, daß wir dicht dran sind», sagte er.

«Ich hab noch was anderes zu tun», sagte ich.

«Wie wär's, wenn ich weitersuchte?»

«Von mir aus brauchst du's nicht.»

«Weiß ich. Aber vielleicht könnte es als Entschuldigung durchgehen.»

«Als was?»

«Das ist auch etwas von den Anonymen. Einer der zwölf Schritte des Programms. Entschuldige dich bei den Leuten, die du verletzt hast, als du süchtig warst.»

«Du kannst dich natürlich entschuldigen, wenn du dich dann besser fühlst», sagte ich. «Aber ändern tut es nichts.»

Er marschierte davon.

«Cal», brüllte ich hinter ihm her, «ich find's toll. Ich find's wirklich toll, wenn du mir helfen willst, Davey zu finden!»

27

Dee war einen Stock tiefer gezogen auf 718. Sie war immer noch eine Suite wert, aber diese war nur halb so groß wie die vorige. Ich nannte Mooneys Namen als Parole, um an den beiden Beamten in Zivil vorbeizukommen, die die Tür bewachten. Ich überlegte, ob sie Dee drinnen oder die Reporter draußen hielten.

Sie war nicht allein.

Hal umkreiste nervös einen eleganten Herrn, der kerzengerade in einem Sessel saß. Ich erkannte ihn von der Party wieder: einer von den Männern, die aussehen, als seien sie gerade einer Anzeige für teure Abendanzüge entsprungen. Vielleicht hatte er Angst, sein Anzug könnte verknittern, wenn er sich zurücklehnte. Dee zwang sich zu einem Lächeln und stellte ihn mir als Mr. Harvey Beringer vor, einen der geschäftsführenden Vizepräsidenten von MGA/America, der gerade gehen wolle.

Mr. Beringer schien die Nachricht, daß er gehen wolle, zu überraschen. Dee sah aus, als würde sie sich nur mit Mühe beherrschen.

«Großartig, Dee», sagte Hal sarkastisch, als Beringer die Tür hinter sich zugeknallt hatte.

«Du bist als nächster dran», sagte sie zu ihm, «verdufte.»

Hal sagte: «Von wegen, ich nicht.»

«Dee», sagte ich, «ich brauche eine Kopie des Briefes, den du mir gezeigt hast. Von Lockwood.»

«Was? ... Ach so – äh – ich hab keine.»

«Dann gib mir das Original», sagte ich, «ich verlier's schon nicht.»

«Hal, um Himmels willen, kannst du nicht einen kleinen Spaziergang machen?» sagte Dee.

«Kommt nicht in Frage», erwiderte er, «du mußt noch zwei Typen von der Presse und drei MGA-Vertreter beruhigen. Sie warten bereits.»

«Dee», sagte ich, «gib mir den Brief.»

«Ich habe dir doch gesagt, du sollst die Sache vergessen.»

«Zu spät.»

Sie verzog keine Miene, atmete jedoch ein wenig schneller. «Hör mal, ich weiß wirklich nicht, ob ich ihn finden kann.»

«Dann nenn mir wenigstens den Titel der drei Songs», sagte ich gelassen.

Sie musterte mich mit einem langen Blick, dann zog sie eine Schrankschublade auf, wühlte unter ein paar Tüchern und holte den Umschlag heraus.

«Ich werde es bezahlen», sagte sie, «egal, wieviel es ist.»

«Können Sie in ihren Dickschädel Vernunft einhämmern?» sagte Hal zu mir und ließ sich in den Sessel sinken, den Mr. Beringer freigegeben hatte.

Dee durchmaß das Zimmer in seiner ganzen Länge. Dann sagte sie: «Hal meint, wenn ich so dringend Geld brauchte, sollte ich es bei einem Kredithai aufnehmen. So einem, weißt du, der mir die Finger bricht, wenn ich nicht zurückzahlen kann.»

«Sei still», sagte Hal.

«Sei du still!» sagte Dee bitter. «Dir flattern ja beim ersten Anzeichen von Schwierigkeiten schon die Hosen.»

«Beim ersten Anzeichen – das finde ich wirklich gut! Bei mir ist noch nie jemand auf einer Tournee gestorben! Noch nie!» Zwei Gläser standen auf dem Marmortisch neben dem Sessel. Hal nahm eins, in dem noch eine bernsteinfarbene Flüssigkeit war, und kippte es rasch hinunter.

«Kennen Sie jemanden im Kreditgeschäft?» fragte ich Hal, als er sich ein wenig zu beruhigen schien. «Hier in der Gegend?»

«Einen Hai!» giftete Dee.

«Einen Freund», sagte Hal abwehrend, «einen Typen, der mir früher schon mal Geld geliehen hat.»

«Hal ist ein Spieler», sagte Dee und sprach die Worte mit der gleichen Melodik aus, wie sie es bei ihren Songs macht. «Er mag den Teil der Tournee am liebsten, der durch Atlantic City führt.»

«Weiß er von dem Geld?» fragte ich.

«Ich weiß, daß sie mit MGA/America irgendeinen saublöden Handel vorhat, den sie ihr Leben lang bereuen wird», sagte Hal. «Du kannst mehr bekommen, als du verlangst, Dee. Mehr Geld. Mehr Macht. Du bist der heißeste Tip, heißer geht's gar nicht. Wenn MGA dich nicht haben will, nimmt dich Capitol, RCA, jeder mit Kußhand. Und gibt dir einen dicken, fetten Vorschuß.»

300 000 Dollar waren in meinen Augen durchaus ein dikker, fetter Vorschuß.

«Dee», sagte ich, «verlangt er in dem Brief den richtigen Betrag?»

«Wie meinst du das?»

Ich blickte zu Hal hinüber. Er wußte vielleicht, daß Dee Geld brauchte, aber was wußte er sonst noch? «Würde ihm ein Gericht mehr zusprechen?» fragte ich Dee.

«Hal», sagte sie, «mach, daß du hier rauskommst. Sofort. Sonst wirst du gefeuert, das schwör ich dir.»

Er ging, verkündete dabei, daß er in höchstens drei Minuten wiederkäme, und knallte ärgerlich die Tür hinter sich zu.

«300000 sind ungefähr richtig», sagte Dee, die immer noch den Umschlag in der Hand hielt, immer noch im Zimmer auf und ab ging. «Wenn er die Lieder geschrieben *hätte*.»

«Wieso? Wie kommt er denn auf die Zahl?»

«Feste Kohle», sagte sie.

Davon hatte ich schon auf der MGA-Party gehört, aber ich verstand es immer noch nicht. «Erklär mal», bat ich sie.

«Echte Tantiemen beziehst du im amerikanischen Musikgeschäft erst, wenn du ein Superstar bist und ein Studio hast. Sonst kriegst du Geld für das, was du schreibst, speziell für Songs, die andere übernehmen. Denn jedesmal, wenn dein Song gespielt wird, kriegst du fünf Cents. Oder die Hälfte davon, je nachdem.»

«Je nachdem?» fragte ich, inzwischen völlig verwirrt.

«Hör zu. Es gibt das Aufnahmestudio, den Songwriter, den Verlag und den Sänger. Den Sänger lassen wir mal beiseite. Der Anteil des Songwriters ist immer fünf Cents. Das ist der unveräußerliche Anteil oder die ‹feste Kohle›. Wenn du deine Urheberrechte behältst, bekommst du die ganzen Fünfer. Nun reden Songwriter manchmal davon, sie hätten ihre Rechte ‹verloren›. Wenn man seine Urheberrechte verliert, bekommt man nur noch 2,5 Cents. Dann teilt sich der Plattenverlag den Fünfer mit dir.»

«Und wie ‹verliert› man seine Urheberrechte?»

«Viele Firmen nehmen das schon gleich mit in den Vertrag auf. Entweder sie erhalten die Rechte, oder sie machen das Album nicht. Vor allem, wenn du jung und dumm bist und nicht weißt, daß du besser daran tätest, einen Anwalt oder Manager einzustellen, der dir rät, deine Rechte zu behalten. Ich bin die Rechte für ‹For Tonight› quitt. Wenn ich auch noch die andere Hälfte der Einnahmen davon verlieren würde, wäre ich pleite. Gottlob läßt sich dieser Anteil nicht verhökern. Wenn es ginge, würde irgendein verrückter Geschäftsmann bestimmt auf einen Trick verfallen, ihn an sich zu raffen.»

Ich schüttelte ungläubig den Kopf. «Aber wie können daraus 300000 Dollar werden?»

«Rechne mal. Ein Album bekommt bei 500000 verkauften Exemplaren Gold, bei einer Million Platin. Schreibe ich einen Song für ein Platinalbum, verdiene ich 25000 Dollar. Weißt du, wieviel Gold und Platin ‹For Tonight› eingebracht hat?»

«Nein.»

«Nun, 300000 Dollar ungefähr habe ich mit dem Lied eingespielt. Klingt vielleicht nach viel, aber es kam kleckerweise über – wie lange? – zwölf Jahre. Davon lebe ich.»

«Und die anderen beiden Songs, die der Anwalt erwähnt hat?»

«Die singt niemand sonst. Was sich bei mir auszahlt, ist ‹For Tonight›.»

«Und Davey könnte also ausrechnen, wieviel du damit verdient hast?»

«Jeder in diesem Geschäft könnte es ausrechnen. Aber wir kommen vom Kern der Sache ab. Ich habe das gottverdammte Lied selbst geschrieben.»

«Das ist aber nicht der springende Punkt, Dee, nicht wahr? In dem Brief ist weder von fester Kohle noch von Rechten, noch davon, wer die Songs geschrieben hat, die Rede.»

«Da steht, was da steht», sagte sie nach einer langen Pause. Sie hielt kurz inne, um die Vorhänge beiseite zu schieben und auf die Straße hinunterzuschauen.

«Dee, unterschreib den Vertrag mit MGA noch nicht. Gib mir noch ein bißchen Zeit.»

«Um Davey zu finden? Davey ist verrückt geworden.»

«Cal Therieux sucht nach ihm.»

«Cal», wiederholte sie langsam.

«Wußtest du, daß er hier ist? Wieso hast du mir nicht geraten, bei ihm anzufangen?»

Sie schluckte und ließ die Vorhänge wieder zufallen. «Wir haben uns aus den Augen verloren», sagte sie. «Einer von den vielen Jungs, die mir ein Stückchen vom Herzen gestohlen haben. Wie Erma Franklin es gesungen hat. Ihre Version mochte ich immer lieber als die von Janis Joplin. ‹Take it! Break another little piece –›»

«Gib mir den Brief, Dee.»

«Warum verschwindest du nicht einfach aus meinem Leben!»

«Kaum zu glauben, daß ich dich einmal bewundert habe.»

«Na ja, gut, das war, weil du mich nicht gekannt hast. Du hast nie etwas anderes gesehen als meine Hände an der Gitarre. Du hast gedacht, ich wäre die Lieder, die ich geschrieben habe. Das tust du immer noch, oder?»

«Vielleicht.»

«Und vielleicht haßt du mich auch noch ein bißchen wegen Cal, was?»

«Vielleicht.»

«Warum, zum Teufel, sollte ich dir also trauen?»

«Wem sonst?»

«Verlier ihn nicht», sagte sie, als sie mir endlich den Umschlag aushändigte.

Als ich ging, konnte ich noch hören, wie sie «Piece of My

Heart» sang. Sie betrachtete sich in voller Größe in dem Spiegel auf der Rückseite der Badezimmertür.

Unten in der Empfangshalle benutzte ich ein elegantes Münztelefon, um Joanne im Revier D anzurufen.

«Mickey», sagte ich, «der Mickey, der für die Gianellis arbeitet. Er ist ein Hai, stimmt's?»

«Bist du weich geworden und hast deinen Freund gefragt?»

«Ich habe Sam überhaupt nicht gesehen», sagte ich.

«Na schön, jedenfalls bist du nicht up to date. Mickey Manganero war früher mal ein Hai.»

«In Atlantic City?»

«Bingo. Falls das das richtige Wort ist.»

«Und jetzt?»

«Ist die Leiter nach oben gefallen. Wäscht Geld. Niemand weiß genau, wie er es macht, aber er scheint es mit ziemlich großen Beträgen zu tun zu haben.»

«Drogeneinnahmen?»

«Ich kann dich mit einem Beamten des Rauschgiftdezernats verbinden.»

«Nein. Für den Augenblick reicht's erst mal. Hat Mickey ein Vorstrafenregister?»

«Fängt mit der Jugendstrafanstalt an. Kaum war das abgeschlossen, hat er sich wieder betätigt. Autodiebstahl, Einbruch, Nötigung. Beinahe wäre er wegen Vergewaltigung drangewesen. Er hat was für junge Mädchen übrig.»

«Wie jung?»

«Sehr jung. Warum fragst du ihn nicht selbst? Ich bin sicher, dein Freund kann ein Treffen mit ihm arrangieren.»

«Vielleicht tu ich das sogar», sagte ich.

28

Ich bekam keinen Termin bei Stuart Lockwood. Ich bekam keinen unter meinem eigenen Namen. Ich bekam keinen, als ich Dee Willis' Namen erwähnte. Ich bekam keinen unter einem Pseudonym. Entweder hatte sich seine Geschäftslage urplötzlich verbessert, oder Lockwood reagierte allergisch auf den Klang meiner Stimme.

Ich rief Taylor Baines mit der prachtvollen Kanzlei und dem großen Einfluß an. Den Mann, der alles in seiner Macht Stehende für eine Künstlerin tun wollte, die mit MGA/America verbunden war.

Mr. Baines war sehr kooperativ. Er ließ seine effektive Sekretärin bei Stuart Lockwoods ineffektivem Sekretär anrufen. Ein sehr beflissener Lockwood versicherte Baines, er könne sich ohne weiteres für ein Treffen um 15 Uhr freimachen.

Baines und ich trafen uns um 14.30 Uhr in seinem luxuriösen Büro. Nachdem er mir höflich Kaffee angeboten hatte, den ich annahm, sagte er zu mir: «Ich weiß nicht recht. Es ist ein äußerst schwieriges Unterfangen, einen Anwalt einzuschüchtern.»

«Es gibt solche und solche Anwälte», sagte ich, als die Kaffeedame gekommen und wieder gegangen war und still ihr Tablett mit dampfenden Porzellantäßchen hingestellt hatte. «Sie haben ihm bereits angst gemacht. Er kommt. Und wenn er überhaupt zu beeindrucken ist, dann ist sicherlich Ihr Büro der richtige Ort dafür.»

«Es ist ganz schön, nicht wahr?» befand er zustimmend, während er in aller Ruhe seinen Kaffee umrührte und mit seinem Ledersessel herumschwang, um die Aussicht zu bewundern. Das gestern grünliche Meer war heute blauer. Zum

Strand zu hatte das Wasser eine bräunliche Schattierung. Ich fragte mich, wo sie wohl den dritten Hafentunnel bauten.

«Wenn ich vorhätte, es in dieser Stadt als Anwalt zu etwas zu bringen, würde ich Ihnen gern einen Gefallen tun», sagte ich.

«Wir geben eine Menge Aufträge, die uns überlasten würden, an kleinere Kanzleien weiter», bemerkte er.

Die Sekretärin geleitete Lockwood um Viertel nach drei herein; ich war sicher, daß er pünktlich gekommen war. Baines hatte Anweisung gegeben, ihn erst hereinzulassen, wenn er sich im Vorzimmer die Hacken abgekühlt und genügend Zeit gehabt hatte, die Blumenarrangements, die Originale an den Wänden und die Einrichtung aus Rosenholz zu bewundern.

Ich hatte Baines einen kurzen Überblick gegeben, und er eröffnete das Gespräch. Ich blieb im Zimmer, aber er stellte mich nicht vor. Lockwood dachte offenbar, daß ich für die Kanzlei arbeitete, und das ließ mein Ansehen bei ihm gewaltig in die Höhe schnellen. Er lächelte mir zu.

«Ich nehme an, Sie bearbeiten den Fall Dunrobie auf Erfolgshonorarbasis», begann Baines. Er bot Lockwood keinen Kaffee an, obwohl unsere Tassen noch halbvoll waren.

«Darüber möchte ich nicht sprechen», sagte Lockwood, wie vorauszusehen war.

«Dann wollen wir über Erpressung sprechen», sagte Baines mit einem absolut gewinnenden Lächeln.

«Erpressung», wiederholte Lockwood. Er kratzte sich mit dem Zeigefinger an der Nase und legte die Hand hastig auf den Schoß, als ihm klarwurde, was er getan hatte.

«Die Verwendung von Briefen, die Drohungen enthalten und angst machen sollen, um Geld zu erwirken. Wären Sie mit dieser Definition einverstanden?» sagte Baines gewandt.

«Nun ja. Mit der Definition schon.»

«Erpressung ist eine Straftat. Wenn ein erpresserischer Brief mit der Post geschickt wird, kann Anklage wegen arglistiger Täuschung der Bundespost erhoben werden.» Baines ließ sich Zeit, den Brief noch einmal zu lesen, und reichte ihn dann dem Anwalt hin. «Ich nehme an, daß es sich hierbei um Ihren Briefkopf und Ihre Unterschrift handelt.»

Lockwood las ihn sorgfältig und nickte.

Baines sagte: «Dann fällt mir eigentlich kein guter Grund ein, warum ich nicht die Polizei rufen sollte. Vielleicht können Sie mir einen nennen.»

Lockwood war anscheinend noch nicht genug eingeschüchtert. Er sagte: «Ich glaube, daß es bei der Beweiserhebung für eine Straftat üblich ist, im Sinne der Untersuchung aufzuzeigen, daß sowohl eine verbrecherische Absicht als auch der objektive Tatbestand einer Gesetzeswidrigkeit vorliegen.»

Baines streckte die Hand aus, bis ihm Lockwood etwas widerwillig den Briefbogen zurückgab. «Bei diesem Blatt ist meines Erachtens eindeutig der objektive Tatbestand einer Gesetzeswidrigkeit gegeben. Fraglich ist einzig und allein die verbrecherische Absicht.»

«Oha», sagte Lockwood jetzt und geriet etwas aus der mühsam aufrechterhaltenen Fassung, «das ist ja verrückt, was Sie da sagen.»

«Erzählen Sie mir von Ihrem Klienten, und wir werden sehen, wer verrückt ist», sagte Baines. «Es sähe doch gar nicht gut aus, wenn Sie als Mittäter genannt würden», fuhr er in ernstem Ton fort. «Aber vielleicht sind Sie ja selbst auf die Idee gekommen, und es gibt gar keinen Mr. Dunrobie.»

«Wie meinen Sie das? Natürlich gibt es einen Dunrobie.»

«Wenn ich recht verstehe, einen Mann ohne Telefon.»

«Er ruft mich an.»

«Und das kommt Ihnen nicht merkwürdig vor?»

«Ich habe mich erst vor kurzem als Anwalt in diesem Bundesstaat niedergelassen. Ich kann mir meine Klientel nicht so aussuchen wie ein alteingesessenes Anwaltsbüro.»

«Und wenn Sie Mr. Dunrobie dringend sprechen müssen?»

«Ich kann mit ihm Kontakt aufnehmen.»

«In der Winter Street 825, Suite 505 D?»

«Woher wissen Sie – hat sie? – das unterliegt doch der Schweigepflicht –»

«Bei einem privaten Postdienst, einem sogenannten Briefkastenbüro?»

Das hatte Lockwood wohl nicht gewußt, wie an seinem Gesicht abzulesen war. Er erholte sich jedoch rasch wieder. «Wie gesagt, er ruft mich an.»

«Haben Sie festgestellt – entschuldigen Sie, haben Sie festzustellen versucht, ob Ihr Klient vertrauenswürdig ist? Hatten Sie den Eindruck, daß er Miss Willis tatsächlich kannte?»

«Hören Sie, ich übernehme keine windigen Fälle oder überzogene Schadensersatzforderungen.»

«Dann waren Sie also der Überzeugung, daß diesem Mann unrechtmäßig Zahlungen vorenthalten wurden, die ihm eigentlich zustanden?»

«Allerdings. Als er das erste Mal mit seiner Story ankam, habe ich ihn allerdings abblitzen lassen. Er wirkte zu jung, so, als wäre er noch ein Kind gewesen, als diese Lieder geschrieben wurden. Aber dann kam er noch einmal zurück und brachte Beweismittel mit, die für seine Sache sprachen.»

«Womit genau kam er zurück?»

Lockwood zögerte.

«Nun los. Wenn Sie Schwierigkeiten machen, werde ich einfach einen Offenbarungsantrag stellen, und dann gehen wir vor Gericht», sagte Baines kühl.

«Er zeigte mir ein Foto von ihr mit Autogramm.»

«Ich kann mir vorstellen, daß sie jede Menge Fotos an Fans verschickt. Er könnte doch einfach ein Spinner sein.»

«Hören Sie, wenn Sie mich überreden wollen, daß ich ihm sage, er soll die Sache fallenlassen, vergessen Sie's. Der Mann hat klare Beweise.»

«Die haben wir auch, wir können Sie wegen arglistiger Täuschung der Bundespost belangen, wenn nicht sogar noch mehr vorliegt.»

Ich konnte sehen, wie Lockwoods Adamsapfel auf und nieder hüpfte. «Na ja», sagte er schließlich, «Mr. Dunrobie hat mir nicht gerade grünes Licht gegeben, so vorzugehen, aber wir könnten es auch außergerichtlich regeln. Er hat mir eine Zahl genannt, bei der eine Einigung möglich wäre. Was er in Händen hat, sind die Originalnotenblätter der Songs, auf denen seine Titel über ihren Songs stehen. Der Text stimmt genau überein.»

Ich sagte: «Man kann originalgetreue Notenblätter durch Versandfirmen beziehen. Und wenn der Typ musikalisch ist und ein gutes Gehör hat, konnte er die Noten ihrer Stücke selbst aufschreiben und einen beliebigen Titel darübersetzen. Das ist nicht weiter schwer. Man braucht nur eine Schallplatte zu kaufen.»

«Er hat mir auch an ihn selbst adressierte, mit Poststempel versehene, versiegelte Umschläge gezeigt, die unversehrt sind und, wie er mir versichert hat, die Originale enthalten.»

«Haben Sie die Poststempel auf ihre Echtheit hin überprüfen lassen?» fragte ich.

«Ein Poststempel ist beweiskräftig vor –»

«Sechzehnjährige wissen bereits, wie sie das Geburtsdatum auf ihrem Führerschein abändern können», unterbrach ich ihn, «und noch einfacher ist es, einen Poststempel zu fälschen; da ist nämlich nichts in Plastik eingeschweißt.»

«Ich habe es nicht für notwendig gehalten, Experten hinzuzuziehen, da es nicht erforderlich schien», sagte Lockwood und wich meinem Blick auf. «Mein Klient wollte die Kosten nicht in die Höhe treiben.»

«Können Sie Noten lesen?» fragte ich ihn.

«Nein.»

«Haben Sie jemanden, der Noten lesen kann, einen Blick auf die Blätter werfen lassen?»

«Bisher noch nicht.»

«Könnte ich sie sehen? Nur die Kopien. Wir lassen die Umschläge unversehrt.»

Seine Augen wanderten zur Aktentasche. Er hatte den Ordner mitgebracht.

«Wir würden das sehr begrüßen», unterbrach Taylor Baines das lastende Schweigen.

Lockwood wühlte in seiner Tasche herum und reichte uns schließlich drei Fotokopien, die an der linken Ecke zusammengeheftet waren. Ich entfernte die Klammer und breitete die Blätter auf dem Schreibtisch aus.

Baines sah mich fragend an.

«Die staatliche Behörde akzeptiert inzwischen Bänder als copyrightgeschützte Originale, aber vor zehn Jahren noch nicht», sagte ich. «Damals heuerte ein Musiker – auch ein Musiker, der keine Noten lesen konnte – jemanden an, der sein Stück aufschrieb – eine Art Partitur anfertigte, die vor allem die Melodie enthielt und dazu vielleicht die Griffzeichen für die Gitarrenbegleitung.» Ich klopfte auf die Blätter, die vor mir auf dem Schreibtisch lagen. «Aber niemand, der weiß, was er tut, würde von diesen Blättern hier Urheberrechte ableiten.»

«Wieso nicht?» wollte Lockwood wissen. «Was ist daran verkehrt?»

«Die Partitur von ‹For Tonight› ist etwa sechs Seiten lang.

Ich habe sie gesehen. Ich habe das Stück selbst gespielt. Sie haben hier nur drei Seiten.»

«Es ist vielleicht nur ein Muster», sagte er.

«Die Melodiestimme fehlt», sagte ich. «Das ist keine Partitur. Hier sind nur die Baßnoten.»

«Sind Sie sicher?» fragte Baines mich.

Ich nickte und sagte dann zu Lockwood: «Wußten Sie, daß Dee Willis' Bassistin tot ist?»

Lockwood sagte: «Ich habe keine Ahnung, wovon Sie reden.»

«Können Sie den Mann beschreiben, der Sie aufgesucht hat und sich David Dunrobie nannte?»

«Ich habe ihn nur zweimal gesehen.»

«Klein? Groß?»

«Klein», sagte Lockwood und schluckte.

Baines und ich wechselten einen Blick.

«Hat er gehumpelt?» fragte ich.

«Nein», sagte Lockwood. «Er war klein, und mir ist nichts Absonderliches aufgefallen an der Art und Weise, wie er ging.»

«Dann war es aller Wahrscheinlichkeit nach gar nicht Davey Dunrobie», sagte ich kalt.

29

Einer Rübe läßt sich kein Blut abpressen», auch das war ein jiddischer Spruch meiner Großmutter. Es war spannend, Taylor Baines' Versuche zu verfolgen, aber er bekam keine andere Adresse aus Stuart Lockwood, Rechtsanwalt, heraus als Winter Street 825.

Ich ging nach Hause. Ein Mann, entweder ein dreister Einbrecher oder ein ehrlicher Schlosser, war dabei, das Hauptschloß aus meiner Eingangstür herauszubohren.

Ich stellte mich als Eigentümerin der Tür vor.

«Man macht die Stalltür zu, wenn das Pferd fortgelaufen ist», sagte er fröhlich. «Hallo, Jack Daly. Gloria hat mich gebeten, vorbeizukommen.»

Roz erschien an der Tür; sie sah zum Anbeißen aus in einem Hauskleid im Stil der fünfziger Jahre, mit tomatenroter Schürze um die Taille und feschen gelben Gummihandschuhen. Ein irisierendes Augen-Make-up, das wahrscheinlich von der vergangenen Nacht übriggeblieben war, und das gestreifte Haar vervollständigten ihr Äußeres. «Ich habe jemanden angerufen», rechtfertigte sie sich, «aber dieser Typ war zuerst da, und da habe ich dem anderen abgesagt. Okay?»

«Können Sie sich irgendwie ausweisen?» fragte ich den Schlosser.

«Aber sicher.» Er zog eine gedruckte Visitenkarte und seinen Führerschein hervor.

«Nett, Sie kennenzulernen.» Wir schüttelten uns die Hände.

«Carlotta», sagte Roz und tänzelte förmlich vor Ungeduld, «ich muß mir dir reden.»

«Ich hatte ebenfalls vor, mit dir zu reden.»

Sie ging mir in die Küche voran.

«Mir wird klar, daß mein Küchenfußboden nie mehr wie früher aussehen wird», sagte ich. Alles in allem war das gar nicht so schlimm. Er hatte von Anfang an nicht besonders ausgesehen.

«Hör zu», sagte Roz, «ich weiß, daß ich das mit den Schlössern und mit der Versandrolle und alles versaut habe, aber –»

«Halt den Gedanken mal fest», sagte ich, «ich muß nur eben einen Anruf machen. Ich muß Gloria anrufen und –»

«Gloria anrufen! Das soll ich dir ja sagen!»

«Dann halt einen Augenblick den Mund, und ich tu's!»

Wenn man bei *Green & White* anruft, bekommt man bei neunzig von hundert Malen Gloria. Sie nimmt praktisch nonstop alle Anrufe entgegen. Ich weiß nicht, wann sie Zeit zum Schlafen findet, geschweige denn für andere körperliche Bedürfnisse.

«Schön, dich zu hören, Schatz», sagte sie mit einer so wohltönenden, melodischen Stimme, wie man sie sonst nur auf der Bühne hört.

«Hast du mir den Schlosser geschickt? Jack Daly?»

«Ja. Mein Bruder Leroy empfiehlt ihn wärmstens.»

«Ein Weißer? Um die Dreißig? Aschblondes Haar?»

«Wirst du vorsichtig auf deine alten Tage?»

«Ich hoffe, noch lange genug am Leben zu bleiben, um sie genießen zu können. Danke.»

«Leg nicht auf, Schatz. Sam hat mich gebeten, dich anzurufen.» Sam ist nicht nur mit Unterbrechungen mein Freund, er ist, wie gesagt, auch Miteigentümer von Glorias Taxiunternehmen. Er hat das meiste Geld hineingesteckt, sie den meisten Grips.

Sam hatte sich rar gemacht, seit er aus Italien zurück war. Ich bin sicher, daß er in Florenz eine heiße Madonna kennengelernt hat. Ich sprach auf einmal sehr kühl weiter. «Er hat eine Zunge und ein Telefon, soweit ich mich erinnere», sagte ich.

«Sei still und hör mir zu», sagte Gloria. «Er war sich nicht sicher, ob seine Leitung sauber ist. Er sagt, er hat in einem unangenehmen Zusammenhang deinen Namen fallen hören.»

«Großartig. Was soll das denn heißen?»

«Er will versuchen, sich darum zu kümmern, aber er meint, du solltest dich vielleicht lieber raushalten.»

«‹Raushalten›. Reizend. Nett von ihm. ‹Halt dich raus› hat mir jemand letzte Nacht auf meinen Badezimmerspiegel geschrieben. Wenn Sam Gianelli etwas davon wußte –»

«Nun mal halblang, Schatz. Als ich heute morgen herkam, habe ich ihm erzählt, daß jemand deine Wohnung in einen Schutthaufen verwandelt hat. Dann hat er ein paar Anrufe getätigt. Daher weiß er's. Vergangene Nacht hatte er keine Ahnung. Trefft ihr beiden euch noch, oder was?»

Gloria hält sich gern auf dem laufenden, was mein Liebesleben betrifft.

«Du würdest es nicht für möglich halten, wenn ich es dir sagte, Gloria», sagte ich. Sie mochte Cal nie.

«Komm, erzähl schon», drängte sie. «Willst du nicht vorbeikommen und heute abend ein bißchen fahren?»

«Ich kann nicht.»

«Du klingst sehr besorgt, Schatz.»

«Bin ich auch, aber nicht über mein Liebesleben.»

«Was gibt's denn sonst noch?» fragte Gloria. Sie liest die Regenbogenpresse, wenn sie nicht am Telefon hängt.

«Eine Menge.» Wie zum Beispiel Hal Grady mit Mickey Manganero zusammenzubringen. Was für ein Team! Der eine wusch Geld für Verbrecher, der andere verwaltete die Einnahmen einer heißen Nummer wie Dee.

«Gloria», sagte ich, «laß mich bitte mal ein paar Fragen stellen. Wer bringt eure Nachteinnahmen zur Bank?»

«Ich nehme an, du hast gute Gründe für diese Frage.»

«Vertrau mir», sagte ich.

«Mein Bruder Leroy kommt vorbei. Ich möchte behaupten, daß sich mit Leroy keiner anlegt.»

«Habt ihr, du oder Sam oder Leroy, irgendeine Sondergenehmigung, daß ihr größere Summen einzahlen könnt, ohne eins dieser Verwaltungsformulare auszufüllen?»

«Die braucht man nur auszufüllen bei Einzahlungen und Abhebungen von 10000 Dollar und mehr. Wir machen nachts keine so hohen Einnahmen bei nur acht Wagen auf der Straße. Ich habe jedenfalls keine Sondergenehmigung und Sam auch nicht, soviel ich weiß.»

«Wer kriegt denn überhaupt eine solche Genehmigung?»

«Lebensmittelgeschäfte. Und sicher Sportstadien. Fenway nimmt jedesmal, wenn die Red Sox verlieren, über 10000 ein.»

«Über welche Bank laufen eure Geschäftsverbindungen?»

«Bank of New England.»

«Hast du da einen Freund?»

Es gibt keinen Ort, wo Gloria keinen Freund hätte. Sie gab ein zustimmendes Grunzen von sich.

«Könntest du herausfinden, wo das *Berklee Performance Center* seine Gelder einzahlt? Und den Namen desjenigen, auf den die Sondergenehmigung ausgestellt ist? Du wärst ein Schatz!»

«Ich will sehen, was sich machen läßt. Paß auf dich auf!»

Roz sagte: «Im Ernst, ich glaube, ich habe etwas sehr Wichtiges gefunden.»

«Es fällt schwer, jemanden ernst zu nehmen, der sich kleidet wie Donna Reed auf Speed.»

«Okay, okay, aber darf ich dir wenigstens zeigen, was ich gefunden habe?»

«Sieht ganz so aus, als hättest du eine neue Fußbodenschicht in der Küche entdeckt. Treibst du jetzt archäologische Studien?»

«Was hältst du denn hiervon?» fragte Roz.

«Ich glaube, das ist eine Kehrschaufel», sagte ich. «Bin ich froh, daß du sie gefunden hast. Weißt du, wie man damit umgeht?»

«Quatsch. Sieh doch mal genau drauf, Carlotta. Ich mach keine blöden Witze.» Sie legte die Kehrschaufel vorsichtig auf die Küchenanrichte, einem Ort, an dem ich häufig meine Mahlzeiten einnehme, da ich nicht immer Zeit für ein Essen im Sitzen habe. Ich fragte mich, ob Roz die Anrichte hinterher abwischen würde. Ich fragte mich, ob ich wohl je wieder daran essen konnte, ohne an die filzige graue Kehrschaufel denken zu müssen.

Auf der Kehrschaufel lagen drei blonde Haare.

«Du hast den Fußboden wohl nicht mehr gefegt, seit du blond warst», argwöhnte ich. «Wie lange ist das her? Zwei Monate?»

«Die pappten in dem Küchenschmier. Wenn du genau hinschaust, siehst du, daß sie länger sind, als meine Haare je waren.»

Ich nahm eins von der Schaufel. «Lockig», sagte ich.

«Gefärbt», sagte Roz. «Dauerwelle. Hitzegeschädigt, wie von einer Brennschere. Kennst du jemanden mit solchem Haar?»

In Sachen Haar verlasse ich mich auf Roz. Wer soviel Zeit ans Färben wendet wie sie, muß die Materie kennen. «Weißt du, Roz, du hast gerade einen großen Schritt in Richtung Wiedergutmachung getan.»

Sie strahlte. Roz wohnt gern hier, sie mag ihre Arbeit oder eher ihr Fehlen.

«Der nächste Schritt wird ein Hammer», sagte ich, halb zu mir selbst gewendet.

In diesem Augenblick schrillte die Türklingel. Ich dachte, es sei der Schlosser. Ich lag falsch. Der Schlosser hätte sich die Tür selbst öffnen können.

30

Komm mit», sagte ich zu Roz, bereits auf dem Weg zur Tür. Wir hatten unser Gespräch noch nicht beendet, und außerdem kann es nie schaden, eine Karate-Expertin hinter sich zu wissen.

Cal stand auf der Schwelle und tauschte mit dem Schlosser Geschichten über die Augusthitze aus.

Der Refrain von Dees Lied «For Tonight» schoß mir durch den Kopf: *«For tonight, for a while, I want you.»* Vergangene Nacht hatte ich förmlich darauf gebrannt, ihn zu berühren, von dem Augenblick an, wo er mit gesenkten Augen die Bühne betreten, von dem Augenblick an, wo er den ersten Ton angezupft hatte.

Aber heute abend nicht. Ganz bestimmt nicht mehrere Nächte hintereinander.

«Ich habe ihn gefunden», sagte Cal.

Daß er das sagen würde, hatte ich nicht erwartet. Seine Stimme klang merkwürdig.

«Davey?»

«Davey.»

«Toll. Wunderbar. Wo? Komm rein und erzähl mir die ganze Story. Ich hol dir was zu trinken, na ja, etwas Alkoholfreies. Orangensaft.»

«Nein, nein, lieber nicht.»

«Also, wo ist er?»

«Wir müssen hingehen.»

«Cal? Ist alles in Ordnung mit dir?»

«Wir müssen hingehen», wiederholte er in schroffem, fast ärgerlichem Ton. Er starrte auf die Stufen. Ich konnte seine Augen nicht sehen.

«Jetzt sofort?»

«Ja. Am besten jetzt sofort.»

Ein Blick auf Cals vorgeschobenes Kinn, und ich wußte, daß ich mit Fragen nichts mehr ausrichten würde. «Na schön, dann soll's wohl so sein», sagte ich. «Roz, hast du je eine Zukunft als Groupie in Betracht gezogen?»

«Das ist keine Zukunft, das ist Vergangenheit.»

«Donner dich richtig auf», sagte ich, «Quatsch, zieh dich normal an. Und geh rüber zum *Four Winds Hotel.* Siebter Stock, ein paar sind vielleicht auch noch auf dem achten, aber der siebte ist erfolgversprechender. Erzähl jedem, der Fragen stellt, du gehörtest zu Dee Willis' Gruppe. Der Drummer heißt Freddie. Ron ist der Leadgitarrist. Den Mann am Keyboard kenne ich nicht. Er scheint sich jedesmal, wenn ich in seine Nähe komme, in Luft aufzulösen. Roadmanager ist Hal Grady.»

«Ja gut. Ron und Freddie und Hal. Und an welchem bin ich interessiert?»

«An keinem von denen. Freunde dich mit einem Groupie namens Mimi an. Sieht aus wie sechzehn. Blondgefärbtes lokkiges Haar.»

«Huh», sagte Roz. «Langes Haar. Ich hab's erfaßt. Ich bin deine Geheimagentin.»

Ich stieß einen Stoßseufzer aus. «Und bleib es auch, Roz», sagte ich. «Ich will alles über dieses Mädchen wissen – mit wem sie redet, mit wem sie schläft, ob sie dealt, womit sie dealt, ob sie was nimmt, was sie nimmt. Ich möchte, daß du ihre neue beste Freundin wirst.»

«Und wenn einer der Jungs auf mich fliegt?»

«Deine Sache. Du mußt nur zusehen, daß du die meiste Zeit über mit Mimi zusammen bist.»

«Ich bin bestimmt super», versprach Roz. «Ich weiß schon, wie ich mich ausstaffiere. Ich mach das mit der Rolle und den Schlössern wieder gut –»

«He, Roz, nicht mit der Holzhammermethode, okay? Mit Fingerspitzengefühl. Es könnte gefährlich werden.»

«Wenn sie diejenige ist, die den Küchenfußboden versaut hat», sagte Roz und zog sich die Gummihandschuhe aus, «dann wird es *für sie* verdammt gefährlich.»

31

Warum suchst du Davey?» Cal schlug die Beifahrertür meines roten Toyota zu und griff nach dem Sicherheitsgurt. Er behauptete immer, ich sei der Grund dafür, daß er nie fahren gelernt hatte.

«Würde das etwas ändern? Gestern nacht hast du nicht gefragt – oder heute morgen.»

«Aber jetzt.»

«Ich habe den Auftrag, ihn zu suchen.»

«Vom wem?»

«Von einem Klienten.»

Die Taxifahrt vergangene Nacht im strömenden Regen fiel mir wieder ein, mein intensives Gefühl von Cal neben mir mit seiner nassen Jeansjacke, die lange Baßgitarre zwischen die Beine geklemmt, den Schenkel eng an meinen gepreßt, sein seltsam vertrauter Geruch. Bei Tageslicht, im Vordersitz meines eigenen Wagens, wirkte alles ganz anders, war die Spannung raus. Vielleicht war das das einzige, was wir je gemeinsam hatten, Spannung und Entspannung, die Spannung und Entspannung des Zusammenseins. Unter Umständen baute sich die Spannung während der nächsten Stunden wieder auf.

Ich hatte aber meine Zweifel.

«Ist Davey im Gefängnis?» fragte ich.

«Nein.»

«Lebt er noch?»

«So könnte man es nennen.»

«Komm schon, Cal, hör auf mit dem Ratespiel.»

«Ich glaube, ich bin derjenige, der ständig herumrätseln muß, Carly.»

«Ich kann nichts für das, was du denkst, Cal.»

Ich drehte den Schlüssel im Zündschloß, zählte unhörbar bis zehn und zügelte mein Temperament. «Es wäre ganz gut, wenn ich wüßte, wohin wir fahren.»

«Zum Saint-John-of-God-Hospital.»

«Auf der Allston Street?»

«Ja.»

«Aber das ist doch eine –»

«Eine Sterbeklinik.» Cal beendete den Satz, noch ehe ich das Wort ausgesprochen hatte. Er starrte aus dem Fenster, das Gesicht maskenhaft, und sagte: «Davey liegt im Sterben. Davey hat Aids.»

32

Ich habe meine Schwierigkeiten mit Krankenhäusern. Aber wer hätte die nicht? Ich habe besondere Schwierigkeiten mit der Idee einer Sterbeklinik – einer Endstation. Selbst als über jeden Zweifel erhaben und jenseits jedes möglichen Einwands feststand – von lauter Ärzten bestätigt, die ihr Stethoskop wert sind –, daß Dad mit seinem Lungenemphysem in die letzte Runde ging, blieb immer noch ein winziger Hoffnungsschimmer. Vielleicht würde diesmal, dieses eine Mal, ein armseliges Menschlein die Experten widerlegen und jeder Wahrscheinlichkeit zum Trotz die Oberhand behalten.

Die schottisch-irisch-katholische Familie meines Dads war wundergläubig; vielleicht hat sie das an mich weitergegeben. Meine Mutter war der Überzeugung, Gott sei aus dem Wundergeschäft ausgestiegen und überlasse es den Leuten, selbst Wunder zu vollbringen, falls sie es konnten. Sie war auch davon überzeugt, daß die Menschen ihren Schöpfer tief enttäuscht hatten.

Das einzige Wunder, um das ich betete, war, daß Cals Informant sich geirrt hatte.

Das Saint-John-of-God-Hospital ist ein kleiner Flachbau. Wer nicht die Allston Street zwischen der Summit Avenue und der Washington Street hinunterfährt, merkt gar nichts von seiner Existenz. Es liegt auf einer Taxiroute, einer praktischen Abkürzung zwischen Brookline und Cambridge; sonst hätte ich nie davon gehört, geschweige denn den Weg dorthin gekannt.

Ich bog mit dem Toyota auf den betonierten Parkplatz ein. Es waren kaum Autos da.

Die Eingangshalle wirkte zu frisch-fröhlich, als sei mitten im August Weihnachten. Der Empfang war mit zwei Frauen besetzt, die eine schwergewichtig, die andere dünn. Die Dünne trug trotz der Hitze eine Strickjacke und war damit beschäftigt, sich einen abgebrochenen Fingernagel glattzufeilen; die Dicke tippte auf der Computertastatur herum.

Ich entfachte ein Fünkchen Interesse, als ich nach Davey Dunrobie fragte.

«Er bekommt wohl nicht viel Besuch», sagte ich.

«Sie sind die einzigen, die mir bisher zu Gesicht gekommen sind», sagte die Frau am Computer. Die andere Frau pflichtete mit ernstem Nicken bei.

«Gibt es so was wie Besuchszeiten?» fragte Cal. Er war einen halben Schritt hinter mir geblieben. Ich konnte schwaches Fingerschnipsen hören, eine nervöse Angewohnheit, die mir längst entfallen war.

Die dünne Frau nahm den Telefonhörer ab und sagte: «Lassen Sie mich schauen, ob ich einen von Mr. Dunrobies Ärzten finde. Dann erfahren wir, ob es ein guter Tag für einen Besuch ist.»

«Geht es ihm manchmal so schlecht, daß er keinen Besuch empfangen kann?» fragte Cal ein wenig hastig.

Die Dicke am Computer wechselte einen Blick mit der Nagelfeilerin und senkte dann die Stimme zu einem vertraulichen Flüstern. «Er hat so etwas wie – äh – Gedächtnisschwund infolge der Krankheit. Mit ihm geht es auf und ab. An manchen Tagen redet er wie wild, und an anderen wieder...» Sie zuckte die gutgepolsterten Achseln.

Ich wollte ihn plötzlich gar nicht mehr sehen. Ich wollte ein anderes Bild in Erinnerung behalten: Davey Dunrobie, jung, talentiert, schwungvoll, auf dem Weg nach oben.

Cal verlieh meinem Unbehagen Ausdruck. «Müssen wir uns das antun?»

«Ich muß», sagte ich. «Du kannst hier auf mich warten, spazierengehen, nach Hause fahren, was du willst.»

Die Dünne murmelte: «Da kommt der Doktor.» Ich bemerkte, daß ihre Nagelfeile in einer Tasche verschwunden war. Sie beugte den Kopf und sortierte emsig Formulare.

Der Mann im weißen Kittel, mit weißem Hemd und roter Fliege, hatte die Eingangshalle durch Schwingtüren betreten. Auf dem Namensschild auf seiner Brusttasche stand: Dr. Sanderley. Er sprach mit schnarrender Tenorstimme. «Sind Sie mit Mr. Dunrobie verwandt?» fragte er.

«Eng befreundet», erwiderte ich. «Wir haben's gerade erst erfahren.»

«Er ist schon sechs Monate bei uns», sagte der Doktor.

«Mit Unterbrechungen?»

«Volle sechs Monate.»

«Geht er oft aus? Auf Reisen?»

«Ich verstehe nicht recht», sagte der Doktor. «Wenn er ausgeht, was nicht oft vorkommt, dann im Rollstuhl. Manchmal bekommen wir für Tagesausflüge einen Behindertenwagen. Aber nicht allzuoft.» Meine Fragen fand er offenbar etwas seltsam.

«Wie geht es ihm denn?» fragte ich. Mit dieser Frage kam der Arzt anscheinend besser zurecht.

Er sah auf seine Armbanduhr, als wolle er feststellen, wie eingehend er sich im Rahmen seiner Termine dazu äußern könne. «Nun, er hatte mehrere Male eine Lungenentzündung», begann er, «Lungenzysten, die Art, die die meisten Aids-Patienten bekommen. Jedesmal ist er ein bißchen schwächer und anfälliger für andere Infektionen geworden. Er hatte auch einen Anfall von Gehirnhautentzündung. Und er hat Soor, eine Pilzerkrankung, die das Sprechvermögen behindert.»

«Bringen Sie's uns schonend bei, Doktor», murmelte Cal in einem bitteren Tonfall, der mir unangenehm wieder in Erinnerung kam.

«Tut mir leid», sagte der Arzt mitfühlend, ohne daran Anstoß zu nehmen. «Aber wenn Sie ihn besuchen wollen, müssen Sie gewappnet sein. Er verliert auch allmählich sein Augenlicht. Und Aids schädigt nicht nur das Immunsystem, sondern kann auch die Hirnzellen angreifen und zerstören, was Schwachsinn zur Folge hat.»

«Die Schwester vorn hat uns gesagt, er litte manchmal unter Gedächtnisschwund», sagte ich.

«Sie ist keine Krankenschwester; sie ist Empfangssekretärin. Und es ist ganz und gar nicht ihre Sache, über Patienten zu reden. Ganz und gar nicht.» Dr. Sanderleys Ärger klang rasch wieder ab. «Es ist meist schwierig, gute Leute für die Arbeit an einem solchen Platz zu gewinnen», sagte er mit einem Seufzer.

Ich schluckte. «Weiß Davey, wo er ist? Was mit ihm los ist?»

«Manchmal ja. Manchmal nein.»

Ich biß mir auf die Lippen. «Hören Sie, ich muß ihn sehen.»

«Sie *müssen* ihn sehen? Ist das kein freundschaftlicher Besuch?»

«Es ist unter Umständen eine Sache für die Polizei», erklärte ich. Wenn ich die Kopie meiner Lizenz gehabt hätte, die mit meiner Tasche gestohlen worden war, hätte ich sie ihm gezeigt. Aber ich hatte lediglich eine Visitenkarte. «Ich möchte die Polizei gern heraushalten.»

«Würde sich Mr. Dunrobie an Ihre Namen erinnern?»

«Wenn er sich überhaupt an irgend etwas erinnern kann, ja. Sagen Sie ihm, Carlotta und Cal sind hier.»

«Ich versuch's mal.»

Er ließ uns etwa fünf Minuten im Empfangsraum warten, vielleicht auch nur vier oder sogar noch weniger, aber uns kam es wie eine Ewigkeit vor. Ich hatte Zeit, mir den weinroten Teppichboden, die blauen Sofas und Sessel, die Landschaftsbilder, die Porträts längst verstorbener Wohltäter einzuprägen. Es standen zu viele Vasen mit verblühten Blumen im Raum, zu viele welk riechende Pflanzen.

Die Doppeltüren öffneten sich, und der stechende Geruch von Desinfektionsmitteln stieg mir in die Nase. Ich mußte an Dee in ihrem Vier-Sterne-Hotel denken, und hier lag Davey im Bett einer Sterbeklinik. Einmal hatten die Würfel Glück gebracht. Einmal Unglück.

Dr. Sanderley geleitete uns durch die Doppeltüren und einen langen Korridor entlang. Frauen in weiten weißen Hosen und leuchtendbunten T-Shirts eilten auf Schuhen mit Gummisohlen an uns vorbei.

Sanderley blieb an einer Tür mit der Nummer 101 A stehen. «Gehen Sie ruhig rein. Ich weiß nicht genau, ob er viel sagen wird oder ob er überhaupt ansprechbar ist, aber es besteht kein Grund, ihn nicht zu besuchen.» Er lächelte ermutigend. «Ich komme etwas später wieder, wenn ich mich freimachen kann.»

Ich riß mich zusammen, wie zu der Zeit, als ich noch Polizeiuniform trug und Wache halten mußte bei einer Leiche, bis die Mordkommission eintraf, um mich abzulösen – bevor ich selbst zur Mordkommission gehörte.

Dann war ich drin, starrte auf den Namen, der auf einer Tafel am Fuß des Bettes stand, wollte es nicht wahrhaben, wollte es nicht glauben, daß dies der Mann, der Junge war, den ich von früher kannte. Sein Kopf war wie ein Totenschädel. Davey war so dünn, daß seine Unterarme so zerbrechlich wirkten wie Streichhölzer. Seine Augen brannten. Plötzlich lächelte er, sah mich an, dann Cal, und seine blutleeren Lippen verzogen sich zu einem breiten Grinsen.

«Lange her», sagte Davey, «du liebe Güte, ist das lange her. Carlotta, Dee, Cal, Lorraine, die alte Gang.»

Ich mußte mich vorbeugen, um seine brüchige Stimme zu hören.

«Ja», sagte Cal. Er ging geradewegs zu Davey und schüttelte dessen ausgestreckte Hand. Ich auch. Sie fühlte sich wie eine Vogelschwinge an. Ich drückte sie kaum.

Klare Flüssigkeiten tröpfelten aus Schläuchen in die Venen seines linken Arms; Urin tropfte in einen Plastikbeutel, der am Untergestell des Hospitalbettes befestigt war.

«Davey», sagte ich, «das wußte ich nicht. Ich wußte überhaupt nicht, was aus dir geworden ist, nachdem sich die Gruppe aufgelöst hatte, nachdem Lorraine gestorben war, bis zu dieser Woche, als Dee es mir erzählte.»

«Dee ist prima. Wirklich, jedesmal, wenn ich etwas brauche, habe ich eine berühmte Freundin. Habe ich dir erzählt, daß ich Dee Willis kenne? Mensch, ohne mich wäre sie gar nicht Dee Willis geworden.»

«Da wären wir ja wieder beim Thema.» Ich hatte nicht einmal gemerkt, daß Davey kein Einzelzimmer hatte, bis ich die andere Stimme hörte. Sein Zimmergenosse war ein kleines, schrumpeliges Männchen. Ich traute mich kaum, sein Alter zu schätzen, weil er wie über sechzig aussah und ich doch ziemlich sicher sein konnte, daß er nicht einmal vierzig war.

Ich drehte mich zu ihm herum. «Wie bitte?»

«Hallo», sagte er, «ich bin Mike. Ich war bei der Handelsmarine. Deshalb sind all die Plakate von fernen Ländern ringsum an den Wänden. Ich war schon an jedem Ort, den Sie hier sehen, manchmal sogar zweimal.»

«Schöne Plakate, Mike», sagte ich. «Aber was haben Sie gemeint, als Sie ‹Da wären wir ja wieder beim Thema› gesagt haben?»

«So schlimm ist es eigentlich gar nicht. Ich hatte schon üblere Zimmergenossen als Davey. Nur hat er ab und zu seinen Dee-Willis-Fimmel, und dann ist er nicht mehr zu bremsen. Er redet stundenlang nur noch von ihr. Immer wieder das gleiche Zeug. Na ja, ich erzähle auch von den besonders schönen Häfen, in die ich mal eingelaufen bin, aber ich erzähle meine Story wenigstens nur einmal.»

Jetzt sagte Davey mit seiner Flüsterstimme: «Ich kannte Dee schon, als sie noch ein Niemand war. Ein Niemand. Sie hat mich verdammt berühmt gemacht, denn ich bin der erste Typ, mit dem sie je geschlafen hat, wußtet ihr das?»

Mike sagte mit gelangweilter Stimme: «Ja, Davey, ich weiß, daß du mit Dee Willis geschlafen hast. Hast du auch mit Dolly Parton geschlafen? Mit Cher? Waren das nicht die Größten, he? Von denen kannst du mir auch mal was erzählen.»

«Davey war Dee Willis' Bluespartner», sagte ich gerade so laut, daß Mike mich hören konnte. «Sie hat mich angeheuert, ihn zu finden. Davey, hast du verstanden? Dee hat mir gesagt, ich soll dich suchen.»

Ich sah zu Cal hoch. Er war erstarrt, als Dees Name fiel.

Davey fing an zu weinen, aber es war kein richtiges Weinen. Ihm kamen einfach die Tränen, so, als hätte er keine Kontrolle mehr über seine Augen.

Doktor Sanderley sagte leise: «Das passiert häufig. Die emotionale Kontrolle läßt nach. Lassen Sie sich dadurch nicht irritieren. Ihm macht es nichts.»

Ich hatte den Arzt nicht eintreten hören.

Davey sagte: «Sweet Lorraine. Ich muß aufhören, von Lorraine und Dee zu reden. Weiß ich doch, Mann. Aber Dee, Scheiße, Dee hätte mir das nicht antun sollen. Ich meine, daß ich sie dauernd im Radio hören, sie im Fernsehen sehen muß. Ich höre ständig nur Dee, wie sie für mich singt, wie sie diese Lieder für mich singt.»

Ich versprach mir nicht viel davon, aber ich beschloß, ihn

trotzdem zu fragen. «Davey, hast du irgendwelche von Dees Songs geschrieben?»

Er sagte klar: «Einen Akkord vielleicht. Vielleicht auch nichts. Dee hat für mich gesungen. Dee hat einmal wie ein Vogel im Baum für mich gesungen. Ich habe Dee geliebt, wie meine Mutter, wie meine Schwester, wie mein Baby, wie meine Geliebte. Dee singt im Radio für mich.»

Mike, der Zimmergenosse, lachte. «Gestern hat er mir erzählt, er hätte alles geschrieben, was sie je gesungen hat. Er behauptete, wenn er seine Lizenzgebühren bekäme, hätte er um die 300000 oder 400000 Dollar.»

«Tatsächlich?» fragte ich. «Hat er die Zahl genannt?»

«Schon oft. 300000 Möpse. Das dürfte reichen, um eine Menge Reisen erster Klasse zu machen.»

Ich wandte mich wieder an Davey. «Gibt Dee dir Geld?»

«Wenn ich Geld brauche, gibt Dee mir Geld. Mann, ich brauche nur zu fragen. Dee gibt mir alles.»

«Hast du in letzter Zeit mal mit ihr gesprochen?»

«Nein.»

«Warum sollte Dee dir alles geben, Davey?»

«Schscht», sagte er, «ein Geheimnis, ein Geheimnis.»

«Na komm, Davey», sagte ich. «Ich bin's doch, Carlotta. Und Cal. Wir erzählen's ja niemandem.»

«Ihr redet bestimmt», sagte er mit seiner brüchigen, geisterhaften Stimme. Ich fragte mich, ob er wohl Schmerzen hatte beim Sprechen. «Dee würde böse werden. Einen ihrer Wutanfälle kriegen. Ihr wißt ja, wie sie ist.»

«Nein, Davey, sie hat mich gebeten, dich aufzuspüren. Dee will, daß ich's erfahre.»

«Ich sag's nicht», sagte er und kniff listig die Augen zusammen. «Ich weiß, was ihr macht. Ihr seid nicht mal hier, richtig? Es liegt alles an diesen Medikamenten, richtig? Deshalb rede ich die ganze Zeit, erzähle ich all dieses Zeug. Ich habe sie im Grunde nie gekannt. Nur Sweet Lorraine, das ist alles, nur Sweet Lorraine.»

Der Zimmergenosse sagte: «So geht das stundenlang. Manchmal singt er. Das ist vielleicht ein Hochgenuß.»

«Hat er eine Gitarre?» fragte ich.

Der Doktor schüttelte den Kopf.

«Er hat früher gespielt. Meinen Sie, wenn er eine hätte, würde er sie gerne – ich weiß nicht, vielleicht nur halten, oder auch spielen, oder sonstwas?»

«Vielleicht», sagte der Arzt.

«Könnte er es denn, mit all dem Zeug im Arm?»

«Das kann ich nicht sagen», erwiderte der Arzt.

«Ich bring ihm seine mit», sagte Cal.

«Nein, Cal, ich will ihm meine mitbringen.»

«Ich bring ihm seine *Hummingbird*, Carly. Basta.»

Davey sagte: «Habe ich euch je von dem Abend erzählt, an dem Dee und ich so betrunken waren, daß wir auf der Bühne nicht mehr stehen konnten? Wir mußten Rücken an Rücken spielen, um uns aufrecht zu halten.»

Der Bettnachbar sagte: «Ja, Davey, das hast du mir schon erzählt. Hören Sie, Doc, meinen Sie, ich könnte einen anderen Zimmergenossen bekommen? Jemanden, der ein bißchen gereist ist? Der weiß, wo Singapur liegt?»

Davey plapperte weiter vor sich hin, von Malcolm, seinem Guru auf dem Berg, und von Leuten, die wir nicht kannten. Er fing wieder an zu weinen, als er davon sprach, daß er seine alten Bilder nicht finden konnte, seine Fotos von Dee und der Band. Er beschuldigte Mike, sie gestohlen zu haben, woraufhin Mike sein Kissen über die Ohren zog und seine Bitte um einen neuen Zimmergenossen wiederholte.

«Ich würde mich gern noch ein wenig gepflegt unterhalten, bevor ich sterbe», sagte Mike. Das letzte Wort schien von den Wänden widerzuhallen.

Als Cal und ich den Raum verließen, waren wir nicht sicher, ob Davey überhaupt gemerkt hatte, daß wir gegangen waren. Wir waren nicht einmal sicher, ob er wußte, daß wir dagewesen waren.

«Kann ich irgend etwas tun?» fragte ich Dr. Sanderley draußen im Gang. «Hat er ein Radio oder einen Kassettenrecorder?»

«Wir haben eine gute Anlage. Eine Spende.»

Ich würde ihm Dees letztes Album auf Kassette überspielen. Und vielleicht konnte Dee ihm ein Band von ihrem Konzert schicken.

«Sonst noch etwas?»

«Er mag Mokka-Mandel-Eis gern», sagte Dr. Sanderley.

«Mokka-Mandel», wiederholte ich.

«Um ehrlich zu sein», sagte Dr. Sanderley und nahm seinen Worten durch ein freundliches Lächeln die Schärfe, «viel kann man nicht mehr für ihn tun. Man muß ihn einfach so akzeptieren, wie er ist.» Die Nasenflügel des Arztes blähten sich bei einem höflich unterdrückten Gähnen, und ich fragte mich, wie lange der Mann schon nicht mehr geschlafen hatte.

33

Cal und ich gingen mit weichen Knien durch die Empfangshalle hinaus. Ich wußte, daß ich noch einmal zurückkommen und weitere Fragen stellen mußte, aber jetzt brauchte ich frische Luft. Die beiden Damen am Eingang blickten nicht einmal auf. Wahrscheinlich waren sie daran gewöhnt, daß Freunde und Angehörige die Klinik fluchtartig verließen.

«Cal?»

Er marschierte zu einer Bank zwischen zwei hohen Eiben und setzte sich, als könnten seine Beine sein Gewicht nicht mehr tragen. Er grub die Hacken in den Rasen und starrte auf einen Punkt zwischen seinen Füßen.

Auch ich starrte eine Zeitlang ins Gras. Dann in den bewölkten Himmel. Ich mußte an das miese Apartment auf der Mass. Ave. denken, das Dee und Davey damals teilten. Ihr einziges Möbelstück, eine durchhängende Bettcouch, war mit einem ausgefransten braunen Schonbezug bedeckt gewesen. Als Heizung diente ihnen ein winziger Heizlüfter.

Cal sagte streitlustig: «Ich habe ihn für dich gefunden, zumindest das, was noch von ihm übrig ist. Meinst du nicht, es ist Zeit, mir zu erzählen, was zum Teufel eigentlich abläuft?»

«Ich bin gerade erst dabei, es mir selbst auszuklamüsern», sagte ich zurückhaltend. «Ich dachte, ich hätte die Lösung, wenn ich Davey finde.»

«Und hast du sie?»

«Vielleicht.»

«Vielleicht», wiederholte er.

«Vielleicht», sagte ich nochmals.

Als Cal wieder zu sprechen begann, war seine Stimme fast so leise wie Daveys, als hätte er mich vergessen und dächte laut. «Ich könnte jetzt da drin sein. Als ich noch voll war, habe ich Speedballs, Junk, einfach alles genommen, was mir in die Finger kam. Ich habe mit Leuten zusammen gefixt, neben denen ich in der U-Bahn nicht hätte stehen wollen.»

«Ja», sagte ich, um ihn daran zu erinnern, daß ich noch da war.

Er schüttelte den Kopf und rieb sich mit den Händen die Augen, als wollte er wegwischen, was er gerade gesehen hatte. «Ich hoffe, du machst dir keine Sorgen wegen der vergangenen Nacht, Carly. Ich bin geprüft und getestet.»

«Cal, ich mache mir keine Sorgen um letzte Nacht. Ich mache mir Sorgen um 77 andere Sachen. Ich mache mir Sorgen um Davey. Ich frage mich, ob der Arzt weiß, was er sagt, wenn er meint, man könne nichts mehr machen.»

«Redest du von irgend so einem Wundermittel aus den Labors, das man an den Todeskandidaten ausprobiert? Meinst du, Davey hätte so was gern? So, wie er drauf ist? Manchmal hier, manchmal ganz woanders?»

«Müßten wir ihn nicht fragen, wenn er hier ist?»

«Hör auf, Carly, an dem Ort hier überläuft es mich kalt. Laß uns gehen, ja? Ich werde Daveys Gitarre holen.»

Ich wühlte die Toyotaschlüssel aus meiner Tasche. «Hast du wirklich einen Führerschein?»

«Was?»

«Nimm mein Auto, hol die Gitarre und komm wieder her. Wenn ich nicht hier bin, dann laß das Auto auf dem Parkplatz stehen.»

«Und die Schlüssel?»

«Steck die Schlüssel ins Handschuhfach und schlag die Tür zu. Ich habe einen Zweitschlüssel. Mach keine Extratouren, und laß die Karre keine Sekunde lang offen.»

«Komm doch mit», sagte Cal.

«Ich kann nicht.»

«Warum nicht?»

«Weil Leute, die in einem Krankenhaus arbeiten, wissen, wie man an Spritzen kommt.»

34

Eine der Damen am Eingang hustete, als ich die Doppeltüren aufstieß, aber sie sagte nichts und hielt mich auch nicht auf. Dr. Sanderley war nirgends zu sehen. Ich schlenderte die Gänge entlang und hielt nach einem vertrauten Gesicht Ausschau, einem Gesicht, das ich in Dees Hotel oder bei der Probe im *Berklee Performance Center* gesehen haben könnte. Ich sah keins.

Ich stieg eine Treppe hoch und fand oben einen recht netten lichtdurchfluteten Aufenthaltsraum. Ein paar von den weniger entkräfteten Patienten – manche mit Krücken, andere im Rollstuhl – saßen dort herum und lachten über irgendeine Fernsehshow. Zwei Männer in Bademänteln spielten an einem Kartentisch Rommé.

Ich kiebitzte ein, zwei Runden lang. Von meiner Mutter habe ich zwei Kartenspiele gelernt, Binockel und Rommé. Mein Vater behauptete immer, sie hätte bei beiden gemogelt.

«Sind Sie eine Wohltätigkeitslady?» fragte mich einer der Kartenspieler. Er hatte münzengroße Male auf beiden Händen und Handgelenken, bis dahin, wo sie in den Ärmeln des Bademantels verschwanden. Der andere Spieler betrachtete mich zweifelnd.

«Nein», sagte ich, «eine Wohltätigkeitslady bin ich mit Sicherheit nicht.»

«Die kommen ab und zu her», sagte einer der Fernsehenden.

«Sind Sie eine Verwandte von jemandem?» fragte ein anderer Fernsehender.

«Eine Freundin. Von Dunrobie. Ein alter Freund.»

«Der Glückliche», murmelte ein Mann, der so kahlköpfig wie ein Ei war.

Ich sagte: «Kennt ihr ein junges Mädchen, das hier arbeitet oder zu Besuch kommt? Vielleicht eine Krankenschwester oder eine freiwillige Helferin. Sechzehn oder siebzehn. Sieht ziemlich aufregend aus. Blonde Locken.»

Die Männer wechselten Blicke.

Ein Typ antwortete mit übertriebener hoher Stimme: «Ich achte nur auf die Jungs, Süße.» Ein anderer Mann lachte. Es schien sich um einen ihrer Standardwitze zu handeln.

Einer der Kartenspieler sagte: «Von den Wohltätigkeitsladies sieht keine so aus. Und von den Schwesternhelferinnen auch nicht. Glauben Sie's mir, ich hätte es gemerkt.»

Ich versuchte es noch mal anders. «Davey hat mir von einem erzählt, ich weiß nicht, ob Helfer oder Krankenpfleger, der sehr nett zu ihm war.» Ich tat mein Bestes, eine anschauliche Beschreibung des Typen zu geben, den ich zuletzt Brendas «Loverboy» hatte nennen hören. Schlank, jung, vielleicht Ausländer. Ich erinnerte mich daran, daß er dunkle, schmachtende Augen hatte.

«Ray?» sagte der andere Kartenspieler scharf. «Der Fiesling? Der war tatsächlich nett zu jemandem?»

«Ray», sagte ich, «ja, das ist der Typ. Wo könnte ich ihn denn finden?»

«Er hat hier aufgehört», sagte einer der Fernsehenden, «er war Krankenpfleger. Hat gekündigt. Ist gegangen.»

«Kennen Sie Rays Nachnamen?» erkundigte ich mich.

«Nee. Ist mir auch egal.»

Die Dicke am Empfang, diejenige, die zuviel redete, war allein am Eingang. Sie hatte von Dr. Sanderley offenbar noch keine Lektion über die Schweigepflicht erhalten. Ich tischte ihr die Geschichte auf, daß Davey mich gebeten hätte, Ray ein Andenken zu übermitteln, wenn er gestorben sei. Sie nannte mir Rays Nachnamen und gab mir seine Anschrift.

35

Von einem Münzfernsprecher in der Eingangshalle rief ich die Polizeiwache an und hoffte, Cal würde mit meinem Auto auftauchen, während ich am Telefon wartete. Mooney war nicht zu finden. Er saß nicht an seinem Schreibtisch, was alles heißen konnte, von einem kurzen Gang auf die Herrentoilette bis hin zur Verfolgung einer heißen Spur im Mordfall Brenda. Vielleicht war er auch endlich einmal nach Hause gegangen zu seinem Drachen von Mutter, um etwas Schlaf nachzuholen. Joanne war nicht zu erreichen. Ich zögerte, dem diensttuenden Beamten Ray Daggetts Namen und Adresse durchzugeben. Etwas beklommen wählte ich Mooneys Privatnummer und hatte natürlich den alten Drachen an der Strippe; sie erklärte mir mit Nachdruck, sie käme auch nicht im Traum auf die Idee, ihren Jungen aufzuwecken, nur weil Leute wie ich anriefen. Sie mochte mich nicht, als ich noch Polizistin war, weil, wie sie mir sagte, Frauen nicht für die Polizei geschaffen seien. Sie mag mich immer noch nicht, obwohl ich gar keine Polizistin mehr bin. Langsam nehme ich das persönlich.

Ich gab Mami Rays Namen und Anschrift durch. Sie mochte mich hassen, aber sie würde dafür sorgen, daß Mooney beides bekam. Um ganz sicherzugehen, sagte ich ihr, es könnte seine Beförderungschancen erheblich verbessern. Sie stellt sich gerne vor, die Mutter des Polizeipräsidenten zu sein. Mooney lacht nur darüber.

Mein Toyota kreuzte nicht auf, also rief ich Gloria bei *Green & White* an, wobei ich in meinen sämtlichen Taschen nach Münzen suchte, um den Fernsprecher zu füttern.

«Ich brauche eine Taxe zum *Saint John's* auf der Allston Street», sagte ich, als sie beim zweiten Klingeln den Hörer abnahm.

«Zum Krankenhaus? Geht's dir nicht gut?»

«Mir geht's gut. Hast du Neuigkeiten für mich?»

«Ich habe ein paar Sachen herausgefunden», sagte Gloria so beiläufig, als sei sie nicht besonders stolz darauf, die bestinformierte Frau zu sein, was den Stadtklatsch und -tratsch betrifft. «Das *Berklee Performance Center* bringt seine Einnahmen gleich nach nebenan in die *Bank of Commerce*. Der Mann mit der Sondergenehmigung ist einer vom festen Sicherheitspersonal des Centers, George Wolfe, mit einem *e* am Schluß.»

«Danke dir.» Dees wenig schmeichelhafte Äußerungen über die Sicherheitsmaßnahmen am *Performance Center* fielen mir ein. «Bleib dran, Schatz. Das Beste kommt noch. Paolina hat angerufen.»

Mein Mund wurde plötzlich trocken. «Paolina?»

«Genau. Ihre Mama erlaubt ihr nicht, *dich* anzurufen, aber sie kennt sich schon mit Telefonbüchern aus und ist auf die Idee gekommen, daß das Anrufverbot nicht für Umwege gilt. Sie läßt dir herzlich für den Drachen danken. Sagt, sie hätte ihn heute morgen ungefähr eine Meile hoch steigen lassen, und ob du ihn gesehen hättest.»

Ich merkte, daß ich zum erstenmal seit der Nachricht von Davey wieder lächelte. «Wenn sie noch mal anruft, sag ihr, daß ich danach Ausschau halte. Sag ihr... ach, danke, Gloria.»

«Hm, ja», sagte sie, und ihre Stimme war rauher als gewöhnlich. «Wenn du sonst was brauchst, laß es mich wissen.»

«Du schickst mir eine Taxe, ja?»

An den Cops, Mann und Frau, vor der Hotelzimmertür vorbeizukommen war diesmal nicht schwer. Ich kannte die Frau. Sie nickte in meine Richtung und sagte zu ihrem vierschrötigen Partner: «Die ist in Ordnung.» Er grunzte kaum hörbar irgend etwas und musterte mich rasch von oben bis unten, so daß ich sicher sein konnte, daß er mich bei unserer nächsten Begegnung wiedererkennen würde.

Dee spielte auf der alten *Gibson* des Reverends und summte leise dazu. Mir wurde bewußt, daß ich seit jener Nacht, in der die Unglückliche sich in den Park gewagt hatte, der Nacht, in der sie mich angeheuert hatte, nie länger als ein paar Minuten mit ihr allein gewesen war. Meine Augen suchten schnell das Zimmer ab, es schien jedoch leer zu sein. Ein Päckchen Marlboro, das Lieblingsgift meines Vaters, lag auf einem niedrigen Tisch neben Dees Stuhl. Der Aschenbecher war längst übervoll.

Dee erinnerte sich auf einmal an ihre brennende Zigarette, nahm einen Zug und klemmte den Stummel neben den Stimmwirbel unter eine Saite. Sie griff einen schwierigen B-Dur-Akkord, blickte über die Schulter und versuchte zu lächeln, als sie mich sah.

«Jimmy sagt, spiel weiter, zieh die Tournee durch, laß keinen Termin aus, oder du bist raus aus dem Geschäft», bemerkte sie und spielte eine schnelle Folge von Akkorden.

«Hast du schon einen neuen Baß?»

«Jimmy läßt zwei von der Küste herfliegen. Beides alte Session-Profis. Der eine ist von einer Show-Rock-Band, aber Jimmy schwört, er wär ein guter Bluesmann.» Sie probierte es erneut mit einem Lächeln. «Ich habe gesagt, nur die Weiber in meiner Band tragen Make-up. Sollte er auch nur das kleinste bißchen Lidschatten auflegen, nehmen wir den anderen, auch wenn er nur in A spielen kann.»

Ich sah nach, ob die Tür auch wirklich zu war, und verriegelte sie von innen. «Dee», sagte ich, «deine Tournee ist vielleicht schon zu Ende, bevor sie angefangen hat.»

Sie achtete überhaupt nicht auf mich. Ich war nicht einmal sicher, ob sie mich gehört hatte. «Kennst du dieses Lied?»

fragte sie. «Ein alter Song. ‹Wild Women Don't Get the Blues›.»

«Dee?»

«Na ja, alles beschissen, Carlotta. Ein Haufen Scheiße.»

«Ich habe Davey gefunden», sagte ich. «Hast du was getrunken?»

«‹Oh, baby, I been drinkin'.›» Was sie sang, war von Randy Newman, und sie versuchte, unbekümmert zu wirken. «Ich habe dir doch gesagt, du sollst ihn vergessen.»

Ich setzte mich unaufgefordert auf das Sofa. «Der Anwalt von MGA/America war anderer Meinung.»

Sie zuckte die Achseln, als sei inzwischen alles egal, saß aufrecht auf ihrem hochlehnigen Stuhl und spielte einen bekannten Riff, den Anfang von Danny O'Keefes «Steel Guitar». Ehe ich sie unterbrechen konnte, sang sie schon:

«Carol once told me she dreamed she was pretty,
lived in a very cool part of the city,
with a man who came home every evening at six,
and begged her to play him his favorite licks,
on a steel guitar, on a real guitar,
she could put it all together on a real, on a steel guitar.» *

«Erinnerst du dich noch daran?» sagte sie und spielte die Melodie weiter. «Dum, dum, dum da da dum. Ich habe überlegt, ob ich damit anfangen soll.»

* Carol hat mir mal erzählt, sie träumte davon, hübsch zu sein
und in 'nem coolen Viertel in der Stadt zu leben
mit einem Mann, der abends um sechs Uhr nach Hause kam
und sie dann bat, ihm seine Lieblingsläufe zu spielen
auf einer Steel Guitar, 'ner richtigen Gitarre,
denn sie konnte alles bringen auf 'ner richtigen Steel Guitar.

Ich entfaltete den Brief von Stuart Lockwood und hielt ihn so, daß sie ihn nicht übersehen konnte. «Hat Lorraine das je mit dir zusammen gesungen?» fragte ich sie. «‹Sweet Lorraine›, ‹Missing Note›, «Duet›. Diese Titel standen alle im Brief des Anwalts, richtig? Von Plagiat war nicht die Rede.»

«Es ging um Plagiat in dem Brief», sagte sie langsam, während sie auf *Miss Gibson* hinabschaute und die Finger über die Saiten huschen ließ, als wären sie mit eigenem Geist beseelte Geschöpfe. «Sing mit, Carlotta. Probier mal Lorraines Part.»

«'Cause her daddy'd been a welder during the war,
and he played country music every night till four,
with some drugstore cowboys who could pick and grin,
and if you let it all out, they'd bring it all back in.
On a steel guitar, on a real guitar,
'cause they could put it all together on a steel,
on a real guitar.» *

«Dee», sagte ich wieder, «hör auf damit. Was ist mit Lorraine passiert? Mit Sweet Lorraine?»

Sie sang nur noch lauter, und ich gab's auf und sang mit, zuerst leise.

* Denn ihr Daddy war im Krieg ein Schweißer,
und er spielte Country-music jede Nacht bis vier
mit ein paar Drugstore-Cowboys, die spielen und breit grinsen konnten,
und was du rausgelassen hast, sie brachten's wieder rein.
Auf einer Steel Guitar, 'ner richtigen Gitarre,
sie konnten alles bringen auf 'ner richtigen Steel Guitar.

«He taught his daughter to drink whiskey like water,
to go for the man with something to offer,
he said to her, baby, you can go very far,
with an easy laugh and a steel guitar.
That steel guitar, that real guitar,
you don't need a man, you got a real,
*you got a steel guitar.»**

«Hast du Lorraine umgebracht?»

Dee drückte die Gitarre wie einen Schild an sich und brach ihr Lied mittendrin ab. «O lieber Himmel, Carlotta, nein!»

«Einfach nein, weiter nichts?»

«Es war Selbstmord. Ich schwör's! Selbstmord!»

Ich wartete. Schweigen war im allgemeinen die beste Methode bei einem Verdächtigen, aber Dee hatte den perfekten Schutzwall, ihre Gitarre. «Verflucht, jetzt hab ich's vergessen», sagte sie. «Wie geht's weiter, Carlotta? Bitte sag's doch!»

Ich antwortete nicht.

«Bitte!»

«Jack», sagte ich widerwillig.

«Yeah», sagte sie. «Old Jack.»

«Jack was a rambler, he'd been around Nashville,
he knew all the tricks and he sure wasn't bashful.
He heard Carol playing steel guitar.

* Er lehrte seine Tochter, Whiskey wie Wasser zu saufen,
sich den Mann zu holen, der etwas zu bieten hatte,
er sagte ihr, Baby, du kannst es weit bringen
mit 'nem heiteren Lachen und 'ner Steel Guitar.
Dieser Steel Guitar, der richtigen Gitarre,
du brauchst keinen Mann, du hast 'ne richtige Steel Guitar.

He said to her, baby, you and me could go far.
On a steel guitar, on a real steel guitar,
*let's put it all together on a real, on a steel guitar.»**

«Dee», sagte ich drängend.

«Eine Strophe noch. Die Killer-Strophe.»

«I'll make a long story short, they had a couple of children,
Jack went to war and the enemy killed him.
Carol got his pension and his Purple Heart,
and now every evening till two she just picks him apart.
On a steel guitar, on a real guitar,
she says I don't need a man, I got a real,
*I got a steel guitar.»***

Sie beendete das Lied mit einem Schnörkel, indem sie den letzten Ton auf dem Hals der alten Gitarre nach oben auswimmern ließ. «Meinst du, ich kann das Konzert damit eröffnen?» fragte sie. «Fröhlich und traurig zugleich? Oder findest du es zu bitter?»

* Jack war ein Wanderbursche, bis Nashville gekommen,
er kannte die Tricks und er war gar nicht scheu.
Er hörte Carol auf der Steel Guitar spielen.
Er sagte, Baby, wir beide können's weit bringen.
Auf 'ner Steel Guitar, 'ner richtigen Gitarre,
laß es uns bringen auf 'ner richtigen Steel Guitar.

** Der langen Story kurzer Sinn: Sie hatten ein paar Kinder,
Jack zog in den Krieg, und der Feind schoß ihn tot.
Carol blieb seine Pension und seine Medaille,
und jetzt nimmt sie ihn jeden Abend bis zwei auseinander,
auf 'ner Steel Guitar, 'ner richtigen Gitarre,
sie sagt, ich brauch keinen Mann, hab 'ne richtige Steel Guitar.

«Sag endlich was, Dee. Über Sweet Lorraine.»

Als sie wieder zu spielen anfing, legte ich die rechte Hand fest auf die Saiten.

«Hör auf», sagte sie.

«Rede», sagte ich.

Sie legte die Gitarre auf den Schoß und ließ die Finger unhörbar über die Bünde gleiten. «Ich war da», sagte sie schließlich mit einer Stimme, die so ausdruckslos war wie ihr Gesicht. «Sonst nichts. Ich war da. Ich habe in der Nacht bei Lorraine geschlafen. Wir haben Wein getrunken, und dann war ich benebelt und weg. Ich glaube, sie hat irgendwelches Zeug – Tabletten oder so was – in unsere Gläser getan. Als ich aufwachte, war sie tot. Ich habe gemacht, daß ich da rauskam.»

«Warum?»

«Warum? Weil ich jung war und Angst hatte. Ich bin zu Davey gerannt. Davey wohnte bei mir, das weißt du doch noch. Ich hatte die Nacht mit ihm verbringen wollen. Er war noch auf, als ich nach Hause kam.»

«War Lorraine tot, als du gegangen bist?»

«Du kannst mir glauben, daß ich mich das tausendmal gefragt habe. War sie tot? Ich dachte es jedenfalls. Ich bin sogar zu 99 Prozent sicher, daß sie tot war. Die ganze Sache ist schon so lange her… Es war irgendwie unwirklich. Ist es immer noch. Manchmal spiele ich in einer Bar – oder sitze am Steuer – und könnte schwören, daß ich sie sehe… Aber sie ist es nie.»

Sie schluckte. «Davey wußte, daß ich weggelaufen bin. Und er wußte von der letzten Nachricht an mich.»

«Die ‹Missing Note›», sagte ich. Noch ein fauler Songtitel.

Dee spielte wieder ein paar Akkorde zu «Steel Guitar» und starrte dabei ihre Hände an, um nicht mich ansehen zu müssen. «Ja. Lorraine hat eine Nachricht hinterlassen, einen letzten Brief an mich. Einen Brief über mich.»

Vor meinem geistigen Auge erschien das Foto von Lorraine. Sie war so jung gewesen.

«Weißt du, wir hatten da was laufen, Lorraine und ich, während ich mit Davey zusammen war. Du erinnerst dich, daß ich noch ein Kind war, frisch vom Lande, von Missouri. Ich wußte nichts von Schwulen, Lesben und so was. Ich war einfach verflucht naiv. Ich habe mit Sex herumprobiert, das war alles. Das habe ich reichlich gemacht, herumprobiert, mit allen Arten von Sex. Und Lorraine, sie war echt verliebt in mich. Das hat sie in dieser letzten Nacht immer wieder gesagt, sie wäre in mich verliebt, und sie wäre für immer mein. Wir würden bis in alle Ewigkeit zusammenbleiben.»

Dee sang den letzten Satz fast wie ein Kinderspottlied. Als sie wieder zu sprechen begann, klang ihre Stimme kühl, distanziert und ärgerlich.

«Na ja, ich habe ihr gesagt, mit mir nicht. Ich habe ihr gesagt, das würde nicht mal für 'nen halbwegs anständigen Text reichen, das ganze sentimentale Zeug. Herz, Scherz, Schmerz. So 'ne Scheiße mache ich nicht. Ich würde ihr nicht treu bleiben; ich würde Davey nicht treu bleiben. Teufel auch, ich bin darauf nicht stolz. Ich bin einfach nicht die Art von Mensch. Ich bin dafür nicht geschaffen. Ich war nicht gemein zu Lorraine. Ich habe ihr gesagt, daß ich sie gern hätte. Ich habe gesagt, wir könnten immer Spaß haben, wenn ich in der Stadt wäre, aber erst mal wollte ich auf Tournee gehen, und außerdem würde ich auch Männer lieben, Männer sogar mehr.»

«Und was hat Lorraine daraufhin gesagt?»

«Daß sie wüßte, ich würde wiederkommen; und wir würden ja auch perfekt zusammen singen.»

«‹Duet›.» Der dritte faule Titel.

«Sie sagte, wir würden zusammen Musik machen», fuhr Dee fort, «*ihre* Art von Musik. Sie dachte, wir würden vielleicht mal unter einem Frauen-Musiklabel erscheinen wie Yolanda oder Lady Godiva. Wohltätigkeitsvereine, wo die Künstler eine gute Sache unterstützen und nie 'nen Pfennig verdienen. Mit Musik über ‹unsere Liebe›.»

«Soso», sagte ich leise, um sie am Reden zu halten.

«Ich sagte ihr, das wohl nie. Sie hat sich umgebracht. Und eine Nachricht hinterlassen.»

«Und Davey wußte von dem letzten Brief?» Beim Fragen wurde mir auf einmal klar, daß mir ihre Antworten gar nicht nahegingen. Ich hörte mir einfach etwas von Verdächtigen und Tätern an, als wäre ich Kripobeamtin. Kein Gedanke an meine Lorraine, die erste Tote, um die ich trauerte, oder meinen Davey, den Davey, mit dem ich geschlafen hatte, oder meine Dee, die beste Sängerin, die ich je mit Rhythmusgitarre begleitet hatte.

Sie reagierte bitter darauf. «Sicher wußte Davey davon, so, wie ich auf dem Fußboden zusammengefallen bin. Ich brachte nicht mal die Worte raus, konnte es einfach nicht aussprechen: Lorraine ist tot. Den Brief hatte ich in der Hand. Ich habe ihm den Brief hingehalten. Er hat ihn gelesen. Er hat ihn behalten.»

«Warum hast du mir das nicht erzählt, Dee?» Ich sprach leise, konnte jedoch nicht verhindern, daß ich verärgert klang. «Warum hast du mir bloß nichts gesagt?» Und ich hatte mich all die Jahre gefragt, warum Lorraine sich umgebracht hatte. All die Jahre Schuldgefühle gehabt. Und auf die Wahrheit wäre ich nie und nimmer gekommen. Ich sah Lorraines ebenmäßiges ovales Gesicht vor mir, ihr glattes braunes Haar. Hörte ihre klare Sopranstimme. Wie lange hatte ich sie gekannt? Zwei, drei Jahre? Und nie hatte ich den Verdacht gehabt, sie könnte lesbisch sein. Und schon gar nicht wäre ich auf die Idee gekommen, sie könnte Dee Willis lieben.

«Na klar», sagte Dee, «sag's dem kleinen Polizeifräulein.

Du hättest mich todsicher einsperren lassen. Hättest mich den schrecklichen Brief der Polizei übergeben lassen, und dann das ganze Drum und Dran. Weißt du, was so 'n Gerücht damals hätte auslösen können? Dee Willis, die Sängerin, schläft mit Mädchen? Eine hat sich sogar umgebracht wegen Dee Willis. Glaub mir, Carlotta, ich wollte kein öffentliches Coming Out machen. Ich hatte eine Tournee geplant. Ich wurde gemanagt. Ich wollte ganz schnell nach ganz oben kommen.»

Sie griff in den Gitarrenkoffer und holte ihren Kapodaster heraus. «Wen ich nicht verstehe, ist Davey. Nach all der Zeit... Er brauchte doch nur zu mir zu kommen. Ich habe ihm vorher schon immer Geld gegeben, wenn er etwas brauchte. Und es war nie so was wie Erpressung. Es war, was ich gesagt habe: ein Geschenk an einen Freund, der mir einen Gefallen getan hat. Wir haben sogar mal im Spaß gesagt, ich würde ihm Tantiemen zahlen, weil ich ‹For Tonight› gleich nach Lorraines Brief geschrieben habe, angeregt durch all das Gerede von immer und ewig. Davey schwor immer, er hätte einen Akkord geändert, aber das stimmt nicht; es ist alles von mir, genau wie die übrigen Songs.»

Sie stellte die Gitarre auf den Boden, so daß das schmale Griffbrett an der Couch lehnte. Ich hatte Angst, sie könnte umfallen. «Ich kann nicht begreifen, daß er so niederträchtig geworden ist», sagte sie, und ich hatte sie nie so müde, so erschöpft klingen hören. «Er wußte, daß ich nicht an Lorraines Tod schuld war. Es passierte einfach, und vielleicht hätte ich mich anders dabei verhalten sollen. Wenn ich irgendeinen Augenblick noch mal leben dürfte, dann diesen.»

«Als du Brenda tot aufgefunden und mich angerufen hast, da hast du von Lorraine gesprochen, nicht wahr?»

«Es war wie ein Alptraum, als würde alles wieder von vorn anfangen. Und da wußte ich, daß Davey verrückt geworden sein muß, weil er die arme Brenda ohne Grund ermordet hat, nur um mich daran zu erinnern, daß ich ihm etwas schuldete, solange er den Mund hielt. Da habe ich mich entschlossen, ihn zu bezahlen, ihm alles zu geben, was ich hatte, mich zu verschulden, jeden Vertrag anzunehmen, den MGA mir anbieten würde, ihn zu bezahlen und mein Leben weiterzuleben.»

Ich nahm die Gitarre. Das alte Holz fühlte sich seidenglatt an. Links vom Griffbrett war ein tiefer Kratzer. Sie roch nach Zigarren. «Erzähl mir mehr von Lorraine.»

«Was gibt's da noch zu erzählen?» sagte Dee mit gesenktem Kopf. «Ich mochte sie. Ich hatte sie gern.»

«Meinst du, sie wollte dich mit umbringen? Mit Tabletten und Alkohol?»

«Ich denk nicht mehr daran. Ich denk an nichts anderes mehr als an die Musik. Die Musik, die gottverdammte undankbare Musik ist mein verfluchtes Leben, Carlotta. Wenn ich keine Musik haben kann, will ich auch nichts anderes. Ich habe fast alles aufgegeben, was anderen Menschen am Herzen liegt. Ich habe kein Haus. Ich habe keine Kinder. Ich hatte eine Scheißangst in der Nacht, als Lorraine starb. Und ich wollte auf jeden Fall verhindern, daß die Leute immer nur an Lorraines Tod dachten, wenn sie meinen Namen hörten. Dee Willis. *Dee Willis*. Die Leute denken an meine Songs, wenn sie meinen Namen hören. Nicht an irgendeinen häßlichen Selbstmord vor langer Zeit...

Wie konnte Davey nur so was machen!» sagte sie kopfschüttelnd und streckte die Hände aus, als käme die Antwort aus der Luft. «Warum gerade jetzt? Warum geht er zu so einem gottverdammten Anwalt? Ich dachte, wenn ich ihn finden würde, wenn du ihn finden würdest... Vielleicht war er so besoffen, daß er den Kopf verloren hat –»

Ich schlug einen a-Moll-Akkord an und ließ ihm einen

e-Moll-Akkord folgen, der eine Weile in der Luft schwebte. «Der Erpresser *mußte* sich einen Anwalt nehmen», sagte ich. «Er konnte nicht zu dir kommen. Es ist nicht Davey.»

«Was?»

«Es ist nicht Davey», wiederholte ich. «Davey erpreßt dich nicht. Davey hat bloß der falschen Person zuviel erzählt. Und auch dafür kann er nichts.»

Dee ließ die Finger durch ihre dunklen Locken gleiten und preßte sie dann gegen die Schläfen, als hätte sie heftige Kopfschmerzen. «Hör um Gottes willen mit den Mollakkorden auf», sagte sie. «Sag mir endlich, wer der Erpresser ist. Sag – komme ich besser weg, als ich dachte? Oder schlechter? Was passiert als nächstes?»

«Kommt drauf an.»

«Worauf?»

«Auf dich. Du kannst den Mund halten und dem Typ ein Vermögen zahlen. Und vergiß nicht, er ist nicht nur ein Erpresser. Ray Daggett hat Brenda ermordet.»

«Wer?» sagte Dee. «Sag das noch mal, aber langsam.»

«Brendas Freund. Brendas ‹Loverboy›.»

«Brendas Süßer? Ray? Wieso kennt er denn Davey? Woher weiß er von Lorraine? Ich meine, vielleicht hat er Brenda wegen irgendwelcher Liebesquerelen umgebracht, aber warum sollte er mich erpressen?»

«Er kannte Davey. Ich erklär dir das alles später, aber jetzt mußt du mir eine einfache Frage beantworten: Willst du, daß er ohne Strafe davonkommt?»

Dee ließ die Hände in den Schoß fallen und sah mich lange an, ehe sie antwortete. «Brenda war ein harter Brocken», sagte sie schließlich. «Wir haben nicht viel Gemeinsamkeiten gehabt. Aber sie war wirklich eine anständige Bassistin. Der Reverend hätte sie eine ‹superflotte Spielerin› genannt.»

«Ich fasse das so auf, daß du ihren Mörder nicht laufenlassen willst. Aber du mußt mit dem Cop reden, dem Freund von mir. Du mußt ihm das von Lorraine erzählen.»

«So eine Scheiße», sagte Dee, «so eine Scheiße. Laß mich mal überlegen. Und gib mir die Gitarre wieder oder spiel drauf, ja?»

Meine Finger fanden die Griffe für einen Song, den unsere alte Band zu spielen pflegte. Ich war erstaunt, daß ich den Text noch konnte.

«Look down the road, far as my eyes can see,
far as my eyes can see.
*I couldn't see nothing that looked mine to me.»**

«Hübsch», sagte Dee. «Skip James?»

Ich spielte weiter; ich sang nicht, sondern spielte nur mit der Melodie herum.

«Du hast gesagt, du hättest Davey gefunden», sagte Dee. «Ich wußte, daß du's schaffst.»

Ich sang noch einen Vers. «Ja», sagte ich.

Sie redete leise, als die Gitarre verstummte. «Hast du mit ihm gesprochen? Glaubst du, daß er mir Lorraines Brief zurückgibt?»

Als ich ihr erzählte, wo er war, fing sie zu weinen an. Ich hatte nicht das Herz, ihr noch mehr Fragen zu stellen. Es war auch kaum mehr nötig.

* Schau die Straße hinunter, so weit meine Augen sehen,
so weit meine Augen sehen.
Konnte nichts sehen, was aussah, als gehörte es mir.

36

Sobald sie sich wieder in der Gewalt hatte, rief Dee Hal an. Ich hörte zu, wie sie ihn anschwindelte. Sie sagte ihm, sie würde 24 Stunden ausfallen, so schlecht ginge es ihr, und sie wünsche niemanden, absolut niemanden in ihrem Zimmer zu sehen. Und keine Anrufe zu empfangen. Ich konnte seine Stimme hören, die voller Entsetzen aus dem Hörer schrillte. Sie versicherte ihm, zum Konzert wäre sie hundertprozentig okay. Er brüllte, er müsse sie sofort sehen, er sei gleich da, und er würde einen Arzt mitbringen. Sie schrie zurück und lehnte all seine Vorschläge ab. Dann legte sie auf, preßte sich die Hand auf den Magen und stürzte zum Badezimmer.

Sie blieb lange dort. Ab und zu hörte ich sie würgen.

Ich benutzte die Pause dazu, selbst einen Anruf zu machen. Mooney willigte ein, uns in der Empfangshalle zu treffen.

Als Dee wieder zum Vorschein kam, schien sie halbwegs in Ordnung zu sein, das Gesicht bleich gewaschen, kein Make-up, einen nassen Waschlappen vor dem Mund. Ich prüfte ihren Arzneischrank, dann den Abfalleimer im Bad, fand jedoch nichts, womit sie sich groß hätte schaden können.

«Hast du Angst, Dee?» fragte ich mitfühlend, als ich sie völlig reglos auf dem Sofa ausgestreckt fand.

«Vor Aids? Ach Scheiße, ich bin so oft gecheckt worden. Jeder in diesem Geschäft hat die Tests hinter sich, nur die Singende Nonne nicht. Ich habe nichts. Aber nicht, weil ich gut auf mich aufgepaßt hätte und nicht mit Kerlen gebumst hätte, die ich nicht mal beim Namen kannte, oder mit Typen, die gefixt und die mit anderen Männern geschlafen haben. Mir fehlt nichts. Mir ist schlecht, ganz einfach schlecht, absolut schlecht.»

«Mooney, der Cop, von dem ich dir erzählt habe, den du

damals auf der Wache kennengelernt hast, ist in zehn Minuten unten. Soll er raufkommen?»

«Hierher?» Sie schaute sich in dem eleganten Zimmer um, als sei es eine Gefängniszelle. «O Scheiße, nein. Ich muß hier raus. Im Empfang gibt es eine Bar. Wir können einen trinken.»

«Du kannst auch hier was haben. Zimmerservice.»

«Hal hat sie angewiesen, nichts Alkoholisches mehr zu liefern. Nett, was?»

«Das kann er?»

«Er bezahlt die Rechnungen.»

Wir mußten warten, bis Mooney anrief und die Wachen an der Tür zurückpfiff. Dee verbrachte die meiste Zeit im Badezimmer, und als sie wieder herauskam, hatte sich etwas bei ihr verändert. Verstehen Sie mich nicht falsch, sie sah immer noch blaß und traurig aus, aber sie hatte auf einmal irgendeinen Schimmer, ein Strahlen im Gesicht. Ein verdammt gutes Make-up. Kein Rouge, nur ein heller Lippenstift. Wie eine Braut, dachte ich. Daß ich aus Dee nie ganz schlau werde, liegt vielleicht daran, daß ein Teil von ihr immer spielt, immer auf der Bühne ist.

Selbst wenn ich sie nicht schon zwölf Jahre gekannt hätte, wäre ich jetzt beeindruckt gewesen von der Art und Weise, wie sie sich in der Empfangshalle benahm, wie sie mit Mooney umzugehen versuchte.

«Haben Sie ihn schon erwischt?» fragte sie schnell, ergriff Mooneys Hand und behielt sie eine Spur zu lange für eine normale Begrüßung in der ihren. «Brendas Freund?»

Für Mooney muß sich das angehört haben wie eine große Besorgnis. Mir kam es eher berechnend vor: Wenn die Cops den Mörder schon haben, brauche ich nicht über Lorraine zu sprechen.

Aber sie hatte Pech. Kein Ray bisher, sagte Mooney.

Wir gingen in die Bar, die eigentlich ein Salon war mit den vielen damastgedeckten Tischen, den Zimmerpalmen und den goldgerahmten Ölgemälden des Stadtparks. Die Kellnerin wollte uns an einem Fenster plazieren. Dee murmelte etwas, und am Ende saßen wir an einem Tisch ziemlich hinten im Raum, der von Grünpflanzen abgeschirmt wurde.

«Wissen Sie, wo der Kerl wohnt?» fragte Dee, sobald sie Scotch mit Soda bestellt hatte. Mooney und ich blieben bei Kaffee.

«Dank Carlotta haben wir eine Adresse. Ich habe ein paar Leute dort postiert. Aber anscheinend ist er umgezogen in der Nacht, als Brenda starb.»

«Umgezogen», wiederholte Dee.

Mir fiel auf, daß ihre Augen fast nie von Mooneys Gesicht wichen und nur gelegentlich zu seinen Händen wanderten. Musiker sind eitel, was ihre Hände betrifft. Ich fragte mich, ob Mooney das auch war.

«Kein Nachsendeantrag», sagte Mooney. «Ist abgehauen und schuldet dem Vermieter noch Geld.»

Die Kellnerin brachte Dees Drink auf einem Tablett. Unser Kaffee war in einer großen Silberkanne.

«Verdammter Mist», sagte Dee, sobald die Kellnerin außer Hörweite war. Dann bemerkte sie auf einmal meine Anwesenheit am Tisch und sah mich mit einem langen Blick an. Ich nickte ihr ermutigend zu.

Sie schaute erst ihre Hände, dann felsenfest ihr Glas an und sagte: «Brenda ist ermordet worden, um mir angst zu machen, um mir einen Wink mit dem Zaunpfahl zu geben.»

«Möchten Sie, daß ein Rechtsanwalt bei diesem Gespräch zugegen ist, Miss Willis?» fragte Mooney.

«Nein, nein. Und bitte nennen Sie mich Dee. Ich lege hier ja kein Geständnis ab, nichts Offizielles, nur –»

«Die ‹nurs› machen mir Sorge», sagte Mooney.

«Hören Sie einfach zu», sagte Dee. «Bitte. Ich will nicht irgend so einen blöden Anwalt. Ich will Ihnen bloß die Wahrheit erzählen.»

Ich will nicht behaupten, daß Dee gelogen hätte. Aber wie sie Mooney die Geschichte erzählte – nun ja, da sah alles etwas anders aus. Danach war es ein reines Wunder, daß sie – Dee – die qualvolle Nacht überhaupt lebendig überstanden hatte. Es war nicht mehr die Geschichte von Lorraines Liebeserklärung, von ihrer Zurückweisung und ihrem Selbstmord. Es war Dees Geschichte, und sie handelte von Dees Entsetzen und Dees Überleben.

Mooney sagte: «Sie meinen also, Brendas Freund kannte die alte Geschichte durch das, was er in der Sterbeklinik aufgeschnappt hat, richtig? Und er wollte die Sache richtig aufziehen und Ihnen zeigen, daß er wußte, was mit Lorraine passiert ist, damit Sie gefälligst zahlen, sonst...»

Dee antwortete leise mit rauher Stimme, und mir wurde die Macht dieser so kontrollierten Stimme bewußt. «Mir ist schleierhaft, warum er sie töten mußte. Wenn ich sie völlig betrunken oder bewußtlos gefunden hätte, wäre mir die Botschaft auch klargewesen.»

«Hatten Sie was miteinander? Sie und Brenda?» fragte Mooney. Diese Frage gefiel Dee nicht. Mir schon. Mooney behandelte sie wie eine Verdächtige, statt ihr zu Füßen zu liegen wie ihre bewundernden Fans.

«Spielt das eine Rolle?» fauchte sie. «Ich habe sie nicht umgebracht. Nein, wir ‹hatten nichts miteinander›.»

Ich nippte an meinem Kaffee und sagte: «Wie ich es sehe, hat Brenda Ray bei der Erpressung geholfen, nur ahnte sie nichts davon.»

«Inwiefern?» fragte Mooney.

Ich wandte mich an Dee. «Weißt du noch, wann sich Brenda mit Ray zusammengetan hat?»

«Das war ein Schnellschuß, kann ich dir sagen. Der Typ ist um sie herumscharwenzelt, hat ihr Blumen geschickt, hat ihr gesagt, er hätte ihre Musik bei *Silverhawk*, ihrer letzten Gruppe, immer super gefunden. Brenda – na ja, sie fühlte sich geschmeichelt. Und wer, verdammt, wäre das nicht? Die Typen in der Band haben alle junge Miezen, die vor den Hotels warten und darauf hoffen, daß sich irgendeiner von ihnen, der mal gerade einen Akkord in C spielen kann, auf sie stürzt. Bei Frauen auf Tournee ist das ein bißchen anders. Bei manchen Frauen jedenfalls. Auf Brenda wartete nicht in jedem Hafen ein Mann. Sie wird – sie wurde langsam älter. Ein junger Liebhaber ist nicht schlecht für unterwegs.»

Mooney zog eine Augenbraue hoch.

Ich sagte: «Stuart Lockwood behauptet, er hätte Ray – den Ray, der vorgab, Davey zu sein – abgewiesen, als er das erste Mal in sein Büro kam, weil Ray keine Beweise mitgebracht hatte. Also macht sich Ray an die Arbeit. Zuerst stiehlt er Davey ein paar alte Bilder von Dee. Das reicht aber nicht, deshalb umgarnt er Brenda. Sobald sie an der Angel hängt, bearbeitet er sie: Ich bin ein absoluter Fan von dir, kannst du mir nicht mal deine Noten geben, damit ich sie mir kopiere? Vielleicht hat er sie auch gefragt, ob sie ihm die Originale besorgen kann. Mit einer entsprechenden Story aufzuwarten ist nicht weiter schwer: Ich bin pleite, und ein Sammler blättert dicke Scheine hin für ein Original. Vielleicht hat er auch einfach ihre Noten gestohlen und auf jegliche Raffinesse gepfiffen. Er verstand nichts von Musik; er hat gar nicht gemerkt, daß Brenda nur die Baßnoten hatte.»

«Einen Moment mal», sagte Mooney, «warum hat er denn die Noten nicht von Davey gestohlen? Wenn er doch die ganzen übrigen Klamotten klauen konnte? Wofür hat er Brenda überhaupt gebraucht?»

Dee machte der Kellnerin ein Zeichen für einen weiteren

Drink und sagte dann: «Das kann ich Ihnen sagen: Davey hatte bestimmt keine Noten. Er konnte keine Noten lesen. Er konnte göttlich spielen, jeden Song in jeder Tonart begleiten – aber er hat nie Noten lesen gelernt.»

Mooney seufzte. «300 000 Dollar. Die Leute haben schon Seltsameres getan, um daran zu kommen.»

«Wenn er tausend hätte haben wollen, unter eine Nachricht Daveys Namen gefälscht hätte, hätte ich gezahlt und keinerlei Fragen gestellt», sagte Dee.

«Sieh mal, Mooney, das ist es doch», sagte ich. «Ray wollte zuviel. Davey – der kranke Davey – muß die finanzielle Seite stark übertrieben haben. Er ist mal geistig da und mal völlig abwesend. Manchmal redet er vernünftig, manchmal nicht. Vielleicht denkt er wirklich manchmal, er hätte einen Teil von ‹For Tonight› geschrieben, oder denkt, Dee sei ihm die Tantiemen für diesen Song schuldig, weil sie ihn für Lorraine geschrieben und er über Lorraine den Mund gehalten hat. Und Ray hört sein Gebrabbel und reimt sich zusammen, daß Dee die perfekte Kuh zum Melken ist. Brenda muß gemerkt haben, daß irgend etwas im Busch war. Vielleicht hat Ray zu sehr auf die Noten gedrängt, oder ihr fiel auf, wie nervös Dee geworden war.»

«Und da hat sie ihren jungen Freund gefragt, was das alles eigentlich sollte», sagte Mooney.

«Vielleicht kam ihr auch die ganze Anmache verdächtig vor. Sie hat zu viele Fragen gestellt, das ist sicher. Vielleicht hat sie gedroht, Dee zu erzählen, daß sie ihm Noten gegeben hat. Das allein hätte Dee ins Grübeln gebracht und unter Umständen den ganzen Plan ruiniert. Wenn Dee den Verdacht gehabt hätte, es sei gar nicht Davey, der Geld haben wollte, hätte sie nie und nimmer etwas gezahlt, stimmt's? Ray hätte ja nicht vor Gericht ziehen und Aussagen zu Lorraines Tod machen können, was immer er auch in der Klinik aufgeschnappt haben mochte. Er weiß es nicht bloß nur aus zweiter Hand, er hat es auch noch von Davey, und da kann ein Dutzend Ärzte bezeugen, daß Davey meistens verwirrt ist und durch Aids ausgelöste geistige Störungen oder durch Drogen bedingte Halluzinationen hat. Ray mußte es über einen Anwalt angehen, über einen Mittelsmann. Du liebe Güte, hast du ihn mal gesehen? Er sieht aus, als hätte er noch in den Windeln gelegen, als Dee ‹For Tonight› komponiert hat.»

«Ich habe ein Polizeifoto von ihm gesehen», sagte Mooney.

«Kein anständiger Bürger?»

«Erstaunlich, daß er bezahlte Arbeit gefunden hat. Er muß bei der Bewerbung gelogen haben, es sei denn, die Klinik legt Wert auf ehemalige Gefängnisinsassen. Im *Saint John's* fehlt wahrscheinlich inzwischen die halbe Ausrüstung.»

Ich fragte: «Hat er je in einem Hotel gearbeitet?»

«Ich kann's überprüfen lassen», erwiderte Mooney. «Er könnte Brenda in ihrem eigenen Zimmer getötet und sie dann mit dem Wäschewagen in Dees Zimmer gebracht haben. Dann könnte er das Bett in Brendas Zimmer mit Wäsche von dem Wagen frisch überzogen und die schmutzigen Laken in den Wäschesack gesteckt haben. Er war Krankenpfleger im *Saint John's*, stimmt's? Auch wenn er nie im Hotelgewerbe war, konnte er doch ein Bett machen.»

«Erinnerst du dich an die zwei Kränze auf der Zeitschrift, zwei Drinks, aber nur ein Glas?» sagte ich. «Ich nehme an, er hat mit Brenda in ihrem eigenen Zimmer angefangen und ihr wahrscheinlich dort schon eine ordentliche Portion Schnaps und Tabletten eingeflößt, hat dort die Schweinerei gehabt und saubergemacht, wie du gesagt hast. Brenda war höchstwahrscheinlich sauer auf Dee; Dee hatte sie während der Probe angeschrien. Ray sagt also: Komm, wir gehen zu dem Miststück rüber, und trägt Brenda halb den Gang entlang.

Wer sollte sie schon mitten in der Nacht sehen? Und wenn sie jemand sah, konnte er seine Pläne noch ändern. Vielleicht wußte er, daß Dee außer Haus war; vielleicht hatte er sich überlegt, daß er Brendas Leiche im Wohnzimmer lassen würde, wenn Dee im Schlafzimmer schlief. Wir können davon ausgehen, daß er am Empfang einen Schlüssel bekam; das war nicht weiter schwierig. Dee ist nicht da, also sagt er zu Brenda, komm, wir treiben's in ihrem Bett und zeigen dem Miststück, was wir von ihr halten. Und er füttert Brenda unentwegt mit Tabletten und gibt ihr Schnaps zu trinken, bis sie umfällt.»

«Das klingt einleuchtend», sagte Mooney. «Und den Rest gibt er ihr mit der Spritze. Zwei Fliegen mit einer Klappe. Schafft Brenda aus dem Weg. Macht Dee angst.»

Dees zweiter Drink kam. Sie befeuchtete die Lippen und sagte, hauptsächlich an meine Adresse: «Du glaubst also nicht, daß Lorraines Abschiedsbrief in Rays Finger geraten ist, als er Davey bestohlen hat?»

Ich sagte: «Na hör mal, Dee. Wenn es so wäre und der Brief wirklich so häßlich ist, wie du gesagt hast, wäre er direkt zu dir gekommen und hätte versucht, ihn dir zu verkaufen. Davey hat ihn womöglich schon vor Jahren vernichtet. Er hat dich geliebt, Dee. Lorraine hat dich auch geliebt. Verflucht noch mal, wir haben dich alle geliebt. Cal, die ganze verdammte alte Band. Genau darauf bist du doch aus, oder? Daß dich alle wahnsinnig lieben!»

Ich hatte meine Stimme sehr gedämpft. Sowohl Mooney als auch Dee taten so, als hätten sie meinen Wutausbruch nicht mitbekommen.

Ein junger Mann mit Anzug und Krawatte, ein allzu beflissenes Lächeln auf dem Gesicht, näherte sich unserem Tisch. «Entschuldigen Sie bitte», sagte er, «aber sind Sie nicht Dee Willis?»

«Ich geh aufs Zimmer», sagte sie schroff und trank ihren Scotch in einem Zug aus. «Nein, Mister, bin ich nicht. Sie irren sich.»

37

Ich schaute hoch und erblickte Roz, die in einer Nische hinter einer Palme stand und mir zuwinkte. Ich verschüttete fast meinen Kaffee.

«Kannst du einen Augenblick warten, Mooney?» sagte ich ruhig, froh, daß er Dees Abgang genauestens beobachtete, um sicher zu sein, daß sie geradewegs zu den Aufzügen ging. «Ich muß mal eben verschwinden.»

«Ich ruf inzwischen oben an», sagte er. «Wir treffen uns gleich wieder hier.»

Eine Kellnerin deutete zu einem schmalen Gang hinüber. Die Damentoilette hatte drei WCs und wahrhaftig drei komplette Badezimmer, jedes mit eigenem Waschbecken, damit man sich nicht vor den Augen anderer die Hände waschen mußte. Roz kam herein, als ich mir gerade die Hände an einem einzeln aufgerollten Handtuch abtrocknete, das ich einem dekorativen Korb entnommen hatte. Hier gab es keine braunen Papiertücher von der Rolle.

Für ihren Auftritt als Undercover-Groupie hatte Roz ihr Haar in der Farbe von rotem Süßholz gefärbt und einen schmalen Streifen an der rechten Schläfe steil aufgestellt. Der entsprechende Abschnitt an der linken Schläfe, kraus und aufgebauscht, sah aus wie irgend etwas Exotisches zum Essen, aber nicht wie Haar. Ich fang mal unten an: Sie trug schwarze Stiefel, ultraenge schwarze Steghosen und eins ihrer allerbesten T-Shirts, ein Mitbringsel von einer Reise nach New Orleans. Es war purpurrot, und eine Reihe Austern verlief quer über ihre mehr als üppigen Brüste. Drei Zeilen, die darunter gedruckt waren, verrieten alles: *«Zutsch mich, lutsch mich, iß mich roh.»*

Sicher genau das, was die Hotelmanagerin für ihr Etablissement die angemessene Kleidung fand. Ich konnte förmlich hören, wie sie ihrem leitenden Angestellten Anweisung gab: Keine Rockgruppen mehr. Keine Bluesgruppen mehr. Überhaupt keine Musikgruppen mehr. Höchstens noch die Wiener Sängerknaben.

«Sehr dezent», sagte ich zu Roz, als wir uns im Spiegel ansahen.

«Ich wußte nicht, daß Groupies fürs Dezente sind», sagte sie, während sie sich mit Lippenstift einen Mund nachmalte, der gar nicht röter hätte sein können. «Und dabei habe ich nicht einen Typ getroffen, dem ich gern die Hand geschüttelt hätte. Laut Mimi ist der Drummer absolut tabu. Der Keyboardmann ist so abgedröhnt, daß er seit Jahren keinen mehr hochgekriegt hat, sagt ebenfalls Mimi. Der Leadgitarrist ist sexy für zwei, aber er ist so auf sich selbst fixiert, daß er's wohl mit Spiegeln treibt.»

«Nun bitte die gute Nachricht, Roz. Mimi könnte sich entschließen, mal für kleine Mädchen zu gehen.»

«Es gibt nicht viel Gutes zu berichten», sagte Roz. «Das kleine Luder will keine Schwester oder beste Freundin, soviel ist sicher. Ich bin Konkurrenz für sie.»

«Und was hast du sonst?»

«Zuerst einmal: Mimi ist nicht Mimi. Versuch's mal mit Matilda Hooper. Ehrlich. Ich habe mir ihre Handtasche ausgeliehen. Ich wette mein T-Shirt darauf, daß sie vorbestraft ist, wahrscheinlich eine Jugendstrafe ohne entsprechenden

Eintrag. Fünfzehn, sagt sie, aber ich würde sie auf siebzehn schätzen. Hängt angeblich in der Szene rum, seit sie zehn ist, aber ich glaube, sie saugt sich das meiste von dem, was sie erzählt, aus den Fingern. Sie prahlt damit, zu dealen, Drogen zu nehmen, Jungs aufzureißen, Einbrüche zu machen. Wenn sie nur die Hälfte von dem wirklich tut, ist sie mit spätestens zwanzig tot.»

«Hat sie unseren Einbruch auf dem Gewissen?»

«Sie war sehr beschäftigt in der betreffenden Nacht, und sie kicherte, als sie ‹beschäftigt› sagte. Wenn sie mit einem der Typen von der Gruppe, einem Techniker oder einem der Roadies im Bett war, hätte sie's mir in allen Einzelheiten erzählt und nicht gekichert. Sex mit Musikern – das ist ihr Ding. Sie schreibt sich ihre Namen in ein Notizbuch.»

«Und sonst?»

«Ich will dir was sagen, die Sache läuft nicht besonders gut. Mimi haßt mich wie die Pest. Was ich dir eben erzählt habe, ist alles, was ich aus ihr herausquetschen konnte, und mehr wird's wahrscheinlich auch nicht. Ich habe ihr was zu trinken spendiert und alles mögliche versucht, aber sie wird zuviel kriegen, wenn ich so weitermache.»

«Hat sie irgend etwas über Hal gesagt?»

«Sie findet ihn recht nett für sein Alter. Mehr hat sie nicht gesagt, aber wenn du meine Meinung wissen willst, ich glaube, sie macht sich an ihn ran. Er ist der Roadmanager. Er hat den Draht zu den Stars.»

«Schläft sie mit ihm?»

«Jedenfalls gibt sie damit nicht an. Sie hat mal an Mick Jaggers rechter Brustwarze geleckt, davon redet sie unentwegt.»

«Schafft Freddie die Drogen ran oder Mimi?»

«Da bin ich nicht sicher, aber ich würde eher sagen, Mimi. Vielleicht auch beide. Findest du meine Frisur gut?»

«Umwerfend.»

Sie tupfte ihre Augenlider mit einer Substanz, die wie eine Mischung aus Glitzerzeug und Clownsschminke aussah.

«Ich kriege hier ein paar neue Modetips mit. Man muß sich an die Jüngeren halten, denk ich mir», sagte sie.

Ich weiß nie genau, wann Roz Witze macht. Ich ließ es auf sich beruhen. «Du meinst also, deine Karriere als Groupie ist zu Ende?»

«Wenn du mich fragst», sagte Roz, «wird Mimi bald einen Schläger anheuern und mich verprügeln lassen, wenn ich mich weiter an sie hänge.»

«Dann hör auf damit», sagte ich. «Geh zur Stadtbücherei. Sieh mal die Zeitschriften durch. Ich weiß nicht genau, ob unsere Bibliothek so etwas hat wie die Zeitschrift *Guitar*, aber versuch's mal. Sieh nach, was du da über Hal Grady findest. Zum Beispiel, welche Gruppen er gemanagt hat. Ich glaube, Mimi hat mal die *Bow-Wows* erwähnt –»

«Die waren gar nicht übel», sagte Roz. «Soviel ich gehört habe, haben sie dickes Geld gemacht mit ihrer Tournee, aber ihr Album lief nicht.»

«Eine Road-Band», murmelte ich. Ich wusch mir noch einmal die Hände.

«Was meinst du damit?» fragte Roz. «Woran denkst du gerade?»

Ich sagte: «Manche Gruppen sind live einfach großartig. Sie nehmen auf Tournee 'ne Menge Geld ein. Klasse Show. Heiße Musiker. Manche Gruppen sind Studiogruppen. Gute Harmonie, Spezialeffekte. Sie machen ihr Geld mit dem Plattenverkauf. Nur wenige Gruppen schaffen beides.»

«So?»

«Ich habe gerade überlegt, ob Hal sich auf Road-Bands spezialisiert hat, Gruppen, die im Kartenverkauf besser abschneiden als bei Alben, Tapes, CDs und dergleichen mehr. Wie die *Bow-Wows*.»

«Wäre das ungewöhnlich?» fragte Roz.

«Es wäre immerhin interessant», sagte ich. «Prüf das mal, wenn du kannst. Sieh mal, ob die Bands, die Hal gemanagt hat, zufällig alles einträgliche Road-Bands, aber Studionullen waren. Weißt du, wo du das nachschauen kannst?»

«Die ganze Latte vom *Variety* an runter, nehm ich an.»

«Gut», sagte ich. «Du kannst ja auch das Bibliothekspersonal fragen, sofern sie mit Leuten reden, die obszöne T-Shirts tragen.»

«Sei mal ehrlich», sagte sie, «meinst du, ich sollte mein Haar so lassen?»

38

Mooney hatte seinen Kaffee ausgetrunken, als ich wieder zum Tisch zurückkam. «Diese Geschichte macht mich nervös», sagte er. «Oder du machst mich nervös. Warum habe ich bloß dauernd das Gefühl, daß du mir etwas verheimlichst?»

«Weil's stimmt», sagte ich rundheraus. «Aber ehe wir darüber reden, möchte ich wissen, was jetzt passiert.» Ich nickte in Richtung Aufzug, für den Fall, daß er meinen Wink nicht mitbekam.

«Mit Dee Willis? Nichts. Niemand wird den alten Selbstmord wieder ausgraben. Himmel, am Jamaica Plain zerreißen sie sich schon die Mäuler über mich, daß ich überhaupt den Nerv hatte, nach der Akte zu fragen. Sagen, sie wäre nicht zu finden; sie wär irgendwo in einem Lagerhaus. Ich könnte einen Antrag ausfüllen, und dann könnten sie sie mir in sechs bis zehn Wochen schicken, falls sich jemand mit dem Papierkram abgeben würde.»

«Sehr kooperativ», sagte ich. «Ich dachte, Selbstmord wäre in diesem Bundesstaat noch immer ein Verbrechen.»

«Sie sind kooperativ», sagte Mooney abwehrend, «aber sie sind auch völlig überarbeitet. Hör zu, niemand wird je in Erfahrung bringen, ob das Mädchen tot oder lebendig war, als Dee wegging. Niemand wird je erfahren, ob deine Freundin hätte gerettet werden können. Ich meine, selbst wenn wir einmal annehmen, es wäre noch eine Spur von Leben in ihr gewesen. Und wenn Dee die Cops gerufen hätte, den Notarzt, irgend jemanden; dann hätte diese Lorraine unter Umständen den Rest ihres Lebens im Koma gelegen, eine zweite Karen Quinlan. Was ich sagen will, ist: Vielleicht hat Dee ihr einen Gefallen getan, als sie weggerannt ist. Du warst mit dem toten Mädchen befreundet, nicht wahr? Ändert es etwas für dich? Meinst du, ich soll die alte Geschichte wieder aufrühren? Meinst du, die Eltern von Lorraine wollen hören, daß ihre Tochter sich nicht nur selbst umgebracht, sondern auch noch versucht hat, Dee Willis auf die Reise mitzunehmen?»

«Das ist Dees Version», sagte ich.

«Leichen reden nicht», bemerkte Mooney. «Meinst du wirklich, die Eltern wollten erfahren, daß ihr liebes kleines Mädchen mit anderen kleinen Mädchen geschlafen hat? Wie kommt's, daß du das nicht wußtest? Wo du doch ihre Freundin warst?»

«Red du nur, Mooney», sagte ich ärgerlich. «Kennst du alle Schwulen in deiner Abteilung? Kannst du sie raussuchen? Ich weiß nur, daß sie mich nie angemacht hat. Dee mich auch nicht. Bin wahrscheinlich nicht ihr Typ.»

Mooney sagte: «Ich habe nicht vor, eine Pressekonferenz einzuberufen, und du ja wohl auch nicht. Laß die Sache auf sich beruhen. Gönn den Leuten, die nachts schlafen können, ihren Schlaf.»

«Und Ray?»

«Ich habe einen Haftbefehl gegen ihn, und wir werden ihn suchen, bis wir ihn haben. Früher oder später wird er, wenn er nicht schlauer ist als der Durchschnittsmörder, bei seiner Schwester aufkreuzen, bei einer alten Freundin oder einer Cousine in New Bedford, und dann nageln wir ihn fest.»

«Du glaubst doch nicht, daß Dee Gefahr droht?»

«Von ihm? Ich denke, er will einfach Geld. Wenn er wirklich dumm ist, setzt er sich mit Lockwood in Verbindung, und so wie es aussieht, wird der Anwalt ihn an uns weiterreichen.»

«Er hat jemanden ermordet. Er denkt vielleicht, er hätte nichts mehr zu verlieren.»

«Brendas Tod hat keinen öffentlichen Aufschrei hervorgerufen. Ein Musikerselbstmord mehr oder weniger macht längst keine Schlagzeilen mehr, es sei denn, es handelt sich um einen Star. Trotzdem, wenn du willst, daß die Sicherheitsvorkehrungen für das Konzert verschärft werden sollen, dann tun wir das – im Rahmen, versteht sich.»

«Und ich könnte ihren Roadmanager bitten, ihr ein paar Bodyguards zu beschaffen», sagte ich langsam. «Aber wenn ich mir's recht überlege, besorge ich die lieber selbst.» Ich überlegte, ob Glorias große Brüder wohl gern die Gelegenheit ergreifen würden, etwas vom Geld der MGA/America abzubekommen.

«Und jetzt», sagte Mooney, «erzählst du mir den Rest, ja? Zum Beispiel, was Roz in ihrer Verkleidung darstellen soll.»

«Hast du sie gesehen?»

«Ich bin ja nicht blind, Carlotta.»

«Ich dachte, du wärst vollkommen damit beschäftigt zu beobachten, wie Dee ihren Arsch schwingt.»

«Oje, oje, die Dame zieht ja wirklich Natterngezücht an», sagte Mooney und schüttelte sein Haupt über mich.

«Vielleicht muß man selbst 'ne Schlange sein, um sie anzuziehen», sagte ich. «Willst du was von den anderen hören?»

«Wem zum Beispiel?»

«Zum Beispiel dem, der meine Handtasche gestohlen hat.»

«Ray, richtig?»

«He, he, sachte. Ray ist ein sehr vorsichtiger Junge. Er hat als Krankenpfleger gearbeitet und Davey monatelang zugehört; er kann sich beherrschen. Und ich weiß, daß er meine Wohnung nicht verwüstet hat.»

«Wer war's dann?»

«Hier kommt Roz ins Spiel. Sie stellt Nachforschungen an.»

«In der Aufmachung?»

«Du könntest es natürlich besser, aber dann würdest du wieder sagen, ich mißbrauchte die Mittel der Polizei für meine eigene Arbeit.»

«Hat das irgend etwas mit Mickey Manganero zu tun?»

«Hat es.»

«Das Rauschgiftdezernat ist hellauf begeistert, wenn es seinen Namen hört», sagte Mooney. «Und die Bostoner Polizei ist natürlich gern bereit, dem Rauschgiftdezernat auszuhelfen.»

«Willst du ins Konzert mit mir?» fragte ich. «Die Karten sind kaum zu kriegen, aber ich habe eine Freundin.»

«Zwei Karten? Nur du und ich? Ein Tête-à-tête?»

«Drei Karten», sagte ich, «und die Chance, für deine Kooperation mit einem Drogenbeamten Pluspunkte einzuheimsen. Du darfst einen Kollegen vom Rauschgiftdezernat einladen.»

«Klingt ganz brauchbar», sagte Mooney zurückhaltend.

«Such jemanden aus, der was für Musik übrig hat», sagte

ich, und dann erzählte ich ihm, was ich von Hal Grady wußte, daß er ein Spieler war, daß er Dee Willis einen ortsansässigen Kredithai empfohlen hatte und daß Dee seine besondere Vorliebe für Atlantic City erwähnt hatte, das alte Revier von Manganero. Ich fragte ihn nach seinen Möglichkeiten, herauszufinden, ob Hal Grady mit auffällig großen Summen hantierte.

«Glaubst du, Manganero benutzt Grady dazu, Geld zu waschen?»

«Ich könnte dir aus dem Stegreif ein halbes Dutzend Möglichkeiten dafür nennen, und dabei bin ich nicht einmal ein Gauner. Nehmen wir mal an, Hal geht mit einer echt miserablen Gruppe auf Tournee, der Kartenverkauf ist flau. Nun, da gibt er eben ganze Stapel von Karten weg an Krankenhäuser, Wohltätigkeitsvereine usw. und sorgt so für ein volles Haus. Ein ‹Ausverkauf› im doppelten Sinne: Der Saal ist voll, aber die Kasse bleibt leer. Und Grady bekommt das fehlende Cash von Manganero.»

«Und was gäbe es noch für Möglichkeiten?» fragte Mooney.

«Auf einer Tournee wie dieser, die garantiert ausverkauft ist, kann Hal die Bücher fälschen. Die Spitzentickets für diese Show liegen etwas unter dreißig Dollar. Wenn Hal sie verbucht, stockt er zehn Dollar pro Karte auf. Den Fehlbetrag liefert Manganero. Oder Grady setzt für das Haus das falsche Fassungsvermögen ein. Glaubst du, daß je irgend jemand die Bücher prüft und sich fragt, ob irgendein Stadion wirklich 42762 Sitzplätze hat? Er könnte auch die Anzahl der Vorzugsplätze verändern. So ein Haus wie das *Performance Center* beispielsweise, da muß es unterschiedliche Preise für Orchestersitze und Ränge geben. Hal verdoppelt einfach die Anzahl der teuren Sitzplätze und halbiert die Anzahl der Billigplätze.»

«Das sind erst vier Möglichkeiten», sagte Mooney ungerührt.

«Streng deine Phantasie an», sagte ich.

«Man sollte doch meinen, daß jemand von MGA stutzig wird, wenn Hal mehr einnimmt, als ein ausverkauftes Haus eigentlich einbringt», sagte Mooney.

«Also haben die Gianellis jemanden bei MGA oder auch bei der Bank. Vielleicht bei beiden. Findest du das abwegig?»

«Nein.»

«Wahrscheinlich steckt der Polizeichef persönlich mit drin.»

«Hast du dafür Beweise?»

«Nein, Mooney, habe ich nicht. Ich hab mich nur etwas fortreißen lassen. Ich will nur klarmachen, daß es eine Menge Möglichkeiten gibt, wie Manganero einen Typ wie Hal Grady ausnutzen könnte.»

«Und du meinst, jemand von MGA hat die Finger mit drin?»

«Wenn Hal viel mit MGA gearbeitet hat, ist das meines Erachtens mehr als wahrscheinlich.»

«Meinst du, Dee weiß etwas davon?»

Ich zuckte die Achseln und schlürfte meinen Kaffee, ohne ihn recht zu genießen. «Ich habe letztlich doch noch etwas über Dee gelernt, möchte ich behaupten», bemerkte ich nach einer langen Pause. «Es gibt wohl nichts, wovon sie sich auf dem Weg nach oben aufhalten lassen würde.»

«Versuch's mal hiermit. Glaubst du ihr die Story, die sie mir aufgetischt hat?»

«Über Lorraine?»

«Ja.»

«Wie du selbst gesagt hast: Ändert es etwas nach all den Jahren? Wird Lorraine dadurch wieder lebendig?»

«Hat Lorraine vielleicht die Songs geschrieben?»

«O Gott, Mooney», sagte ich, «nein. Du denkst wie ein Polizist, völlig abwegig. Nein!»

«Warum denn so heftig?» Mooney sprach ganz sanft.

«Nein», wiederholte ich nur, «ein für allemal nein.»

39

Als Mooney merkte, wo unsere Plätze waren – in der letzten Reihe auf dem obersten Rang am Gang –, warf er mir einen langen Blick zu. «Ich dachte, du hättest 'ne Freundin», sagte er.

Ich verschwand in der Reihe und überließ es ihm, mir zu folgen. Der andere Mann, Mooneys Auserwählter vom Rauschgiftdezernat, ein hakennasiger, ernster Typ, sank mit einem Stöhnen in den Sitz am Gang.

Durch den steilen Winkel nach unten erschienen unsere Sitzplätze so hoch, daß ich fast eine Sauerstoffmaske brauchte und Angst hatte, daß ich, falls ich fiel, geradewegs in den Orchestergraben hinunterplumpsen würde. Aber als die Lampen im Saal langsam verloschen, mischten sich die Bewegungen, die Musik und das Scheinwerferlicht auf eine Weise, wie es in der vierten Reihe nicht zu erleben war. Die Bühne sah aus wie eine edelsteingeschmückte Miniatur, wie das Schaustück einer Museumssammlung.

Ich sah auf die Uhr und hoffte nur, daß sich die gräßliche Warm-up-Band – ein disharmonisches Disaster aus zwei Mädchen und zwei Jungs – an ihre bewilligte halbe Stunde halten würde. Ich bezweifelte, daß irgend jemand auf eine Zugabe drängen würde.

Und ich hatte recht.

Unter donnerndem Beifall erschien Dee in ihrem schimmernden weißen Smoking, mit Kristallohrringen, die ihr bis auf die Schultern baumelten. Sie murmelte ein kurzes Dankeschön, klopfte mit dem hochhackig beschuhten Fuß den Takt an, übertönte mit einem gellenden «Sechs, sieben, acht» den Beifall der Menge und eröffnete ihr Konzert mit «Steel Guitar».

Ich schloß die Augen und dachte daran zurück, wie es gewesen war, Teil der Musik zu sein. Jetzt spiele ich allein. Ich habe es nie mit einer anderen Gruppe probiert, nachdem Lorraine starb und Cal ging. Das einzige Gruppending, das ich laufen habe, ist Volleyball, und wenn das Spiel stimmt, wenn die Spieler synchron agieren, wenn der Ball in anmutigem Zeitlupentempo über dem Netz schwebt und man einfach weiß, wohin man ihn schlagen wird und wie der Gegenspieler darauf reagiert, dann hat es einen Hauch des gleichen Zaubers.

Aber Volleyball ist nichts im Vergleich zu einem Spiel hinter jemandem wie Dee, neben Cal, und zu hören, wie sich der eigene Klang mit anderen Klängen verbindet und etwas Besseres, etwas Größeres wird. Ich kann mich an Augenblicke vollkommener Stille am Ende eines Songs erinnern, in denen das Verlangen nach nur noch einer einzigen weiteren Strophe, nur noch einem Refrain, nur noch fünf Minuten jener dichten, schmerzenden Harmonie wuchs, jener Inbrunst, die wie Sex ist, wie Magie.

Eine haßerfüllte Sekunde lang wünschte ich, ich könnte irgendwie beweisen, daß Dee Lorraine umgebracht hatte. Sie hätte es getan, wenn ihr Lorraine im Weg gestanden hätte. Nicht mit Tabletten, nicht mit Alkohol, nein. Aber sie hätte ihr den Rücken gekehrt und wäre gegangen, nach dem, was von Lorraines Seite aus vielleicht nur eine Geste, eine dramatische Gebärde sein sollte. *Ich liebe dich. Wenn du mich verläßt, bringe ich mich um. Das schwör ich dir.* Ich konnte förmlich hören, wie Lorraine das mit ihrer klaren, weichen Stimme sagte.

Ich sann über meine jahrelangen Schuldgefühle nach – Lorraine gegenüber, Cal gegenüber. Ich hätte Lorraine mißverstanden; ich hätte Cal fortgetrieben: Das hatte ich mir eingebildet. Dabei hatte Dee sich Lorraine genommen. Hatte sich Cal genommen. Hatte sich alles genommen, was sie sich je gewünscht hatte.

Sie begann wieder zu singen, und mein Haß verflog wie Sommerdunst. Dee hatte recht. Ich konnte Sängerin und Song nicht voneinander trennen.

Ich warf einen Blick auf Mooney, um zu sehen, ob Dees Magie ihn berührt hatte. Er starrte auf seine Armbanduhr, war ganz bei seinem Job. Der Drogenbeamte am Gang hatte sich, das schwöre ich, die Ohren zugestöpselt.

Freddie am Schlagzeug, Ron an der Leadgitarre, der Keyboardtyp, ein neuer magerer Baß, das alles trat in den Hintergrund, während Dee das Publikum gefangennahm und sang. Ich hätte womöglich ihr Gesicht nach Spuren inneren Aufruhrs abgesucht, wenn ich ohne Opernglas etwas hätte sehen können. Ich war froh, keins zu haben. Ich wußte, was ich sehen würde. Den gleichen Gesichtsausdruck, den Cal hatte, wenn er spielte. Dee allein mit ihrer Musik.

Die Zuschauer gerieten in Verzückung – alles treue Fans, die alte Bostoner Szene, die ihren Superstar zu Hause willkommen hieß. Nach jedem Stück toste ein Beifallssturm. Ich versuchte, mich anzuschließen, merkte jedoch, daß ich beim Händeklatschen kaum einen schallenden Ton herausbrachte.

Sie sprach nicht zwischen ihren Songs, sondern senkte nur den dunklen Kopf, bis die Musik wieder einsetzte und neues

Leben in sie hineinpumpte, als sei sie eine Puppe, eine Marionette, die ihre Kraft aus den Liedern bezog.

«*There's a train every day, leaving either way*», sang sie. Ich fragte mich, ob sie die Stücke wohl für mich ausgewählt hatte oder für Davey. Aber höchstwahrscheinlich hatte Jimmy Ranger die Songs nach kommerziellen Gesichtspunkten ausgesucht. Alles übrige ist Gefühlsduselei, sagte ich mir selbst. Dee war ein Unternehmen und kein einfaches Mädchen vom Lande, das Blues sang.

Sie hatte Besitz ergriffen von jener Bühne, sie war ihr Grund und Boden. Sie schritt auf und ab und sang, oder sie tanzte, wenn die Musik sie dazu anregte. Vom Rang aus war sie die schönste Frau, die man sich nur vorstellen konnte. Sie mußte es sein, mit der Stimme. Nur während des Beifalls fiel die Maske von ihr ab, und zwischen dem siebten und dem achten Stück sagte sie nach einem gemurmelten «Danke» klar und deutlich: «Der nächste Song ist für Davey.»

Es war «For Tonight». Sie hatte nun schon fast eine Stunde gesungen. Ich stieß Mooney mit dem Ellbogen an. Jetzt war es Zeit für uns zu gehen.

40

Niemand nahm davon Notiz, daß wir gingen. Deshalb auch die Sitzplätze am Gang in der hintersten Reihe. Ich ging den Weg voraus zu dem kleinen Raum, den Hal Grady als Büro nutzte. Die Einnahmen des völlig ausverkauften Konzerts würden nicht vor Mitternacht ihren Weg zum Banktresor nebenan nehmen.

Das hatte Hal geschworen, als sich das Rauschgiftdezernat auf Mooneys Rat hin Dees «Spieler» am Nachmittag vorgeknöpft hatte. Es war, wie Mooney mir erzählt hatte, eine lange und interessante Sitzung gewesen. Zu seinen verbuchten Einnahmen und seinen Kontoauszügen befragt – die sich kaum miteinander vereinbaren ließen –, hatte Hal zuerst behauptet, Glück im Spiel gehabt zu haben. Mooney dachte, Hal würde an diesem Punkt einen Anwalt verlangen. Aber als man ihm mit dem Finanzamt drohte, hätte er bereitwillig kooperiert, immer eifriger darauf bedacht, dem Gefängnis zu entgehen. So eifrig, daß er sogar eingewilligt hatte, diesen Abend ein verstecktes Mikro der Drogenkripo zu tragen.

Ich überlegte, ob Mickey Manganero schon vor Jahren erkannt hatte, welche Möglichkeiten zum Geldwaschen Hals Karriere bot, und ihm dann in Atlantic City ein attraktives Angebot gemacht hatte. Ich fragte mich auch, ob einige der gesichtslosen MGA-Manager von den Gianellis gekauft oder bedroht worden waren. Grady hatte geschworen, sein einziger Kontaktmann sei Manganero.

Laut Hal war es üblich, daß zwei Wachmänner das Geld zur Bank brachten, der eine davon George Wolfe mit *e*, der Mann mit der Sondergenehmigung. Bei dem anderen handelte es sich im allgemeinen um jemanden, der groß und kräftig genug war, um die Punks der Gegend abzuschrecken. Heute sollte es Leroy sein, Glorias jüngster Bruder. Er ist zwar nicht der Größte des Trios, aber der streitlustigste, einer, dem man nicht im Dunkeln begegnen möchte.

Während wir hinuntergingen, sprach der hakennasige Drogenbeamte ruhig in etwas hinein, was wie ein gewöhnlicher Kragenknopf aussah. Das Rauschgiftdezernat hat immer den letzten Schrei auf dem High-Tech-Markt.

Sie hatten sich schon lange vor meinem ersten Gespräch mit Joanne Triola für Big Mickey interessiert. Unser Begleiter, ein alter Drogenkämpe, sah uns beide mit dem trostlosen Blick eines Mannes an, der einen hoffnungslosen Job hat, zog das, was ich irrtümlich für normale Ohrstöpsel gehalten hatte, aus den Ohren und sagte: «Die Verbindung ist in Ordnung, alles läuft hervorragend.» Das sollte wohl anfeuernd klingen, aber aus seinem Tonfall war nur herauszuhören: Bestimmt geht noch in letzter Sekunde etwas schief. Der Mann war völlig alle.

«Woll'n Sie mal hören?» fragte er mich.

Dees klagende Stimme war nur noch schwach zu vernehmen. Ich konnte Freddie auf dem Schlagzeug herumhämmern hören. «Okay», sagte ich.

Er reichte mir einen Ohrhörer, und ich steckte ihn in mein rechtes Ohr. Es war nicht gerade Hi-Fi, aber ich konnte die Worte verstehen. Hal klang nervös.

«Hör zu», hörte ich ihn plötzlich lospoltern, «ich will nicht mehr mitmachen, verstehst du?»

«Du hast kaum eine andere Wahl, Hal-Freundchen.» Manganeros Stimme war tief und angenehm, klang völlig entspannt. Ich erinnerte mich, wie prächtig er auf der MGA/America-Party in seinem Smoking ausgesehen hatte, wo er nur den einen Fehler gemacht hatte, mit Sam Gianellis Freundin zu reden. Sam hatte es nicht gerade darauf angelegt, den Geschäftsfreunden seines Vaters gegenüber meinen Beruf auszuposaunen.

«Es ist gutes Geld», fuhr Manganero fort. «Dadurch kann dein Töchterchen in der feinen Schule bleiben, nicht wahr? Du weißt ja, daß Kindern auf der Schule so manches passieren kann, besonders Teenagern.»

«Du Schweinehund», murmelte ich zwischen den Zähnen.

Der Drogenfahnder sprach in seinen Knopf. «Haben wir genug? Seid ihr sicher, daß das Band okay ist?»

«Schnappt ihn euch», kam die Erwiderung so laut, daß ich

den Stöpsel aus dem Ohr riß und ihn ein paar Zentimeter weit weghielt. Zwei V-Männer erschienen zu beiden Seiten des Büros, mit 9-mm-Maschinenpistolen bewaffnet und kugelsicheren Westen, die vorn und hinten das Kürzel des Rauschgiftdezernats trugen, damit sie nicht gegenseitig auf sich schossen.

Ich hielt mich abseits, eine alte Gewohnheit von mir, wenn die Luft anfängt, nach Blei zu riechen. Ich war nicht hier, um eine Schießerei mitzuerleben; ich war da, um den nächsten Schritt zu tun, in George Wolfes Büro zu gehen und Hal den Rücken zu stärken – genauer gesagt, um zu verhindern, daß er womöglich abhaute.

Den Drogenfahndern gefiel diese Sache nicht, ebensowenig wie Mooney. Aber Hal hatte auf meiner Begleitung bestanden. Bei seiner Sitzung mit den Drogenfahndern hatte er die Ansicht vertreten, mich würde niemand für einen Cop halten.

Damit auch wirklich niemand auf diese Idee kam, hatte ich mich ungewöhnlich sorgfältig für das Konzert angezogen oder vielmehr für die Party nach dem Konzert. Enge schwarze Jeans, die gar nicht wie Jeans wirkten, und eine grüne Seidenbluse, durch die meine Augen smaragdfarben aussahen. Zum tiefen V-Ausschnitt trug ich Tante Beas Goldmedaillon.

Manganero hielt die Hände in die Luft und preßte die Lippen zusammen, als die Rauschgiftfahnder die Tür aufbrachen. Er war so still, daß ich mich fragte, ob er wohl automatisch auf ein verstecktes Mikro tippte. Die Scheine, die auf Hals Schreibtisch aufgestapelt lagen, stammten nicht aus Kartenverkäufen. Aber wenn sie erst dank Hals trickreicher Buchführung und mit George Wolfes Hilfe – für die er wohl ein paar Tausender einstrich – Einlaß in die *Bank of Commerce* gefunden hatten, war ihre Herkunft nicht mehr feststellbar. Zum guten Schluß flossen sie dann in ein scheinbar legales Unternehmen der Gianellis.

Die *Green & White Cabs* gehören nicht dazu. Jedenfalls behauptet Sam das.

Die Drogenfahnder fotografierten eilig Manganeros Scheinbündel mit den Banderolen, wobei sie sich auf die Seriennummern konzentrierten, um eine lückenlose Beweiskette zu haben, und zählten das Geld. Sie hofften, seine Spur noch weiter verfolgen zu können bis hin zu jenem mutmaßlichen MGA-Manager, der gekauft oder zur Mitarbeit gezwungen worden war, und dem mutmaßlichen leitenden Bankangestellten, der bestochen worden war. Die gleiche Unterschrift auf einer Reihe von Schecks über, sagen wir, 9900 Dollar zugunsten eines Gianelli-Empfängers würde für das Rauschgiftdezernat sehr interessant sein.

Hal murmelte nervös: «Sie warten bestimmt auf mich.»

Manganero, in Handschellen, warf ihm einen Blick zu, der Fische hätte braten können. Er war sich doch nicht ganz sicher gewesen bezüglich des versteckten Mikros; jetzt war er es.

«Sie warten schon noch, Hal», sagte Mooney beschwichtigend. «Werd bloß nicht nervös.»

«Es ist nur... ich sitze in der Klemme –»

«Hol mal tief Luft», empfahl ich ihm. «Und noch mal.»

«Es ist nur, es holt einen immer ein», sagte er mit einem hilflosen Achselzucken.

Ich mußte an Dee denken. «Manchmal schon, manchmal auch nicht», sagte ich.

«Glauben Sie mir», sagte er, als könnte er meine Gedanken lesen, «nie hätte ich Dee Schwierigkeiten gemacht. Ich mag das Mädchen sehr. Sie hätte mich gleich rausschmeißen sollen, als ich mir Geld leihen wollte, um drückende Schulden zu begleichen. In gewisser Weise hat sie mich im Geschäft gehalten. Und jetzt ist es mir über den Kopf gewachsen.»

«Mimi hat die größte Dummheit begangen», sagte ich.

«Das kleine Luder», stimmte er mir ohne Groll zu. «Sie ist Manganeros Herzchen, wenn sie nicht mit anderen herumbumst. Und ich Blödmann mußte ausgerechnet ihr vertrauen und ihr erzählen, daß Sie mir Sorgen machten.»

«Sie haben es Dee nicht abgekauft, ich sei eine Freundin?»

«Ich habe mir gedacht, Sie könnten Ersatz für Brenda sein. Vielleicht wollte Dee die Band umformen. Aber Mimi sagte, Dee hätte irgendwas von einer Lizenz erzählt, die Sie besäßen. Die wollte ich gern sehen.»

«Deshalb haben Sie es eingefädelt, daß mir jemand meine Tasche klaut.»

«Ja, habe ich, aber ich hatte keine Messerstecherei im Sinn, und der Einbruch war Mimis Vorstellung von einem nächtlichen Abenteuer. Ich wußte nicht mal was davon, bis sie es mir erzählt hat.»

Die Drogenfahnder waren mit dem Geld fertig. Hakennase sagte: «Hören Sie, Hal, soll ich Sie nicht begleiten?»

«Nein», sagte Hal störrisch, «so haben wir nicht gewettet. Die Frau und ich. Sie kann einfach mit mir ins Büro gehen. Das können Sie nicht.»

Wir gingen langsam. Hal schien es zum Reden zu drängen, als hätte er das Mikro vergessen. Es sei so einfach gewesen, da hineinzugeraten, sagte er. In die Geldgeschichte. Er hätte gewußt, daß es falsch war, aber es sei so verflucht einfach gewesen.

Ich nickte dazu. Es ist leicht, Leute zu kaufen, besonders mit der Zuckerbrot-und-Peitsche-Methode, die bei den Manganeros in aller Welt so beliebt ist. Entweder hilfst du mir, das Geld zu waschen und verdienst selbst ein nettes Sümmchen dabei, oder deiner fünfzehnjährigen Tochter wird etwas sehr Unangenehmes zustoßen.

Wir hörten Beifall losbrechen, der das Ende des Stücks

signalisierte, und Hal richtete sich zu seinen vollen einsfünfundsechzig auf, so stolz auf Dee wie nur irgendein Vater.

Ich flüsterte: «Schalten Sie das Mikrofon mal einen Augenblick ab, Hal.»

«He?»

«Sie haben's doch gehört!»

Er knöpfte das Hemd auf und drehte an etwas. «Bitte», sagte er. «Die Typen werden stinksauer sein!»

«Sagen Sie mir nur ein einziges Mal die Wahrheit: Hat Dee etwas von dem Geldwaschen gewußt?»

«Nein», sagte er.

«Die Wahrheit, Hal», sagte ich, «es bleibt unter uns.»

Er sah mich mit einem langen Blick an. Dann sagte er ruhig: «Wirklich nicht. Ich schwör's beim Grab meiner Mutter. Kann ich jetzt wieder andrehen?»

«Warten Sie noch. Hat Dee je von Lorraine Holbrook gesprochen? Hat sie je erwähnt, daß sie irgendeinen Song von jemandem namens Lorraine hat?»

«Tut mir leid», sagte Hal und blickte zu Boden. «Ich glaube nicht, daß sie den Namen je erwähnt hat. Jetzt schalte ich das Mikro wieder ein, ja? Ich will nicht, daß diese Typen von mir denken, ich würde sie hintergehen. Ich habe genug Ärger am Hals.»

Wir klopften an Georges verschlossene Tür – drei-zwei-drei –, wie Hal es verabredet hatte. Eine nervöse Stimme befahl uns, hereinzukommen und die Tür zu schließen. Hal, der hastig sein Hemd zuknöpfte und vielleicht schon seine Zukunft im Rahmen des Regierungsprogramms zum Schutz von Kronzeugen vor Augen hatte, bemerkte nichts Verdächtiges.

41

Schließ hinter dir zu!» bellte der schmächtige Mann in der Uniform eines Wachmanns.

Ich hörte das Klicken der Tür, als Hal gehorchte. Hal trägt ja noch den Sender, sagte ich mir und holte tief Luft. Aber hatte er ihn auf die richtige Lautstärke eingestellt? Hörte irgend jemand zu? Hielten die Drogenfahnder vielleicht in ihrem Wagen eine Party ab und feierten die Gefangennahme Manganeros?

Schließlich war das hier ja nur noch Routine.

Die Fahnder würden sich an die Fersen von George und Glorias Bruder Leroy heften, sobald sie das Gebäude verließen, und ihnen zur Bank folgen. Was sollte bis dahin noch schiefgehen? Das Rauschgiftdezernat hatte mir nicht einmal einen Beamten mitgegeben, weil sie wohl davon ausgingen, daß der Richter es lieber hatte, wenn eine normale Bürgerin Hals Zeugenaussage bestätigen und bezeugen konnte, daß Manganeros Schwarzgeld in Georges Büro mit legitimen Konzerteinnahmen zusammengelegt worden war.

Hal stellte mich George vor, dem Mann mit der Sondergenehmigung bei der Bank, einem stämmigen Typ mittleren Alters, der außer «Hallo» keinen Ton sagte. Ich brachte ein Lächeln zustande. Vielleicht fiel auch George nicht auf, daß etwas faul war. Hal jedenfalls hatte nichts bemerkt. Ich war die einzige, und dabei hatte ich den Mann mit den Schmachtaugen erst einmal gesehen. War ich auch wirklich sicher? Ich hatte nicht einmal Mooney gebeten, einen Blick auf das Polizeifoto werfen zu dürfen.

«Meint ihr zwei wirklich, daß ihr damit fertig werdet?» sagte ich kichernd, wie ich's nie tue, und zu laut in der Hoffnung, im Übertragungswagen die Aufmerksamkeit eines hellwachen Technikers zu erregen. «Ein Riesenhaufen Kohle. Muß ja 'ne Tonne wiegen.»

George versuchte es mit einem etwas gequälten Lachen und sagte: «Ja, diese Woche haben sie mir einen Zwerg an die Seite gestellt. Der andere Typ ist beurlaubt – äh – krank.»

«Männer von Ihrer Größe als Wachmann», sagte ich kokett. «Sie haben bestimmt 'ne dicke Knarre?»

«Was geht dich das an, he?» sagte Ray. Ich faßte das als Ja auf und hoffte nur, die Drogenfahnder hörten gut zu.

Wie hatte Ray bloß Leroys Posten übernommen? Ich betete, daß er seinen Verstand gebraucht hatte und nicht seine Kanone, und stellte mir einen tobenden Leroy vor, der in irgendeinem Schrank eingeschlossen war. Wie sollte ich je wieder Gloria in die Augen schauen können, wenn ihrem Bruder Leroy etwas zustieß? Eins stand fest: Ray hatte Leroy nicht seine Kleidung gestohlen. Die blaue Uniform war genau passend für seine schmächtige Gestalt.

Gütiger Himmel, war der Kerl erfindungsreich. Kam er auf die eine Art nicht ans Geld, probierte er es auf die andere.

«Und wer bist du?» Ray wandte sich argwöhnisch an mich.

«Sie ist heute abend mein Baby», sagte Hal fröhlich und legte mir den Arm um die Taille, um bei der vereinbarten Story zu bleiben. «Ich mag die Großen.»

Ich hielt mich nicht ans Drehbuch. «Ich bin eine gute Freundin von Dee», verkündete ich. «Dee und Mooney wollen sicher sein, daß auch wirklich jeder Cent in die Spardose kommt.» Ich bemühte mich, so zu klingen, als hätte ich einen über den Durst getrunken, und lallte ein wenig. Ich hoffte, horchte auf Tritte draußen. Nichts.

George betrachtete Hals schwere Tasche. «Wieviel ist es?»

Während sie die Geldbündel stapelten und verpackten, sah ich mich gründlich um in dem Büro. Keine anderen Ein- oder

Ausgänge, nicht einmal ein Fenster. Ich prägte mir ein Plakat von einer alten Crosby, Stills, Nash und Young-Tournee ein, das mit Heftzwecken an einer der gelbgestrichenen Wände befestigt war. Ein mit pastellfarbenen Zetteln bedecktes Memobrett wies auf kommende Ereignisse hin. Eine runde Schuluhr tickte 23.46 Uhr. 23.47 Uhr. Ich maß Ray mit einem langen Blick und fragte mich, ob er seine Kanone wohl hinten in den Hosenbund geklemmt hatte oder ob sie in einer Hosentasche an der Seite steckte. Ich konnte keine Ausbuchtung erkennen.

«Was starrste so, Mieze?»

«Raten Sie mal!»

«He», sagte Hal, «seid nett zueinander.»

Ich schätzte die Entfernung zwischen Schreibtisch und Tür, zwischen Ray und George. Ob ich ihn auf irgendeine Weise aufhalten konnte?

Sie war eine anständige Bassistin. Das hatte Dee über Brenda gesagt. Ein harter Brocken und eine anständige Bassistin. Gar nicht schlecht als Grabinschrift.

«Moment mal», sagte ich jetzt mit einem breiten Lächeln, «haben wir uns nicht schon gesehen? Sind Sie ein Musiker? Nein, sagen Sie nichts. Habe ich Sie nicht mit der, wie heißt sie doch noch, gesehen? Brenda, Dees Bassistin?»

Da. Es war heraus. Würde jetzt bitte irgend jemand in dem verfluchten Übertragungsraum Mooney einen Tip geben, daß sich etwas Unangenehmes zusammenbraute in dem Büro, wo die säuberlich fotografierten Geldscheine eben im Begriff waren, in die falschen Hände überzugehen?

«Mich nicht», sagte Ray barsch, aber ruhig. Ich überlegte, ob er mich von unserer kurzen Begegnung in Dees Suite her wiedererkannte.

«Na ja, jeder hat einen Doppelgänger», sagte ich leichthin. «Aber Sie sehen wirklich wie Ray aus – Brendas Freund Ray.

Hal, mein Schatz, meinst du auch, daß jeder irgendwo einen Doppelgänger hat?»

«Ich bin Wachmann», sagte Ray mit Nachdruck. «Halt die Klappe. Los, George, gehen wir.»

Das Geld war auf vier Reißverschlußsäcke verteilt worden, die alle zugezogen und mit einem Vorhängeschloß versehen worden waren. Widerstrebend händigte George Ray den kleinen Messingschlüssel aus.

Hal ging genau zur falschen Zeit ein Licht auf. Er starrte den schlanken Mann mit den dunklen Augen an, und ein unsicheres Lächeln huschte über sein Gesicht. «Scheiße», sagte er, «du bist kein Wachmann, Söhnchen. Du bist nicht so gebaut.»

Dann drehte er sich zu mir um, als sei die Abweichung von der Routine meine Schuld, als hätte meine Wenigkeit im Verein mit der Bostoner Polizei und dem Rauschgiftdezernat dieses Süppchen gekocht. «Was zum Teufel macht dieser Hurensohn hier?» wollte er wissen.

«Nun gib ihm schon das Geld», drängte George und wischte sich mit einer Hand über den Mund. «Er hat eine Knarre, klar? Gib ihm einfach das Geld. Dazu sind wir da. Es ist ja nicht dein Geld; es ist auch nicht meins. Es lohnt sich nicht –»

Hal schüttelte ungläubig den Kopf, während er zuhörte. Dann breitete sich langsam ein Grinsen auf seinem Gesicht aus, und er unterbrach ihn. «Ach, mein Junge», sagte er mit bekümmerter Stimme, «hast du eine Scheiße gebaut.» Und damit griff er sich ans Hemd, um Ray das Mikro zu zeigen.

«Du Arschloch!» schrie Ray und zog seinen Revolver, «ich will doch nur das verdammte Geld! Was geht dich das an!»

«Nicht!» schrie ich zur gleichen Zeit.

Ich versuchte, Hal zur Seite zu stoßen. Das Büro war zu klein.

Ray schoß auf ihn. Muß gedacht haben, Hal wollte eine Waffe ziehen.

Ich warf mich auf den Boden, noch ehe die Explosion alles erschütterte. Um keine Zielscheibe abzugeben und so tief, wie es in der Enge ging, unten zu bleiben, mußte ich die Beine spreizen und im Knie beugen, wie ein Frosch vor dem Sprung. Meine Füße stemmte ich gegen die Wand. Durch den Knieraum unter dem Schreibtisch konnte ich einen von Rays Schuhen sehen. Bevor er noch einmal abfeuern konnte, streckte ich jäh beide Beine aus, rutschte über das Linoleum, packte den Fuß mit beiden Händen und zog ihn unter ihm weg. George, nicht nur stämmig, sondern Gott sei Dank auch schnell, zerschmetterte Ray mit einem Handkantenschlag das Handgelenk und ergriff die kleine .22er.

Hal lag stöhnend auf dem Boden. Ich riß sein Hemd auf und schrie in das Mikro: «Holt einen Krankenwagen, schnell. Was tut ihr denn eigentlich, verdammt noch mal!»

Sie hätten dem Konzert zugehört, erzählte mir der Drogenmann später. Sie hätten Probleme mit der Funkverbindung gehabt; die Lautstärke hätte plötzlich stark nachgelassen. Ich klärte sie nicht auf, sagte ihnen nicht, daß ich Hal gebeten hatte, abzuschalten. Während sie herumbrüllten und sich gegenseitig beschuldigten, versuchte ich es bei Hal mit Mund-zu-Mund-Beatmung und zwang seinen Brustkorb dazu, sich zu heben und zu senken. Ich glaube, er war noch am Leben, als die Ambulanz ihn holte.

Er starb im Krankenhaus, wie Mooney mir sagte. Ich bin nicht mehr zu der Party gegangen. Meine grüne Seidenbluse war blutbesudelt. Ich warf sie in den Müll, als ich nach Hause kam.

Ich fragte mich, ob ich wohl daran denken würde, den Preis der Bluse MGA/America auf die Rechnung zu setzen.

42

Am nächsten Morgen ging ich Davey im *Saint John's* besuchen. Ich sagte Mooney, wo er mich finden könnte, falls es nötig war.

Ich entdeckte mein Auto auf dem Parkplatz, und ein roter Strafzettel zierte die Windschutzscheibe auf der Fahrerseite.

Die *Hummingbird* steckte in ihrem Koffer unter Daveys Krankenbett.

«Hat er sie schon gesehen?» fragte ich Dr. Sanderley.

«Ja», sagte der mit einem flüchtigen, traurigen Lächeln und eilte davon.

Daveys eingesunkene Augen blickten mich leer an.

«Wer bin ich?» fragte ich.

«Dee?» sagte er, offenbar unsicher.

«Schon gut, Davey.»

Ich zog den Koffer unter dem Bett hervor und öffnete ihn.

Ich griff einen Akkord in G und stimmte die E-Saite nach. Spielte noch ein paar Akkorde, zupfte ein paar Töne, mußte erneut stimmen. Die Saiten klangen hell und waren wie neu. Vielleicht hatte Cal sie neu aufgezogen. Ein Satz Extrasaiten war in das Samtfutter des Koffers gesteckt. Ich hatte meine eigenen Plektrums mitgebracht.

Zuerst spielte ich ein paar Instrumentalstücke. Gary-Davis-Songs, alte Kirchenlieder, Fiedelstücke, «Mole's Moan». Ich traute meiner Stimme nicht. Als ich sah, daß Davey die Musik zu gefallen schien, sang ich leise, Stücke von Robert Johnson, Blind Willie McTell.

Glorias Bruder Leroy ging es gut; das war ein Glück. Er war überfallen, eine Treppe hinuntergestoßen und verschnürt worden wie ein dressierter Puter. Er nannte es das gemeinste Foul seit seiner Profifootballzeit.

Der Strafantrag der Drogenfahndung gegen Mickey Manganero löste sich auf wie Rauch am Himmel. Kein Hal als Zeuge. Mimi muß wahrscheinlich dereinst vor Gericht, aber nicht in unmittelbarer Zukunft. Wenn Roz' Voraussage stichhaltig war, erlebte sie das ohnehin nicht mehr.

Roz hatte ihr Haar in einem merkwürdigen Kupferrot gefärbt.

Stuart Lockwood hatte Rays Verteidigung abgelehnt. Sie wurde einem Pflichtverteidiger übertragen. Niemand fand je heraus, wer Manganeros Kontaktmann unter den Spitzenleuten von MGA war. Das Rauschgiftdezernat wartete noch darauf, daß er endlich Schecks unterschrieb.

Wer immer es auch sein mochte, es berührte Dee nicht weiter. Nichts berührte sie.

Ich begann mit einem Blues, so alt, daß er einfach als traditionell eingestuft wird; niemand weiß, wer den Text geschrieben hat.

«I'm goin' away, babe, I won't be back 'til fall.
If I find me a new man, I won't be back at all.» *

Ich hörte nicht, wie die Tür aufging, nur die fremden Stimmen, die einfielen. Ich sang die Melodiestimmen weiter und überließ es den anderen, sich einzustimmen.

«Nett», sagte ein vertrauter Alt zum Schluß.

«Davey, Dee ist zu dir gekommen!» sagte ich.

Dem Zimmergenossen quollen beinahe die Augen aus dem Kopf. Ich wollte Dee die Gitarre geben, aber sie hatte *Miss Gibson* mitgebracht. Cal hatte noch eine Mandoline, ein Banjo und einen Baß dabei. Er kann alles spielen, was Saiten hat. Wir sangen und spielten zu dritt, bis ich heiser war, bis meine schwieligen Finger Blasen warfen, die zu bluten anfingen.

* Ich geh fort, Babe, bin erst im Herbst zurück.
Find ich 'nen neuen Mann, dann komm ich gar nicht wieder.

«Ich dachte, du wärst in Baltimore», sagte ich zu Dee.

«Ich habe die Show verschoben, die ganze Tournee. Wir brauchen einen neuen Roadmanager, einen neuen Baß.» Sie warf Cal einen schrägen Blick zu.

Davey war mal da, mal weggetreten. Manchmal hatte er die Augen geschlossen, und nur das rhythmische Klopfen eines Fingers auf der Bettdecke verriet uns, daß er wach war. Manchmal nahm er eins der Instrumente, war jedoch mit seinen zum Skelett abgemagerten Händen kaum in der Lage, einen Ton darauf zu erzeugen. Er wußte nicht mehr, wer wir waren, aber sein Langzeitgedächtnis funktionierte anscheinend noch, und so spielten wir die alten Lieder, und einige Male stimmte er zaghaft mit seiner brüchigen, rasselnden Stimme mit ein.

«I was born in Tennessee,
I miss my friends and they miss me.»

Weiter kam ich nicht. Ich lehnte die Gitarre vorsichtig an das Bett und ging.

Dee und Cal blieben noch. Ich hoffe, sie kriegen es auf die Reihe. Ich hoffe, er geht mit ihr auf Tournee, kommt wieder auf seine Musik zurück.

Ich zog den Strafzettel unter dem Scheibenwischer hervor, zerriß ihn ohne Gewissensbisse in tausend Stücke und verstreute die Schnipsel auf dem Parkplatz. Dann schloß ich die Tür mit meinem Zweitschlüssel auf und holte den Originalschlüssel aus dem Handschuhfach. Ich hatte vor, loszufahren, den ganzen Tag, die ganze Nacht, den ganzen nächsten Morgen zu fahren, bis ich einen knallgelben Drachen fand, einen Drachen, an dessen Schnur ein junges lateinamerikanisches Mädchen hing.

Ich bin gut im Auffinden von Vermißten.